T0034704

Cinco hermanas

CINCO HERMANAS

Cinzia Giorgio

Traducción de Ana Ciurans Ferrándiz

Papel certificado por el Forest Stewardship Council®

Título original: *Cinque sorelle*

Primera edición: enero de 2023

Printed in Spain – Impreso en España

ISBN: 978-84-666-7065-4
Depósito legal: B-20281-2022

Compuesto en Comptex&Ass., S. L.
Impreso en Black Print CPI Ibérica
Sant Andreu de la Barca (Barcelona)

BS 7 0 6 5 4

Nota de la autora

Esta novela narra la historia de dos mujeres muy diferentes que, por exigencias de la ficción, se encuentran y entablan una profunda e inquebrantable amistad. Se trata de una obra fruto de mi fantasía, libremente inspirada en la vida de Maddalena Splendori, modelo de artistas famosa en la crónica social de Roma, y Adele Casagrande Fendi, fundadora de una de las familias más importantes e influyentes de la moda italiana y pionera del empresariado femenino junto con Paola, Anna, Franca, Carla y Alda, sus cinco hijas.

Prólogo

Roma, 7 de julio de 2016
Fontana di Trevi

Le pareció que se adentraba en un bosque de sedas multicolores cuyas tonalidades iban del pastel al azul oscuro. Colgadas de los percheros *stander*, se entreveían las sinuosas y femeninas siluetas de los largos vestidos de noche estilo imperio, confeccionados con crinolinas vaporosas y tejidos ligeros como la organza, la muselina y el encaje, que contrastaban con los corpiños ceñidos, las esclavinas y las capas de corte regio. Los preciados abrigos de marta cibelina, armiño y lince adornados con aplicaciones, bordados y pintados como si fueran lienzos, formaban barreras mullidas que le obstruían el paso. Cerró los ojos, tuvo la impresión de estar soñando.

«¡Por fin has llegado! Eres la segunda, vas después de Kendall, date prisa, tienes que maquillarte. ¡Oh, Dios mío!, no sé si sobreviviré a esta noche». La voz a sus espaldas de una de las vestidoras interrumpió el flujo de sus pensamientos, pero no logró desvanecer la magia de aquellas formas y colores que se habían fijado en sus pupilas.

Colecciones maravillosas, modelos elegantes y aglomeraciones memorables: los desfiles de moda eran para ella como una fiesta fascinante. Veronica sabía que lo que aparecía a la vista de los espectadores, empezando por los de la primera fila, donde su madre esperaba para verla desfilar, era un mundo de distinción poblado por estilistas, celebridades, redactores de moda y autoridades. Todos ignoran la guerra que se libra entre bastidores. Ni siquiera la salida de las modelos desfilando por la pasarela hace intuir lo más mínimo hasta qué punto los pases de moda son un despliegue de fuerzas organizado por un ejército que trabaja frenéticamente en la retaguardia para asegurarse de que el espectáculo se desarrolle sin contratiempos. Meses de preparación, de duro trabajo, y una mano experta que lo coordina todo.

«Los desfiles de moda son fabulosos —les dijo Karl el día que habían convocado ante su presencia a todas las modelos elegidas—. Muchas de vosotras ya habéis trabajado conmigo, pero quiero repetirlo una vez más: en el *backstage* exijo rigor, puntualidad y precisión. Sabréis qué significa realmente formar parte del sistema, formaréis parte del trabajo real».

Veronica había llegado a la Fontana di Trevi esquivando a la muchedumbre bien vestida, a los fotógrafos y a los periodistas que ya se agolpaban allí, a pesar de que todavía faltaban un par de horas para el inicio del desfile. Karl estaba bajo presión, quería asegurarse de que todo fuera absolutamente perfecto; repasaba uno por uno los vestidos y las prendas de peletería y ordenaba a las modistas que le subieran el dobladillo a una falda o cortaran una hebra. Veronica sabía que eso podía suceder en cualquier momento, incluso cuando una modelo estaba a punto de salir a la pasarela. Dejó atrás a uno de los maestros marroquineros, que adaptaba rápidamente un par de tacones para asegurarse de que la maniquí que debía calzarlos no resbalara sobre el plexiglás colocado sobre la fuente. A veces Karl cambiaba los zapatos en el último minuto, por lo que todos los maestros artesanos se ponían a su disposición para prevenir cualquier percance: el control de los tiempos lo era todo.

Entre bastidores pululaban modelos, representantes, estilistas, vestidores, maquilladores, peluqueros, periodistas y otras eminencias de la moda. También había algunos fotógrafos que documentaban la actividad, pero la mayoría de ellos, Veronica lo sabía, habría despachado a empujones a sus compañeros para conseguir las fotos del evento.

Legends and Fairy Tales era el nombre que le habían dado al espectáculo que se brindaría con motivo de la celebración del nonagésimo aniversario de la firma romana. Cuarenta modelos, incluyendo a Veronica, desfilarían sobre las aguas de la Fontana di Trevi, cuya restauración había sido financiada por la célebre casa de moda. La ilusión óptica era perfecta: gracias a una pasarela de plexiglás transparente, las maniquís caminarían literalmente sobre el agua. El taller de peletería había creado pequeñas obras maestras inspiradas en los cuentos de hadas. Cada prenda estaba bordada y adornada con triunfos de plumas y perlas, que reproducían escenas naturalistas, algunas pintadas a mano: un bosque, una pajarera, mariposas, insectos, pavos reales y libélulas.

El ambiente que se respiraba entre bastidores ya era frenético, de locura. Pero la energía y la euforia que Veronica experimentaba antes de entrar en escena la hacían sentirse viva. Nada era comparable a la excitación que la invadía cuando estaba a punto de salir a la pasarela y todas las luces y las miradas se centraban en ella. Luciría vestidos maravillosos y se sentiría como una reina. Sin duda su bisabuela, que mucho tiempo atrás había trabajado de modelo para artistas en Londres, habría entendido lo que sentía cuando la adrenalina le hacía correr rápidamente la sangre por las venas.

Todo había sido concebido para que resultase perfecto, hasta el último detalle. Los compradores, los *fashionistas*, los estilistas de otras firmas y los fotógrafos estaban a punto de asistir al pase de una nueva colección, única, cuyas prendas nadie había visto hasta entonces. Ese era el motivo de la excitación general. Karl estaba nervioso, las modelos soltaban risitas para aliviar la ansiedad, el gentío murmuraba a la espera de la aparición de la primera modelo. Veronica había llegado, como exigía el contrato, dos horas antes del inicio del evento. Disponían de ese tiempo para maquillarla, peinarla y vestirla con la primera prenda.

Alcanzó su *stander* y comprobó que las prendas que colgaban de él eran las correctas. Saludó a Kendall, una de sus compañeras, que ya estaba en las manos expertas de una peluquera; después dirigió una mirada furtiva a los vestidos transparentes, a los estampados con motivos florales o adornados con originales aplicaciones de pieles que debía conjuntar con unos botines. La habían definido como una colección de *haute fourrure*, alta peletería, jugando con los términos *haute couture*, alta costura, y *fourrure*, pieles. El evento, al que también habían invitado a su madre, estaba reservado a doscientas personas y pasaría a formar parte de la historia de la moda, no solo italiana, sino mundial.

Veronica luciría una de las prendas más exclusivas de la colección: un abrigo de lince valorado en un millón de euros. La segunda era la chaqueta *Giardino Incantato*, cuajada de flores. Volvió a comprobar que los vestidos de su perchero eran los mismos que se había probado con anterioridad. Cualquier cambio era extenuante porque solía conllevar el de los zapatos a juego. Veronica tenía los pies muy pequeños y el calzado que le asignaban casi siempre le quedaba grande. Por eso había adquirido la costumbre de llevar consigo unas plantillas; una vez, incluso tuvo que recurrir a un poco de cinta adhesiva para sujetarse unos que le quedaban enormes.

«Disponer solo de dos horas para peinar y maquillar significa trabajar contrarreloj», se quejó una de las maquilladoras. Veronica sonrió, para ellas nunca había suficiente tiempo.

Una vez que estuvo lista, se puso el abrigo de lince y se unió a Kendall, la primera modelo que debía salir a la pasarela. Se hizo el silencio. Nadie rechistaba mientras Karl y

Silvia pasaban revista a las chicas. La tensión era palpable. En la plaza ante la fuente se habían difuminado las luces. El murmullo de las voces había cesado de repente.

Karl hizo una señal al director, que exclamó: «¡Primeros vestidos!».

La jefa de costura y las vestidoras comprobaron el estado de las prendas, que debían estar impecables y sin rastro de maquillaje. Los maquilladores daban los últimos retoques y los peluqueros colocaban las últimas horquillas. Karl cambiaba algún accesorio y jugueteaba con los vestidos: les bajaba las mangas o desabrochaba los que debían lucirse abiertos.

Entre bastidores, uno de los directores permanecía de pie delante del monitor que, en cuestión de minutos, transmitiría las imágenes de las modelos desfilando por la pasarela. Cuando sonaron las notas de un carillón, las chicas reconocieron los primeros compases de la música de fondo del espectáculo y contuvieron la respiración.

«Kendall, *go*!», susurró el director a la modelo que ocupaba el primer puesto de la fila. Kendall Jenner abrió el desfile sobre la pasarela transparente luciendo un abrigo de astracán azul con aplicaciones de visón y adornado con tres mil flores hechas a mano.

Cuando Kendall estuvo en el centro de la pasarela, el director apoyó la mano sobre el hombro de Veronica sin apartar los ojos de la pantalla ni dejar de comunicarse en voz baja, gracias a unos auriculares con micrófono, con alguien situado entre el público. La chica sintió un apretón, que era la señal para que se preparara. La empujó suavemente y, tras un primer momento de nerviosismo, Veronica empezó a caminar con paso firme sobre los tacones de aguja a lo largo de la línea imaginaria que había trazado en su mente para contener la emoción. Solo veía, con el rabillo del ojo, caras borrosas y los fogonazos de los flashes. Se detuvo en mitad de la pasarela y posó para los fotógrafos mientras los objetivos, enloquecidos, destellaban sin cesar. Podía oír los disparos por encima de la música a todo volumen.

El corazón le latía muy deprisa, se sentía espléndida. Era su momento. Karl tendría una bonita foto suya desfilando con esa prenda tan especial. Sabía que la imagen podía publicarse en internet y en las revistas o aparecer en televisión. Completó la pasarela y, en cuanto desapareció de la vista de los espectadores, echó a correr para ponerse el vestido siguiente. Disponía de poco tiempo para hacerlo. La modista la ayudó a descalzarse y cambiarse. En momentos como aquel, debía acordarse de respirar y colaborar con quienes la rodeaban.

A lo largo de su carrera, había aprendido que un desfile es la exhibición de la creatividad de un estilista y que su finalidad es que los compradores crean en las prendas y se animen a adquirirlas. Todo debía ser, pues, perfecto. El segundo cambio procedió sin contratiempos, así como el siguiente.

Cuando Karl Lagerfeld y Silvia Venturini Fendi salieron a saludar al público, las maniquís se pusieron en fila a la espera del gran final. Tras lanzar una moneda al agua de la fuente para cumplir con la tradición, oyeron el aplauso de la multitud invitándolas a desfilar todas juntas. Veronica adoraba la sensación que le transmitía la conclusión de un espectáculo, el alivio y la satisfacción que se experimentaba tras haber organizado un evento de éxito. Su vida era frenética, pero no la habría cambiado por nada del mundo. Estar allí era un privilegio que debía agradecer a su bisabuela, a la amistad de por vida que había forjado muchos años atrás.

PRIMERA PARTE

Adele y Maddalena

Si el invierno llega, ¿puede estar muy lejos la primavera?

PERCY BYSSHE SHELLEY,
«Oda al viento del Oeste», 1819

1

Roma, 7 de marzo de 1933
Casa de la familia Belladonna

En el umbral de los cuarenta y seis, Maddalena Splendori todavía era una mujer atractiva de rostro distendido, labios carnosos y cabello negro. Solo su mirada, ensombrecida de vez en cuando por un velo de inquietud y nostalgia, dejaba ver su edad.

La luz matinal del débil sol de marzo no conseguía alumbrar la habitación donde Maddalena se demoraba entre las sábanas blancas de lino. El resto de la casa ya estaba en ebullición: oía el ajetreo del servicio, que iba y venía de la cocina a la sala oval. Su marido, como de costumbre, se había levantado antes que ella para tomar café y leer el periódico. Primero se sentó con las piernas, largas y todavía esbeltas, fuera de la cama; después se levantó y se echó por los hombros un *negligé* de seda melocotón con encaje macramé a juego con el camisón, que le ceñía el cuerpo como una segunda piel, y, todavía descalza, se acercó al espejo para peinarse los largos cabellos rizados. Hacía años que utilizaba infusión de té negro para cubrir las canas y avivar la intensidad de su color natural. Siempre había estado orgullosa de su melena, desde cuando la lucía, larguísima y rebelde, en Anticoli, su pueblo natal.

—Buenos días, señora —la saludó Lisetta, una de las criadas, que se disponía a llevar a la mesa el pan recién tostado en la cocina.

Maddalena respondió al saludo con un gesto de la cabeza y siguió recorriendo indolentemente el pasillo para reunirse con su marido en la sala oval.

Apoyó la mano sobre el pomo y empujó la puerta con delicadeza. Los rayos de sol, que entraban sin miramientos por las altas ventanas, disiparon bruscamente la penumbra del pasillo. Maddalena entornó los ojos por instinto y esperó unos instantes para acostumbrarse a la luz. Dio unos pasos dentro de la sala y se dirigió a la mesita redonda en la que Federico solía sentarse a leer el periódico mientras desayunaba. No la había oído entrar porque estaba sumido en la lectura del *Corriere della Sera*. Decía algo entre dientes, parecía contrariado.

—Buenos días, querido —murmuró Maddalena, sentándose frente a él.

Federico bajó inmediatamente el periódico y le sonrió.

—Buenos días, amor mío. Disculpa, no te he oído entrar, estaba absorto en la lectura de las preocupantes noticias que llegan del extranjero.

Maddalena le sonrió y se sirvió café en una de las tacitas de porcelana.

—¿Qué noticias son esas?

Federico se ensombreció, dobló el periódico por la mitad y lo deslizó sobre la mesita para mostrarle el titular en primera plana.

—Lee esto —le indicó mientras daba golpecitos con el dedo en el papel.

—«La arrolladora victoria de Hitler marca el advenimiento de la nueva Alemania» —leyó Maddalena. Después volvió a mirar a su marido.

—Al final se ha salido con la suya —gruñó Federico—. Lo ha logrado. Es increíble. Pensaba que después de recibir el premio de consolación, en enero, nos lo quitaríamos de encima. Pero no, ¡vamos de mal en peor!

—¿De veras crees que es tan peligroso? —preguntó Maddalena, más por amabilidad que por verdadero interés.

—¡Bah!, no tengo ni idea. Como sabes comparto la opinión de Galeazzo: para mí es un imbécil, pero veamos qué piensa el Duce.

—El yerno del Duce no suele ser de la misma opinión que su suegro —comentó ella mientras paladeaba el café con parsimonia, disfrutando de su aroma intenso. La cocinera napolitana sabía lo que se hacía.

—Así es, pero Galeazzo representa una visión moderna e ilustrada de la política italiana —dijo Federico con fervor.

—¿Irás hoy a Montecitorio? —lo interrumpió Maddalena antes de que empezara a soltarle uno de sus discursos políticos.

—¿Cómo dices? Ah, sí, hoy tenemos sesión a las cuatro de la tarde. No puedo faltar.

—Querido, acuérdate de que esta noche vienen a cenar

Luigi y el padre Romei —dijo Maddalena, abandonando la mesita para sentarse en el sofá damascado de estilo Luis Felipe que formaba parte, junto con dos butacas y una *chaise longue*, del salón comprado el año anterior en un anticuario del gueto. Maddalena estaba muy orgullosa de su adquisición. Cuando se sentaba allí, la servidumbre sabía que no debía molestarla.

Las paredes de la habitación, con una insólita forma de medialuna, de ahí que la llamaran «sala oval», estaban cubiertas con una boiserie de color crema que contenía toda clase de libros, de novelas a ejemplares prestigiosos como la *Divina Comedia*, ilustrada por Gustave Doré.

—Ah, sí, la cena con Luigi y Giulio, ¡caramba! —replicó Federico, poniéndose en pie.

—Te ruego que esta vez seas puntual —lo exhortó ella con un suspiro.

—Maddalena, sabes que para un parlamentario la puntualidad es aconsejable, no obligatoria.

—Nada es imposible para ti, querido —replicó ella mientras su marido le cogía la mano y se la llevaba a los labios, antes de disponerse a salir.

Federico Belladonna amaba a su esposa con locura, desde el primer momento en que la había visto, doce años atrás. Llevaba dos en Roma, tras dejar su Nápoles natal, cuando Maddalena apareció ante sus ojos como una visión luminosa. Él, que hasta entonces había sido un soltero empedernido, siempre rodeado de amigos, militantes del partido y mujeres elegantes, dejó atrás la vida disipada y se casó con ella a los pocos meses de conocerla. Fue un amor a primera vista que lo dejó sin aliento. Desde Nápoles, su familia lo advirtió en varias ocasiones de que para ellos, miembros de la alta burguesía, la unión con Maddalena rozaba lo intolerable. Pero a él no le importaba su pasado. Para la familia Belladonna, en cambio, el matrimonio no era una cuestión de amor. Uno se casaba para traer hijos al mundo y reforzar los lazos con otras familias poderosas. No era que el amor estuviera prohibido, sencillamente no estaba previsto. Según la visión del padre de Federico, marido y mujer podían incluso llegar a enamorarse, pero el amor solía ser un asunto ajeno a los deberes conyugales, razón por la cual Federico podía frecuentar a Maddalena, pero no convertirla en su legítima esposa. Las mujeres de la familia Belladonna debían reunir unos requisitos muy concretos; la virginidad y la fidelidad, única garantía de la legitimidad de la prole, eran los primeros. Maddalena no era virgen, y, lo que era peor, tenía una hija fruto de una relación escandalosa. Pero ni siquiera este argumento sirvió para disuadir a Federico, que estaba seguro de su elección y a quien no le preocupaba en absoluto que su futura esposa tuviera una hija. Para él, más que la presunta fidelidad preconyugal, contaban la dulzura, las dotes de administradora del hogar y la belleza. La eligió haciendo caso omiso de la opinión de sus padres, amigos y familiares, y Maddalena no solo resultó ser una mujer inteligente y la consorte perfecta para él, sino que favoreció su ascensión política con sus consejos. Había entrado en el Parlamento unos meses después de la boda, y, en poco tiempo, se había convertido en uno de los hombres de confianza de Galeazzo Ciano, con quien siguió cultivando una amistad epistolar mientras el conde estaba en Shanghái con Edda Mussolini.

—Lisetta, hazme un favor —exclamó Maddalena cuando la criada entró en la sala oval para quitar la mesa—. Ve a despertar a Clelia, es hora de levantarse.

—Sí, señora —respondió la criada, que cerró la puerta al salir.

Clelia.

Su rostro se ensombreció por un instante. John fue quien eligió ese nombre.

Cada vez que Federico lo pronunciaba, cada vez que lo oía llamarla Clelia, sentía una leve punzada en el corazón, como cuando se pinchaba con la aguja mientras bordaba. Algunas veces la herida sangraba, y cuando lo hacía manchaba de impertinentes gotas rojas la sábana blanca de los recuerdos. Y siempre dolía. Maddalena sabía muy bien que aquella herida no cicatrizaría nunca.

Cuando Clelia era pequeña, su padre solía contarle una anécdota acaecida durante el acuerdo de paz entre los etruscos y los romanos. Una de las diez mujeres que el rey Porsena había pedido como rehenes en señal de tregua era la hermosa Clelia, que huyó cruzando a nado el Tíber. Cuando, capturada por los suyos y reconducida ante el rey etrusco, este le preguntó quién la había ayudado, ella respondió con orgullo: «Nadie». Clelia consiguió el indulto gracias a su determinación y a su valor, y se convirtió en un símbolo de libertad.

A su hija le gustaba que su padre le repitiera esa historia

y le dijera que era valiente como la Clelia romana. John se la contaba para que se durmiera, pero no lo lograba, porque la curiosidad de una niña de cinco años vencía a su cansancio. Ahora, Clelia había cumplido los diecisiete y era una chica de carácter exuberante, muy distinta a su madre. Parecía más hija de Federico que de ella, a pesar de que no llevara una sola gota de su sangre.

—Mamá.

Maddalena suspiró, apartó su mente del pasado y dirigió la atención a Clelia, que le sonreía. De John había heredado los ojos gris oscuro y las pestañas, largas y espesas. Era menuda y agraciada, parecía que fuera a quebrarse de un momento a otro. Hasta que hablaba y revelaba su personalidad desbordante.

—Buenos días, cariño.

—Estaba pensando en mi fiesta de cumpleaños —comentó la chica mientras se sentaba al lado de su madre—. Sé que cumplir dieciocho no es como cumplir veintiuno, pero no deja de ser una fecha importante, ¿verdad?

—Todas las fechas son importantes, depende del significado que uno les dé.

—Cuando dices esas cosas pareces papá —bufó Clelia—. Hablaré con él de la fiesta de cumpleaños que tenía pensada, tú te pierdes en argucias.

—¡Lo que hay que oír! —Maddalena se echó a reír—. ¿Qué tenías pensado? Deja tranquilo a tu padre, que está ocupado con la política exterior.

—¿Con qué?

—Da igual. Dime qué habías pensado.

—Como falta poco para el 22 de marzo, en vez de dar una fiesta me gustaría ir de excursión —repuso Clelia, resplandeciente.

—Explícate mejor.

—Una excursión fuera de Roma, papá, tú y yo solos. Comemos en un buen restaurante, damos un paseo y volvemos a casa.

—Este año cae en miércoles..., tu padre podría estar ocupado en la Cámara —objetó Maddalena, poco convencida.

—Por mí hará una excepción —replicó Clelia con determinación.

Maddalena quiso reñirla, pero sabía que solo obtendría una cara enfurruñada. La verdad era que Federico mimaba a Clelia como si fuera realmente de su sangre. Maddalena era consciente de la suerte que tenía, pues el vínculo entre su marido y su hija superaba cualquier expectativa, pero a veces, por extraño que pudiera parecer, se sentía excluida de la relación que había entre ambos. No sabía si el sentimiento de culpa que albergaba hacia John tenía algo que ver. Se encerraba en sí misma y le daba vueltas a lo sucedido. A veces, la acongojaba ver a su hija reír con Federico y llamarlo papá. Sentía que había privado a John de la felicidad y que, de alguna manera, debía pagar por ello.

—¿Me estás escuchando, mamá? —La voz cristalina de Clelia la sacó de sus pensamientos.

—Tienes razón, disculpa, ¿qué decías?

—Que necesito un bolso nuevo.

—De acuerdo.

—Angela me ha dicho que hace unos meses abrieron una tienda estupenda en la via Piave. ¿Vamos?

Maddalena asintió. A ella también le apetecía ir de compras, necesitaba una estola. Y sabía a qué tienda se refería la mejor amiga de su hija. Hacía tiempo que quería visitarla y le pareció que aquella podía ser una buena ocasión.

—Pero hoy no podemos ir —le dijo.

—No, ya sé que esta noche viene el padre Romei. —Clelia sonrió—. No veo la hora, tengo un montón de cosas que preguntarle.

—Bien, manos a la obra, pues —exclamó Maddalena, levantándose del sofá. El día acababa de empezar y tenía muchas cosas que hacer antes de la hora de cenar.

Era un espíritu libre, lo cual no le impedía ser también un hombre de fe incuestionable. Como todos los jesuitas, había consagrado su vida a Jesús y al estudio. Impartía clases en la Pontificia Universidad Gregoriana, bastión del saber teológico, donde una multitud de estudiantes de todas las creencias lo seguía con fervor. Incluso quienes negaban el valor de sus estudios históricos, que rozaban los límites de la ortodoxia, lo admiraban por su valentía y amplísima cultura. Tras la publicación de un ensayo revolucionario sobre el emperador Constantino, el padre Giulio Romei había suscitado la ira del clero y de las universidades de todo el mundo, pero también había recibido multitud de elogios. En los sectores más ortodoxos de la Iglesia, había provocado un gran escándalo su artículo de historia sobre el papa Alejandro VI, Rodrigo Borgia, publicado en una revista internacional. Algunos capítulos de cada nuevo libro, o incluso el ensayo entero, desataban encendidas polémicas. Pero Romei, que estaba acostumbrado a las críticas y contaba con la estima y la admiración del pontífice, seguía impertérrito con sus estudios.

Alto y flaco, pero con una mirada que denotaba un fuerte vigor juvenil a través de las gruesas lentes, Giulio Romei sentía que, a los sesenta años, aún tenía mucho que ofrecer a sus estudiantes. Arqueólogo por pasión y jesuita por misión: así le gustaba definirse cuando le preguntaban qué prefería, si el estudio o la oración.

Había llegado el primero, como siempre, y había saludado a Maddalena y Clelia con un caluroso abrazo. Federico había regresado justo a tiempo para la cena y no parecía especialmente cansado, sino más bien inquieto. Él y el padre Romei abordaron enseguida el tema de la situación alemana y Maddalena ordenó que les sirvieran un martini en el salón para que siguieran hablando en paz. Al cabo de unos minutos, se unió a ellos Luigi Pirandello, viejo amigo de Federico. El escritor siciliano era un asiduo de la casa de los Belladonna y tenía en mucha estima al padre Romei. Maddalena solía invitarlos juntos: su sintonía intelectual era una distracción muy agradable que rompía la rutina política de su marido. Con ellos se podía hablar de todo: arte, literatura, política exterior o chismorreos. Eran los comensales ideales y a Maddalena le encantaba su compañía.

Luigi llegó vestido de punta en blanco, con pajarita y el

bigotito engominado. Era de estatura baja, menudo, pero sus ojos revelaban una viveza extraordinaria. No había perdido el acento de Agrigento, y cuando sonreía se le iluminaba el rostro. A Maddalena le gustaba muchísimo y, como su marido, esperaba que tarde o temprano lo distinguieran con el Premio Nobel de Literatura. Los cónyuges Belladonna tenían todas sus novelas en la biblioteca. A Maddalena le había gustado con locura *La excluida*, que había leído una y otra vez, hasta desgastar sus páginas. Se había identificado con la protagonista, Marta Ajala, a quien su marido echa de casa por adúltera, a pesar de ser inocente, y a la que más tarde readmite en el hogar, cuando lo ha engañado. Los dos protagonistas creen saber la verdad, pero ninguno de ellos la conoce realmente. La historia de la protagonista se había aferrado con fuerza al alma de Maddalena, pero en vez de angustiarla la consolaba.

La cena era a base de pescado. La cocinera napolitana había preparado sopa, croquetas de bacalao, anchoas marinadas y berenjenas *al funghetto* acompañadas con puré de patata. Para acabar, había dado rienda suelta a su creatividad con los postres: flan de huevo y nata y su caballo de batalla, la *torta caprese*. El padre Romei no podía resistirse a su delicioso aroma a almendras y chocolate. Cuando lo invitaba a cenar, Maddalena siempre mandaba prepararla para él.

—¿Sabes, querida Clelia, que mi postre preferido es fruto de la casualidad?

Clelia se animó de repente. A pesar de su propósito inicial de acribillar a preguntas al padre Romei, hasta entonces no había abierto la boca. La presencia de Luigi Pirandello la había cohibido. El escritor no había hecho más que hablar de un tal Sigmund Freud, un médico de Viena que Clelia no había oído nombrar. Pirandello sostenía que la enfermedad de su esposa Antonietta, internada en un hospital psiquiátrico en 1919, le había despertado el interés por sus doctrinas. El invitado de sus padres elogiaba las teorías del médico, que no se limitaban únicamente al ámbito clínico. El padre Romei también parecía apreciar a Freud.

En septiembre del año anterior, el doctor había escrito una hermosa carta al científico Albert Einstein en la que afirmaba la inviabilidad del fin de las guerras, en tanto en cuanto la agresividad, que es su fundamento, está arraigada en el hombre. No se había hablado de otra cosa y Clelia se había muerto de aburrimiento, aunque había disimulado para que su madre no la riñera. Le agradecía al padre Romei que cambiara de tema.

—¿Qué quiere decir con «fruto de la casualidad»? —le preguntó sonriendo.

—Es algo que tiene que ver con un capricho de María Carolina de Habsburgo, la esposa del rey Fernando IV de Borbón.

—¡Ah!, el Narigudo —se animó a decir la chica.

—¡Muy bien! —la alabó el padre Romei—. Veo que te acuerdas de las anécdotas que te cuento, me alegro.

—Padre Romei —intervino Federico lleno de orgullo—, mi hija tiene en cuenta todo lo que usted le dice.

—Una chica lista, no podría desear mejor consejero —comentó Luigi Pirandello. Los dos hombres se intercambiaron una sonrisa sincera.

—Con el tiempo aprenderá a desconfiar de lo que se le dice, aunque las palabras provengan de una boca amiga —replicó al final el padre Romei, dirigiéndose a Federico—. Pero ahora su deber es escucharlo todo y tenerlo en cuenta para formar sus propias opiniones.

—¡Pero yo ya tengo mis propias opiniones! —protestó Clelia ruborizándose.

—Estoy seguro, querida, pero dentro de unos años tendrás otras mejores.

La chica prefirió no replicar, sentía demasiada curiosidad por conocer la historia de la *torta caprese*. Se tragó el orgullo sin darle más vueltas.

—Como sabes, el matrimonio entre Fernando y Carolina se celebró por razón de Estado cuando la princesa contaba diez años.

—Lo recuerdo —lo interrumpió Clelia con los ojos brillantes—. ¿No fue ella quien dijo que su marido era repugnante?

—Bueno, es comprensible. —Maddalena sonrió y puso una mano sobre el hombro de su hija. Se había levantado para pedir a Lisetta que sirviera el *limoncello* hecho en casa por la cocinera—. Era una princesa de rango, guapa, elegante y con cultura, y él había crecido en la calle, entre granujas.

—¿Cómo lo sabes, mamá?

—Porque yo también leo, cariño.

—Luigi, ¿no te parecen maravillosas estas dos mujeres? —preguntó el padre Romei.

—Hemos tenido un buen maestro —exclamó Maddalena—. Para su información, Luigi, el padre Romei es una fuente inagotable de anécdotas, no solo sobre los Borbones. Nuestra cocinera napolitana ha llegado a decirme que conoce Nápoles mejor que ella.

—Lo cual, supongo, será casi un ultraje para la cocinera —bromeó Pirandello.

—Ya lo creo —intervino Federico—. Concetta está muy orgullosa de su ciudad. Lisetta le lee todos los libros que encuentra acerca de Nápoles. Pocas veces he visto tanta devoción.

—Una ciudad como Nápoles suscita un amor apasionado —comentó Luigi.

—Como suele decirse: o se ama o se odia —replicó, distraída, Maddalena.

—¡La historia, padre Romei! —exclamó Clelia.

—Fíjense como me llama al orden. Como suelo decir, *nomen omen*, es audaz como su homónima romana. Nuestra Clelia solo podía tener este carácter —bromeó el padre Romei—. Pero volvamos a la caprichosa María Carolina. Cuenta la leyenda que un día, embargada por la nostalgia de su Austria natal, fue a las cocinas del palacio para pedir que le hicieran una tarta Sacher. Los cocineros de la corte, que eran franceses, dominaban su propio arte culinario, pero ignoraban el austriaco y no tenían la receta. María Carolina tampoco la sabía. Para satisfacer el capricho de la reina, le pidieron que les describiera su aspecto y su sabor.

Intentaron descubrir la receta siguiendo sus recuerdos, pero no lo lograron. Le presentaron una tarta exquisita que no tenía nada que ver con la Sacher.

—Perdónenme si estoy a punto de soltar una barbaridad gastronómica, pero en mi opinión salió ganando —comentó Luigi Pirandello, y se echó a reír.

—Sin duda —replicó el padre Romei.

2

Roma, 9 de marzo de 1933
Marroquinería Fendi

La marroquinería de la via Piave bullía de gente. Maddalena y Clelia habían pedido al chófer que las esperara cerca de la piazza Fiume, querían estirar las piernas. Hacía un día frío pero soleado. Antes de entrar inspeccionaron los dos escaparates. Maddalena acababa de echar el ojo a unos guantes de napa cuando de la tienda salieron tres señoras bien arregladas que parecían no haber reparado en gastos. Le gustaba prestar atención a la gente; de joven se había visto obligada a estudiar su comportamiento y actitud y seguía haciéndolo. Observar a las personas para comprenderlas la había ayudado a superar situaciones de peligro. Era como si olfateara sus intenciones. En 1904, a los diecisiete años, había dejado Anticoli para mudarse a Londres, donde había trabajado de modelo en la Royal Academy of Arts. Llegar a una ciudad grande y hostil sin saber inglés ni conocer a los ingleses le hizo comprender que, independientemente de la clase social en la que uno se mueva, la información es poder. La observación y el conocimiento

—no solo el que se aprende en los libros— le habían salvado la vida, literalmente. Empujada por la necesidad, en Londres aprendió, además de a leer y escribir, a observar a las personas.

—Buenos días, señoras —las saludó una enérgica voz femenina al entrar en la tienda. Era una mujer alta, de tupida melena oscura y rizada que enmarcaba un rostro iluminado por una mirada intensa y labios finos. Estaba delante del mostrador y tenía entre las manos dos retales de tela. Le faltaba poco para dar a luz, pero caminaba erguida y se movía con soltura.

—Buenos días —respondió Maddalena.

—¿Qué desea, señora? —preguntó la mujer.

—Mi hija y yo quisiéramos comprar unos guantes de napa, una estola y un bolso de calle —respondió Maddalena.

La mujer asintió.

—¿Por cuál de los artículos quiere empezar? —preguntó al cabo de unos instantes. Su mirada se había posado en las clientas primero, después había empezado a vagar por las estanterías como tratando de seleccionar los modelos que iba a ofrecerles. Le dijo algo en voz baja a una dependienta, que asintió y desapareció en la trastienda.

Una mujer de pocas palabras, pensó Maddalena. Le gustaban sus maneras, autoritarias pero carentes de brusquedad. El papel que desempeñaba en el establecimiento era evidente, dedujo que solo podía ser la dueña. No se trataba únicamente de la desenvoltura con la que le había pedido a la dependienta que fuera a buscar la mercancía, sino también de su mirada orgullosa, típica de quienes ven recompensado el duro trabajo de toda una vida.

—He ordenado que les traigan la nueva colección de guantes —explicó la dueña—. Mientras tanto, dígame si se había hecho una idea de la estola. ¿Es para usted, señora?

—Sí, la estola es para mí —dijo Maddalena.

—¿Quiere lucirla en una ocasión especial?

—No. —Maddalena se acordó de la última vez que se había puesto la estola de zorro plateado, un par de meses atrás—. En realidad sí, el 16 de marzo iré a ver *Madama Butterfly* al Teatro de la Ópera.

—Rosetta Pampini estuvo aquí hace una hora —exclamó la dependienta, que mientras tanto había regresado con una gran caja forrada de brocado dorado.

La dueña se giró hacia ella y la fulminó con la mirada, claramente contrariada por la intromisión. A Maddalena le gustó todavía más, era evidente que la discreción era un requisito en su boutique y que la chica había sido inoportuna como poco. Se sintió en la obligación de intervenir para salir de aquella situación bochornosa.

—Una voz extraordinaria —comentó—. Rosetta es una querida amiga mía y me gustaría decirle que he estado en su tienda, señora...

—Adele Fendi, mucho gusto —se presentó la mujer con una sonrisa forzada. Todavía no se le había pasado el enfado que le había causado el atrevimiento de su dependienta.

—Maddalena Belladonna, el gusto es mío.

Las dos mujeres se observaron durante unos instantes.

Después Adele se giró hacia el mostrador e invitó a Maddalena y Clelia a aproximarse.

—Tenemos estos guantes largos de napa francesa con decoración en algodón azul cosida a mano. Como puede comprobar, son muy suaves —empezó a explicar Adele, ofreciéndole los guantes a Clelia.

—¡Qué maravilla! —exclamó la chica, que hasta ese momento había permanecido apartada observando con embeleso los bolsos de noche expuestos en una de las estanterías.

Adele sonrió complacida.

—Y aquí tenemos estos guantes blancos con pespuntes negros de diseño acolchado, o estos otros de algodón bordados con motivos florales en blanco roto, negro y rojo y puños de piel.

—Mamá —dijo Clelia, dirigiéndose a Maddalena—. Angela tenía razón, son preciosos.

—Angela Truini es la mejor amiga de mi hija —explicó Maddalena—. Su madre, Raffaella, también es clienta suya.

—Por supuesto —repuso Adele—. La señora Truini ya frecuentaba nuestro establecimiento de la via del Plebiscito, donde abrí mi primera boutique hace casi diez años.

—Fue ella quien nos dijo que había abierto una aquí, en la via Piave —admitió Maddalena—. Mi hija Clelia y yo nos declaramos culpables de no haber venido antes.

Adele sonrió. Los ojos le brillaban con la luz que caracteriza a los amantes de su trabajo. Mientras mostraba sus creaciones a las clientas, alcanzaba un estado de bienestar y serenidad. Maddalena había visto esa chispa en muchos artesanos y artistas.

A juzgar por la calidad de los materiales y la refinada confección de los guantes y bolsos, Adele tenía las ideas muy claras en todo lo concerniente a su oficio. No debía de haber sido fácil mantenerse a flote tras la terrible crisis económica de 1929, pero la mujer que tenía delante no parecía haber acusado el golpe. Se la veía segura de sí misma, como si todo hubiera ido siempre viento en popa. Adele había abierto su segundo establecimiento después de la Gran Depresión, justo cuando muchos otros habían cesado la actividad. En su tienda se respiraba un clima de sobria elegancia: cada cosa estaba en el lugar adecuado, ordenado por color y por material. Adele se movía entre las estanterías con desenvoltura, conocía cada uno de sus artículos, era la dueña en todos los sentidos.

Cuanto más la observaba, más le gustaba. La simpatía debía de ser recíproca, porque la dueña también le había dirigido miradas de sincera admiración por su gusto refinado. Maddalena estaba acostumbrada a las sonrisas falsas y a la adulación. Como a todas las esposas de los políticos, a ella también la halagaban en público y la criticaban en privado. Sabía muy bien lo que se decía a sus espaldas, pero nunca había prestado atención a las habladurías. Con el tiempo había aprendido que la mejor arma era mostrarse feliz. Cuanto más te atacan, más debes sonreír, solía decirle Federico.

Las dos clientas acababan de marcharse; habían comprado tres pares de guantes, dos pequeños bolsos de calle en piel y tela y habían encargado un cuello de visón. Adele había reconocido al instante a su nueva clienta. Maddalena Belladonna era una mujer fascinante y reservada, distante, pero capaz de gestos impulsivos. Esa era por lo menos la idea que se había formado de ella. Su fama no solo se debía al hecho de que estuviera casada con uno de los hombres de confianza de Galeazzo Ciano, sino a que había protagonizado un escándalo antes de casarse por su relación con un artista inglés del que había tenido una hija. La prensa enloqueció cuando la historia salió a la luz, inmediatamente después de la elección de su marido al Congreso de los Diputados. Se puso el grito en el cielo: semejante mujer no podía ser la esposa de un político. Adele había leído los periódicos y le habían repugnado ciertos comentarios. Nunca le habían gustado las injerencias en la vida privada de los demás. «Quien mucho habla, poco trabaja», solía decir su tía.

Posó una mano sobre su vientre, su segundo hijo estaba a punto de nacer. Ella también tenía una historia que había hecho murmurar a familiares, amigos y conocidos: empezó a trabajar siendo muy joven para cultivar la pasión que sentía por la marroquinería. A la muerte de su padre, se mudó a Florencia para ayudar en el establecimiento de su tía porque no quería que la mantuvieran. Mientras tanto conoció a Edoardo, siete años más joven que ella. Se trasladaron a Roma, se casaron y abrieron juntos un taller de marroquinería primero y después una tienda de moda que coronó sus sueños de emprendedora. Los manguitos, los sombreros y las bufandas eran las prendas más demandadas cuando empezó.

Edoardo era el hombre perfecto para ella. Adele lo supo enseguida, cuando reconoció en él la originalidad napolitana y el rigor saboyano. Su marido, en efecto, era hijo de un napolitano y una turinesa, hija de la dama de compañía de la princesa Clotilde de Saboya, por lo que había vivido en el castillo de Moncalieri. Edoardo siempre había creído en ella y la había animado a hacer realidad sus proyectos, incluso en los momentos de desánimo. Un día, gracias a una serie de circunstancias fortuitas, un proveedor concedió un préstamo a la pareja cuando nadie apostaba ni por su taller ni por su matrimonio. Adele sonrió. Era la pura verdad, la felicidad es la mejor venganza.

Casa de la familia Belladonna

Maddalena entró en el despacho de su marido y vio la caja que había entregado el mozo de los Fendi. Alcanzó a grandes pasos el escritorio y empezó a observarla a la luz suave de la colorida lámpara Tiffany. Extrajo un abrecartas del cajón y empezó a cortar con delicadeza los bordes de la tapadera, hipnotizada por los movimientos de sus dedos ahusados. Le vinieron a la cabeza, sin un motivo aparente, las palabras que Pirandello solía repetirle en broma cuando ella le hacía un regalo: «Me siento como Prometeo. No debería aceptar el presente de una diosa del Olimpo, pues siendo un miserable mortal podría volverse en mi contra, pero tampoco puedo rechazarlo si son sus manos las que me lo ofrecen, querida señora». Se reían y después Luigi abría el regalo. Sonrió.

Maddalena se sentía agitada aquella mañana. Le bullían demasiados recuerdos en la cabeza, demasiadas imágenes del pasado seguían reflejándose en el espejo de su conciencia. Respiró hondo para aplacar los latidos de su corazón. La tapadera cedió por fin.

Sacó el papel de seda que envolvía el magnífico cuello de visón comprado una semana antes. Lo cogió con las dos manos y se lo probó. Era perfecto.

—Ah, ¡qué maravilla! —exclamó con entusiasmo mientras cerraba los ojos, extasiada. Volvería muy pronto a esa tienda.

Acarició las pieles sin abrir los ojos mientras una lágrima involuntaria resbalaba por su rostro. Cuando se moría de hambre ni siquiera habría soñado que un día tendría algo así entre las manos. La pesadilla del hambre volvía a menudo para atormentarla en sueños. Abrió los ojos con dificultad y salió rápidamente del despacho de su marido.

3

Londres, febrero de 1904
Petticoat Lane

Hacía días que llovía. Desde que había llegado a Londres no había visto las calles secas ni una sola vez. El aire era cortante y el frío se metía en los huesos a causa de la humedad. Pero la perspectiva de emprender una nueva vida gracias a un trabajo bien renumerado la ponía de buen humor. Sin esa esperanza no habría podido soportar aquel clima hostil. Caminaba entre la gente sintiéndose invisible. Nadie parecía reparar en ella, las personas corrían de un lado a otro, quién sabe dónde. Maddalena las observaba embelesada, pero también con temor. Le daban casi miedo, parecían autómatas. A pesar de que ya habían transcurrido casi dos meses de su llegada, no había conseguido superar el terrible recuerdo del viaje. Ella y su prima Antonella habían llegado a Francia con un grupo de trabajadores, y desde allí habían cruzado el canal de la Mancha. Lo consideraba uno de los peores momentos de su vida. Le dijeron que duraría poco y que ni se daría cuenta, pero el mar revuelto desmintió todo lo que le habían contado. Maddalena llegó a creer que iba a morir. Su estómago no fue el único que vivió una pesadilla a lo largo de la travesía: su prima no paró de quejarse durante todo el viaje y lo único que vio fue gente encontrándose mal. Cuando tocaron tierra, las piernas le siguieron temblando durante horas y la sensación de náusea le duró dos días.

Había encontrado alojamiento en Petticoat Lane, a dos pasos de Liverpool Street, en el East End. Era una zona muy concurrida a causa del mercado, al parecer uno de los más antiguos de Londres. Siglos atrás había sido el refugio de los hugonotes que huyeron de Francia durante las guerras religiosas. Maddalena y Antonella lo supieron por la casera, que presumía de orígenes franceses. La señora siempre había vivido allí. Había nacido en Whitechapel, donde durante el otoño de dieciséis años atrás, cuando sus inquilinas acababan de nacer, tuvieron lugar varios asesinatos brutales a manos de un loco al que los londinenses bautizaron como Jack el Destripador.

—¡Qué horror! —comentó Antonella cuando, después de cenar, estuvieron solas en su habitación—. Habría podido ahorrarse los detalles, esas pobres chicas murieron de manera atroz.

Maddalena no estaba tan impresionada como su prima. Empezaban a comprender bien el idioma, así que estaba segura de que no había malinterpretado la dinámica de aquellos delitos. Además, los gestos de la mujer no habían dejado mucho espacio a la imaginación. Parecía como si se divirtiera aterrorizándolas.

—Te habrás dado cuenta de que miss Devin es una sádica.

—Qué miedo, no volveré a salir —lloriqueó Antonella.

—Tenemos que hacerlo. Mañana Giuseppe nos dará acceso a la Academia, y si nos cogen nuestros problemas habrán terminado.

—Sí, sí, eso se dice muy pronto —replicó su prima con escepticismo.

—Ya sé que no te cae bien, Antone', pero trata de disimular porque ese va a por ti —la advirtió su prima.

Antonella hizo una mueca de desagrado.

—Podría ser mi padre. ¡O mi abuelo!

—Qué exagerada, solo tiene quince años más que nosotras —exclamó Maddalena mientras se desnudaba. Hacía tanto frío en la habitación que el brasero calentaba lo justo para que no murieran congeladas. Les salía vaho por la boca y tenían la nariz enrojecida. Las primas sabían muy bien lo tacaña que podía llegar a ser miss Devin.

—A mí me parece un viejo, qué asco.

—No tienes que hacer nada con él ni comprometerte, pero deja que se lo crea. Al menos hasta que encontremos un trabajo decente.

—No es tan fácil como parece.

—Sí que lo es. Dejamos el pueblo porque él se ofreció a ayudarnos, a ti, a mí y las otras.

—Yo creo que es un mentiroso —exclamó Antonella tiritando mientras se quitaba la enagua.

—Hasta ahora todo lo que hemos ganado ha sido gracias a él, y eso que llegamos hace poco. No miente, pero tampoco tiene la influencia de la que presume.

—Pobres de nosotras… Pero ¿cómo puedes estar tan tranquila?

—La miseria me ayuda —fue el lacónico comentario de Maddalena antes de acostarse.

—Ni que yo fuera rica —comentó ácida Antonella mientras se cepillaba con brío la melena leonada—. Además, ¿por qué precisamente yo?

—¿Qué quieres decir?

—Tú eres más guapa.

—En primer lugar, no es verdad. En segundo, para gustos los colores. Si le atraes tú, no es culpa mía.

Antonella resopló, se giró de costado, le dio las buenas noches y la dejó a solas con sus pensamientos. Maddalena pasó horas mirando el vaho que le salía de la boca ascender hasta el techo. Echaba de menos a su familia, pero estaba allí por ellos. Tras la muerte del abuelo, que los había ayudado, sus padres no podían seguir manteniendo ocho hijos, así que habían mandado a algunos a servir a Roma, a la pequeña con una tía que vivía en Tívoli, y ella, que era la mayor, se había quedado en casa para ayudar. A la familia de Antonella le había pasado lo mismo. Pese a tener una huerta y vender fruta en el mercado, el abuelo no era dueño de las tierras y a su muerte el propietario los echó de mala manera, acusándolos de ser unos parásitos que vivían a costa de un pobre anciano. Maddalena sabía que llevaba algo de razón y se avergonzó de sus padres. Pero también era consciente de que criar a ocho hijos suponía una dura prueba para su madre, enfermiza y consumida por los embarazos y los abortos. Justificaba menos la indolencia y la falta de colaboración de su padre. Un día, el primo mayor de Maddalena y Antonella regresó de Londres, donde había ido a hacer fortuna. Nadie entendió a qué se dedicaba exactamente, pero era indiscutible que su situación económica había mejorado. Decía que había vuelto al pueblo en busca de una esposa, pero sobre todo por negocios: reclutaba modelos para los pintores ingleses. Aunque Maddalena pensó que se trataba de una de sus patrañas, cuando él le propuso que lo acompañara a Gran Bretaña, donde le encontraría un buen trabajo y la hospedaría en un lugar tranquilo, no se lo pensó dos veces y aceptó. La idea de cambiar de vida se le antojaba un paraíso. Fue así como ella y otras chicas de Anticoli dejaron atrás el pueblo.

Londres
Royal Academy of Arts

La sede de la Royal Academy of Arts estaba en Burlington House, un edificio imponente que daba a Piccadilly Street, en la Ciudad de Westminster. Maddalena cruzó el amplio portal que conducía al patio interior del palacio. Al contrario de las otras chicas, que comentaban sorprendidas lo que las rodeaba, ella no sentía ni admiración ni ninguna otra clase de emoción, como si sus sensaciones se hubieran adormecido provisionalmente. Disfrutaría de la vista más adelante, por el momento estaba concentrada en su objetivo: no morir de hambre. Aquella mañana no había comido nada; miss Devin no estaba obligada a prepararles las comidas ya que el contrato de alquiler solo contemplaba el alojamiento. Cuando Maddalena y Antonella cenaban con ella, siempre le pagaban una pequeña cantidad adicional. El dinero que había ahorrado sirviendo cenas en una casa señorial de Mayfair se había acabado y la Royal Academy era su única esperanza, al menos a corto plazo. Había ido a Londres para trabajar de modelo, pero, si por alguna razón no lo lograba, tampoco le importaba. Lo que contaba era volver a Italia en cuanto reuniera el dinero suficiente para vivir sin los espasmos del hambre. En ese momento no tenía tiempo de entretenerse en admirar la belleza del lugar.

—Las modelos italianas están muy cotizadas —le decía Giuseppe—. Ahora los artistas ingleses están obsesionados con pintar temas «exóticos», como los llaman ellos.

—¿Y eso qué es? —preguntó Maddalena.

—Historias inspiradas en la literatura latina, o la cotidianidad de la Roma imperial o de la antigua Grecia.

—¿Qué quiere decir?

Giuseppe se encogió de hombros y adoptó una expresión indescifrable.

—A mí me basta con que me paguen por encontrar modelos, lo demás es asunto suyo... Dicen que está de moda.

Maddalena no respondió. Había entendido lo que decía su primo, al final todo giraba alrededor de los artistas que buscaban chicas para retratar. Era despabilada y comprendía el riesgo que corría, pero al dejar Italia lo había sopesado y había decidido que valía la pena. Giuseppe no las había puesto en guardia sobre lo que podía pasar, pero Maddalena se enteró por miss Devin de que posar como modelo también podía significar pasar del lienzo a la cama. Los trabajos humildes de las mujeres solían ser vistos como una suerte de atajo para convertirse en la amante de algún rico señor. El conde Paolini, a cuyo servicio había trabajado en la villa de Rocca Canterano, le había metido mano en más de una ocasión mientras le servía el café. Maddalena había tratado de mantener a raya a ese viejo lascivo que parecía un pulpo, pero cuántas veces había vuelto a casa asqueada por sus caricias pegajosas. Su madre le aconsejaba que no le dijera nada a la condesa porque la echaría. En casa necesitaban el dinero y un par de caricias se podían aguantar. Así que Maddalena trató de resistir, hasta que un día el conde le enfiló la mano por debajo de la falda y ella no pudo tolerarlo. Gritó tan fuerte que todos acudieron al salón. Obviamente la condesa la despidió.

Aun sin saber explicar cómo la había cambiado aquel episodio, Maddalena sentía que había perdido algo. No volvió a fiarse de nadie. Había seguido a Giuseppe solo porque quería irse de Anticoli y cambiar de vida.

Las condujeron a una suerte de salón iluminado por la luz que entraba por las ventanas del techo. Nunca había visto una estancia tan extraña. Estaban rodeadas por una serie de caballetes dispuestos en semicírculo, orientados hacia el centro de la habitación, cuyo aire estaba impregnado de un fuerte olor acre, como de barniz. No había nadie más. Giuseppe les dijo que lo esperaran allí mientras iba a llamar a alguien. Antonella charlaba con las otras chicas, mientras que Maddalena, curiosa, se movía por la sala mirando los lienzos que algunos artistas habían dejado en los caballetes. La mayoría estaban vacíos, pero en otros había bocetos de chicas desnudas. La idea de posar desnuda no le gustaba, pero sabía que no tenía ni voz ni voto: si aceptaba el trabajo, debería desnudarse. Estaba demasiado delgada, pero en compensación tenía un rostro peculiar y largos cabellos negros. Los ojos grandes y oscuros, la boca carnosa y la piel diáfana conferían delicadeza a sus rasgos. Era muy diferente de su prima y de las otras chicas, lo sabía. Ignoraba, en cambio, si su diversidad era el as que tenía en la manga.

—*And this is Maddalena.*

Oyó la voz de su primo pronunciar su nombre mientras le hacía una señal para que se acercara a un señor anciano que la miraba como si sopesase si adquirirla o no. Maddalena se sentía incómoda, pero no lo dio a entender. Sacudió la cabeza y permitió que el hombre la observara. No había malicia en su mirada. Estaba claro que evaluaba sus proporciones, su tez y su cabello, sus peculiaridades. Asintió con la cabeza para que Giuseppe supiera que la aceptaba. Su primo le sonrió.

—Antonella y tú estáis contratadas, empezáis mañana a las ocho. Preguntad por mister Russell, él os dirá a qué estudio deberéis dirigiros.

El corazón de Maddalena empezó a latir deprisa. Las mejillas se le tiñeron de rojo y los ojos le brillaron de alegría. Tenía trabajo.

Los primeros días como modelo en la Royal Academy pasaron muy deprisa. Maddalena casi tuvo la impresión de no merecer el dinero que le entregaron al final de la semana. Desnudarse delante de los estudiantes no le había costado, no había deseo ni intención de seducir en los ojos que la observaban. No la agobiaron sus miradas, que escrutaban cada centímetro de su cuerpo. Cuando cerraba los ojos solo escuchaba el garabateo de los lápices. En alguna ocasión se había quedado mirando sus formas, que aparecían como por arte de magia sobre la blancura de los lienzos apoyados en los caballetes. Algunos habían retratado su rostro, otros se habían dedicado al pecho o a las piernas, y no faltaban los que habían esbozado toda su figura sin desarrollar todavía ningún detalle.

Aquella tarde Maddalena se demoró más de lo previsto para observar los progresos de los que ya consideraba sus estudiantes. Los había oído retirarse de uno en uno. A esas alturas comprendía bastante bien el inglés y había pescado alguna que otra conversación. Unos cuantos habían quedado para ir al pub a tomar algo. Eran los primeros días de su segunda semana en la academia. Su horario no coincidía con el de su prima, así que no tenía otro remedio que volver a casa de miss Devin sin ella. No le desagradaba, es más, le gustaba recorrer sola las calles abarrotadas de gente y llenas de vida de Londres. Había aprendido a coger el metro y a moverse con soltura por la ciudad.

Empezó a llover. Sentía sobre el rostro las gotas tenaces y finas, típicas de la lluvia invernal londinense, mientras recorría las calles embarradas de Whitechapel, que poco a poco se habían vaciado. Cuando la lluvia arreció, aceleró el paso para no llegar a casa empapada. No podía arriesgarse a coger un resfriado. Echó a correr como una gacela, con la larga falda oscura arremangada hasta las rodillas.

Fue entonces cuando se dio cuenta de que la seguían. Notó la presencia de alguien que apretaba el paso detrás de ella. En un primer momento ahuyentó la idea de que tuviera malas intenciones, pero después, cuando se detuvo a tomar aliento bajo una marquesina, vio que un hombre también se paraba y la miraba fijamente. Estaba oscuro. Las luces de las farolas apenas iluminaban las calles desiertas. Maddalena pensó en las historias sobre el loco asesino de mujeres que le había contado su casera. Se le heló la sangre y echó a correr.

«No, no», pensaba. El corazón le latía tan fuerte que tenía la impresión de que iba a salírsele del pecho. Le dolían las piernas y le había entrado flato, pero no podía pararse. El hombre le pisaba los talones. Cansada y empapada en sudor, Maddalena aflojaba inexorablemente el paso; el pánico y la oscuridad de la noche no la ayudaban a orientarse.

—¡Señorita! —oyó que la llamaba.

«No, no te pares», le gritaba una voz interior que le daba fuerzas y ánimo. La casa de miss Devin ya quedaba cerca. Si lograba llegar estaría a salvo. Solo de pensarlo se sentía ligera. Ni siquiera miraba por dónde pisaba.

—Señorita, deténgase, por favor —le gritó su perseguidor.

«Ánimo, un último esfuerzo», se repetía Maddalena. Había llegado a Petticoat Lane. Deseaba ardientemente encontrarse en otro sitio, en Anticoli quizá, donde no había locos homicidas y donde las calles oscuras nunca le habían dado miedo.

Sintió que la sujetaban del brazo. La angustia se hizo insoportable y soltó un grito desesperado. El instinto de conservación le decía que siguiera adelante, pero las piernas, doloridas, no aguantarían mucho más. Tenía los pies llenos de cortes y rozaduras, los zapatos estaban tan gastados que era como si hubiera corrido descalza sobre los adoquines embarrados en aquella noche helada.

—¿Qué quiere? ¡Déjeme en paz! —gritó Maddalena, forcejeando. Él la soltó inmediatamente. Lo observó unos instantes. Iba bien vestido, con capa y chistera, que se había quitado al soltarla. Tenía los ojos claros, pero en la oscuridad no podía apreciar su tonalidad. La barba era oscura y bien cuidada, y sus modales eran los de un caballero. Sin embargo, a pesar de su apariencia inofensiva, ella tuvo miedo. Se rumoreaba que el loco homicida también tenía buen aspecto. Se estremeció.

—No tenga miedo, no quiero hacerle daño —la tranquilizó el hombre, pronunciando despacio las palabras. Maddalena se sorprendió, nadie solía tener la amabilidad de hacerlo. A veces le parecía que los ingleses farfullasen en vez de hablar con claridad. ¿Acaso sabía ese hombre que era extranjera?

—Soy pintor, señorita —le explicó como si le hubiera leído el pensamiento—. Hace días que quiero hablar con usted, pero nunca he tenido la oportunidad de hacerlo. La semana pasada la vi posando en la clase de dibujo…

—Dígame qué quiere —dijo ella bruscamente. El corazón seguía latiéndole muy fuerte del susto y no podía bajar la guardia, a pesar de que el hombre que tenía delante no pareciera un criminal.

—Soy consciente de haberla asustado y me disculpo por ello. No tenía la intención de hacerlo. Solo quería pedirle que posara para mí.

—¿Cómo dice? —preguntó ella abriendo mucho los ojos. Le parecía una petición legítima hecha de manera absurda. ¿La había perseguido por las calles de Londres para pedirle que le hiciera de modelo? Una de dos: o estaba loco o se burlaba de ella.

—Estoy trabajando en un cuadro que quisiera titular *Dolce far niente.* —Pronunció el título en un italiano penoso. Maddalena sonrió a su pesar—. Usted es perfecta para mi obra. Acepte, por favor —la imploró.

—¿Me ha perseguido por medio Londres para preguntarme si quiero ser su modelo? ¿No podía esperar a mañana? —Esta vez no había miedo en el tono de su voz, sino simplemente curiosidad.

—No podía arriesgarme a perderla de vista —respondió él.

—¿Cuándo quiere que pose?

—Mañana.

—Por la tarde trabajo en la academia.

—¿Le iría bien mañana por la mañana? Después la acompañaré a la academia.

—No iré a su casa.

—Es un estudio... —trató de replicar.

—No iré —repitió Maddalena, tajante.

—Está bien, nos veremos en la academia. Le pediré prestada una cabina al director —accedió él.

—De acuerdo.

El hombre entreabrió los labios esbozando una sonrisa que le iluminó la cara. Hasta entonces Maddalena no se había percatado de lo guapo que era. La penumbra y la llovizna que seguía cayendo silenciosa ocultaron el rubor de sus mejillas.

—Hasta mañana entonces —se despidió él.

—Hasta mañana —murmuró ella mientras se alejaba rápidamente. Se detuvo a unos metros, al caer en la cuenta de que no le había preguntado su nombre. Se giró hacia él, que se había quedado de pie, bajo la lluvia, mirando cómo se iba. Maddalena volvió sobre sus pasos. Se paró delante de él e hizo ademán de abrir la boca, pero el hombre fue más rápido.

—John William Godward —dijo.

—Yo me llamo Maddalena Splendori —repuso ella casi en un susurro.

—Lo sé.

4

Roma, 10 de septiembre de 1933
Caffè Aragno

Maddalena y su hija llegaron a la cita con un ligero retraso. El tráfico de la ciudad parecía haber enloquecido, el otoño acababa de empezar y las calles de Roma bullían de gente recién llegada del campo o de la playa. Los comercios también habían reanudado su actividad a pleno rendimiento. Adele Fendi estaba sentada a una mesita en compañía de una niña de unos dos años y un bebé, que llevaba en brazos. En cuanto vio a su amiga sonrió y la saludó con un gesto de la mano. El atuendo de Adele captó inmediatamente la mirada de Maddalena. Su amiga parecía haber salido de una sofisticada novela inglesa: lucía un sombrerito azul pastel y un vestido del mismo color, sobre el que resaltaban unas maravillosas perlas negras; completaban el atuendo unos guantes de encaje.

Habían decidido encontrarse en la planta baja del palacio Marignoli, a dos pasos del Parlamento, en el Caffè Aragno. Fue Federico quien la llevó por primera vez a ese café, fundado por el piamontés Giacomo Aragno a finales del siglo XIX, donde se reunían los intelectuales romanos. El escritor francés Émile Zola se había referido a él como «el corazón de Roma» y la historia le había dado la razón, pues solía ser el local preferido por los intelectuales y el escenario de sus trifulcas: unos años antes, en 1926, había sido testigo del bofetón de Massimo Bontempelli a Giuseppe Ungaretti, que acabó en un duelo a golpes de sable en la villa que Pirandello tenía en via Nomentana. Federico y ella se habían encontrado en más de una ocasión a Filippo Tommaso Marinetti y a Luigi Pirandello tomando un café. Maddalena no había vuelto a pisarlo desde la reforma del año anterior, y citarse con Adele en sus mesitas sobrias y elegantes le había parecido una buena ocasión para visitarlo.

—Buenos días, Maddalena. Parece que hace siglos que no te veo. Y qué alegría tener a Clelia con nosotras —empezó Adele. Un ceremonioso camarero con librea se acercó a tomar nota. Maddalena pidió té para todas.

—Buenos días y buen domingo, Adele. Para mí la alegría es doble. ¿Me presentas a la recién nacida? —dijo Maddalena con una sonrisa.

—Esta es Anna y ya tiene siete meses —respondió Adele. La niña sentada a su lado no le quitaba los ojos de encima a Clelia—. Paola, no se mira fijamente a las personas. Saluda a la señora Belladonna y a su hija.

Paola miró a su madre y negó con la cabeza.

—Hola, Paola —la saludó Maddalena con una sonrisa alentadora. De niña, Clelia también había tenido reacciones parecidas con los amigos de John. El tiempo se detuvo por un instante, Maddalena miró a su alrededor y se vio en la Royal Academy de Londres. Contuvo la respiración, como si una oleada de recuerdos estuviera a punto de arrollarla. Había logrado reprimirla durante meses, años quizá. No sabía explicarse por qué la imagen de John emergía de la bruma del pasado justo en ese momento.

—Gracias por la invitación —exclamó Adele—. Desde que nació Anna, este es el primer domingo que logro tomarme unas horas para distraerme un poco.

—Para nosotros también ha sido un verano extraño, de hecho me pasa igual que a ti: es el primer domingo que salgo con Clelia. Quiero decirte, en primer lugar, que el bolso que compré en tu tienda antes de partir hacia Nápoles ha tenido mucho éxito.

—¿El de napa y latón?

—Sí, en el Caffè Gambrinus atrajo la mirada de todas las señoras.

—Bueno, esa es la razón por la que los llevamos, para llamar la atención de las otras mujeres —dijo Adele, riendo satisfecha.

El camarero interrumpió la conversación y empezó a servir el té. Las mujeres se quedaron en silencio.

—Cuéntame, ¿cómo ha ido el viaje a Nápoles? —preguntó Adele cuando el hombre se hubo retirado.

—Bien. Me divertí sobre todo observando. Mientras Federico estaba ocupado en el congreso con sus compañeros de partido, yo me entretenía con sus esposas. Todas llevaban su perrito atado con correa... y no me refiero solo a los animales domésticos de cuatro patas. Examinándolos meticulosamente, se podían admirar muchas razas —contestó Maddalena entre risas.

—Me lo imagino, no tienes ni idea de lo que veo en la tienda —comentó Adele entre sorbo y sorbo—. Mi marido se salva del cotilleo de las clientas, hace años que se ocupa únicamente de la administración; nuestras dependientas lo llaman el Comendador.

Maddalena se quedó observando a Adele. Esa mujer le gustaba cada vez más. A pesar de las facciones delicadas y la mirada dulce, tenía un semblante autoritario, casi masculino. Demostraba su gran fuerza mediante su actividad: siempre en primera línea, ocupándose de los proveedores y de los clientes o eligiendo el muestrario. Todo el mundo la respetaba y la estimaba, pero ella parecía no darse cuenta, centrada como estaba en su trabajo.

Maddalena la había encontrado atareada y visiblemente cansada en más de una ocasión, pero de sus labios finos nunca había salido una queja. La determinación era una de sus virtudes, una característica de su fuerte personalidad. Desde que se conocieron, unos meses atrás, las dos mujeres habían empezado a verse en la tienda de la via Piave varias veces al mes. Maddalena no solo había adquirido muchos accesorios, sino que había llevado a algunas amigas. Aquel domingo era la primera vez que se veían fuera del entorno de trabajo de Adele. A esas alturas no necesitaban pretextos para quedar.

—Sí, es cierto, hace meses que no veo a tu marido.

—Ver a Edoardo en la tienda es cada vez más difícil —bromeó Adele.

—Lo sé —replicó rápidamente Maddalena—. Creo que me he cruzado con él un par de veces, y siempre de refilón.

—¿Qué os parece —preguntó Adele cuando acabaron el té— si damos un paseo hasta la via del Plebiscito? Hoy es domingo y mi primera tienda está cerrada, pero me gustaría enseñárosla porque fue allí donde empezó todo.

—¿Cómo podríamos rechazar una oferta semejante? Por supuesto que nos gustaría, ¿verdad, cariño?

—Sí, mamá —respondió Clelia sin mucho entusiasmo.

«Marroquinería. Paraguas. Peletería».

El rótulo de la via del Plebiscito rezaba: «Fendi. Artículos de viaje. Artículos de regalo». Adele sonrió satisfecha observando a Maddalena y Clelia mientras admiraban sus creaciones en el escaparate. Estaba orgullosa de ellas y se sentía apreciada cuando se cruzaba con la mirada de una clienta embelesada ante lo que había concebido su ferviente fantasía.

Para Adele no había sido fácil cultivar su pasión por la moda y la marroquinería, teniendo que salvar las dificultades causadas por la crisis de 1929 y la oposición de su familia, que no veía con buenos ojos que una chica se dedicara a los negocios. El matrimonio con Edoardo había complicado aún más la relación con sus familiares, pero gracias a su voluntad de hierro había conseguido alcanzar el objetivo. Cuando levantaba los ojos y veía el nombre Fendi en los rótulos de las tiendas que había abierto con Edoardo, el cansancio se esfumaba y un fuerte sentimiento de legítimo orgullo ocupaba su lugar. Era el impulso que necesitaba para seguir adelante.

—Pasad, por favor —les dijo a Maddalena y Clelia, invitándolas a entrar y siguiéndolas a continuación con sus dos hijas.

—Adele, ¡qué bonito! —exclamó Maddalena—. Así que este es tu primer establecimiento. Estoy sinceramente impresionada, créeme.

Adele sonrió. Se acercó al mostrador y animó a Maddalena a mirar a su alrededor.

—Mi aventura y la de mi marido empezó justo aquí, en la via del Plebiscito, una calle muy concurrida gracias a su proximidad a los grandes monumentos y a los edificios gubernamentales —comenzó a contar.

—Sin duda un lugar de paso de la aristocracia transalpina —comentó Maddalena, que se acercó a una estantería—. ¿Me permites? —preguntó señalando una bonita cartera de mano de suave piel negra en el exterior y de piel rosa salmón en el interior.

—Por supuesto. Los compartimentos están forrados con seda de color crudo. Ábrela si quieres —contestó Adele—. Como puedes ver, este grueso botón esférico de color naranja aplicado sobre el cierre de piel lo convierte en un accesorio muy peculiar.

—Es espléndida —murmuró Clelia, con los ojos brillantes.

—¿Y esta otra maravilla? —preguntó Maddalena cogiendo otro bolso.

—Este es un elegante bolso de noche forrado de tela color amaranto. Como ves, el asa es semirrígida y se cierra con un estiloso botón joya. El interior, de raso, tiene tres compartimentos y una cremallera.

—Me has dejado sin habla... ¿Todos son creaciones tuyas?

—Por supuesto, como los de la tienda de la via Piave.

—Son auténticas joyas...

—Pronto los bolsos se convertirán en joyas, estoy segura. Llegarán a costar como las piedras preciosas.

—Muy cierto. No hay nada más femenino que un bolso bien hecho —convino Maddalena.

—Cuando pienso que nació como un accesorio masculino, de cuero, para llevar dinero, me parece mentira.

—Ironías de la vida.

—Pues sí, los bolsos, tal y como los conocemos ahora, nacen en el siglo pasado como accesorio de viaje para las mujeres. Para mí son indispensables.

—¿Cómo haces para inventarte las formas y los usos? Te admiro... —exclamó Maddalena mientras depositaba el bolso en una estantería.

—En la Toscana aprendí algunos de los secretos que después hice míos. Allí la tradición del curtido de la piel es muy antigua y va de pieles muy resistentes como la de buey a otras más finas como la de becerro, cabra y gamuza.

—Qué maravilla, Adele. Tus bolsos ya se han convertido en accesorios indispensables, yo no puedo salir de casa sin llevar uno —comentó Maddalena, que no paraba de dar vueltas por la tienda.

—Bueno, el bolso es práctico, bonito y da un toque de clase al atuendo.

—Ya... Veo que en el escaparate tienes modelos bastante sobrios.

—Forman parte de la colección que creé el año pasado.

—¿La línea *Selleria*? —preguntó Clelia.

—Exacto —asintió Adele—. Es una línea sobria, pero de lujo. Los bolsos están hechos a mano, en cuero, utilizando la misma técnica que usaban los antiguos romanos para confeccionar sandalias y accesorios. Cada bolso lleva grabado el número de pespuntes necesarios para su confección.

—Las sofisticaciones de Adele —señaló Maddalena deslizando un dedo por uno de los bolsos que había sobre el mostrador.

Adele sonrió.

—Tras la Primera Guerra Mundial se ha vuelto a la elegancia discreta. Están muy de moda las bandoleras de tamaño pequeño con cadena, como la amarilla de pergamino que le compraste a Clelia el mes pasado en la via Piave.

—La adoro —exclamó Clelia—. Es la envidia de todas mis amigas.

—Ahora sabemos por qué es su bolso preferido —añadió su madre entre risas.

5

Roma, 1924
Largo Goldoni

Su padre había muerto a pocos meses de distancia de su madre. Se habían querido mucho y se habían marchado juntos, tal y como siempre habían deseado.

«El día que muera tu padre —solía decirle su madre—, yo lo seguiré, y tú deberás ser fuerte». Adele la reñía cuando decía esas cosas, pero sabía que padecía una enfermedad, que su padre estaba muy enamorado de ella y que después de muchos años de vida en común eran una sola persona. Tras la muerte de ambos, se dedicó en cuerpo y alma a su pasión por la marroquinería, que antes compartía con su padre. Demasiado ocupada para pensar en sí misma, se mudó a Florencia para vivir un tiempo con su tía. Al principio, la indiferencia de la mujer por la muerte de sus padres la turbó: parecía como si no le diera importancia, no vertió una sola lágrima ni tuvo un momento de abatimiento. Pero Adele comprendió muy pronto que su tía era una mujer de una pieza que lograba dominar el dolor y fingir que estaba bien porque para ella mostrar el sufrimiento era una debilidad. La chica intentaba imitarla y a menudo se tragaba las lágrimas para no hacer ver lo mucho que extrañaba a sus padres.

Adele y su tía llevaban una semana en Roma, donde debían despachar varios asuntos.

—Hoy iremos a Haas. Necesito unas alfombras para el salón. Todavía me quedan tantas cosas por hacer... —le comentó su tía mientras entraban en la tienda de Largo Goldoni.

—Ya..., desde que Giacomo se jubiló me imagino que será una necesidad apremiante —dijo Adele, haciéndose eco de sus palabras para tomarle el pelo. Giacomo era el criado y hombre de confianza de sus tíos, trabajaba para ellos desde tiempo inmemorial, pero había alcanzado una edad que ya no le permitía seguir a su servicio.

—¡Y que lo digas! Giacomo es prácticamente insustituible... Si estuviera aquí, se encargaría de las alfombras y de las nuevas telas para forrar los sofás. Esperemos que en Haas haya alguien capaz de echarnos una mano.

—No te preocupes, tía. Ve a visitar a tu amiga en la via dei Condotti, ya me encargo yo de encontrar un dependiente a la altura.

—¿De verdad harías eso por mí, Adele? —preguntó la mujer mientras se le iluminaba la mirada—. Vales tu peso en oro —añadió sin esperar una respuesta. Después se despidió de ella con un beso y dejó que se enfrentara sola a los dependientes de Haas.

Haas&Figli era un gran almacén muy elegante y lleno de color. Uno podía perderse en aquel espectáculo de telas y complementos de decoración. Adele entró en la tienda segura de sí misma. Acababa de cumplir veintisiete años, pero resultaba imposible determinar su edad por su aspecto. Nunca había tomado en consideración que al no ir con un acompañante podía aparentar ser lo que no era, es decir, una criada o alguien poco pudiente. Adele no necesitaba a nadie para imponerse. Era una mujer independiente.

Alguien a su espalda la saludó. Ella, que estaba ensimismada observando algunas telas, casi no lo oyó.

—Buenos días —repitió el joven dependiente. Era alto, delgado, con la mirada intensa y una nariz pronunciada que lo hacía interesante. Llevaba el cabello engominado, peinado a la moda: hacia atrás y con raya a un lado como el divo Rodolfo Valentino.

Adele levantó la vista y se quedó paralizada: el chico tenía algo que le llegó al alma, se sintió inmediatamente atraída por él.

—Soy Edoardo Fendi, señorita, ¿en qué puedo ayudarla? —le preguntó con una sonrisa alentadora.

—Mucho gusto —balbució ella, cortada—. Soy Adele Casagrande y estoy buscando una alfombra.

Edoardo le sonrió y le estrechó la mano con vigor. Adele estaba tan turbada que no se dio cuenta de que él seguía hablándole. No habría podido explicar lo que le producía ese efecto: Edoardo no era un príncipe azul, o por lo menos no en apariencia, pero algo le decía que su vida no volvería a ser la misma después de ese encuentro. Tenía la desagradable sensación de ser una colegiala delante de aquel chico que, como mucho, debía de tener veinte años. Mientras tanto, Edoardo empezó a mostrarle algunas alfombras. Era un buen dependiente, atento y competente.

Adele, que llevaba allí alrededor de una hora, lo había visto comportarse de manera desenfadada o formal según el cliente a quien atendía, y esta capacidad de adaptación le hacía pensar que era despierto e inteligente. Le hizo apartar algunas telas y un par de alfombras y él la felicitó por su buen gusto y le explicó todos los pormenores de sus dibujos. Tenía una actitud decidida y a la vez delicada. La había aconsejado sin imponerse, dándole el tiempo que necesitaba para examinar los artículos con calma.

—Bien... Mañana pasaré con mi tía a retirar el encargo —dijo finalmente Adele, cada vez más confundida.

—Sabes —le dijo Adele a su tía dos días después mientras tomaban una taza de té humeante—, Edoardo, el dependiente que me atendió en Haas, es un verdadero portento.

Su tía la observó con curiosidad y después exclamó más bien fríamente:

—¿Te has quedado prendada de él, querida? Hace un par de días que lo mencionas y buscas pretextos para volver a Haas.

Adele se ruborizó.

—Qué cosas se te ocurren —protestó, preocupada. La tía parecía contrariada. Habían tenido una mañana ajetreada y Adele pensó que estaba cansada.

—No se me ocurre nada, faltaría más... —le respondió.

Permanecieron en silencio durante unos minutos—. Desde que llegamos a Roma no he tenido un momento de descanso —dijo finalmente—. Añoro mi juventud, cuando hacía mil cosas a la vez sin cansarme.

—Hablas como si tuvieras ochenta años —le reprochó cariñosamente Adele.

Su tía no le hizo caso, parecía melancólica. Después le vino a la mente algo que la hizo sonreír.

—Adele, ¿te gustaría que fuéramos de viaje el próximo fin de semana? Solas tú y yo, a las termas.

—¡Sería fantástico! ¡Acepto con mucho gusto!

—Magnífico. ¡Tú te pondrás guapa y yo descansaré! Hace siglos que no estamos juntas ni en Roma ni en Florencia, donde es aún peor, sin la obligación de hacer mil recados —exclamó la tía, excitada ante la idea de pasar unos días en las termas. Después añadió que ella se ocuparía de organizarlo todo.

A la mañana siguiente, Adele fue un par de veces a la tienda de Edoardo para ultimar los envíos a Florencia. Fue necesario inventar varias excusas para que su tía no sospechara. En realidad, quería despedirse del dependiente antes de irse de Roma. La angustiaba la idea de no volver a verlo. Las miradas entre ambos eran cada vez más elocuentes. Se gustaban, era inútil negarlo o esconderlo.

—Adele, yo… —empezó diciendo él mientras colocaba en las cajas la mercancía que ella había adquirido para enviarla a Florencia.

—¿Sí…? —lo alentó ella, incapaz de moverse.

—Edoardo, ¿puedes venir un momento cuando acabes

con la señorita? —le preguntó el encargado, interrumpiendo ese momento de mágica incertidumbre.

—Sí, sí, ya voy —se apresuró a responder él. Miró a Adele y se aclaró la voz para darse ánimos—: ¿Sería mucho atrevimiento si le pidiera que me esperara diez minutos, señorita? Acabo el turno y me gustaría invitarla a tomar algo en el Caffè Greco, que está a dos pasos de aquí.

El corazón de Adele latía enloquecido. Fue en ese instante cuando tuvo la certeza de que estaba enamorada de Edoardo.

Sucedió la víspera de la salida para Florencia. Adele y su tía acababan de llegar al restaurante donde se disponían a cenar. Iban a cruzar la calle, esquivando una carroza que pasaba a todo correr en dirección del gueto, cuando vieron a Edoardo, solo, al otro lado de la calle, como si esperara a alguien. Adele estaba a punto de ir a su encuentro para saludarlo y presentarle a su tía, pero la llegada de una señora bien vestida, que lo saludó y entró con él en el restaurante, le borró la sonrisa de los labios. Fu un duro golpe: perdió el apetito y solo quería volver al hotel, pero no podía dejar plantada a su tía. La mujer la observó extrañada y accedió cuando su sobrina le pidió que fueran a otro restaurante cercano. Tras su primera cita en el Caffè Greco, Adele y Edoardo se habían vuelto a ver al día siguiente para dar un paseo. Estaban a gusto juntos, parecía como si se conocieran desde siempre. Edoardo la cubría de atenciones, Adele admiraba su constancia y su inteligencia vivaz. Nunca había conocido a un hombre así.

A la mañana siguiente, Edoardo se presentó en el hotel con el pretexto de saludar a las dos mujeres. Adele lo recibió con frialdad y le pidió a su tía que no los dejara solos. Al verla tan distante, él tuvo un momento de duda, pero después se armó de valor.

—Me he despedido —anunció—. Ayer noche estuve cenando en el gueto con mi jefe y su esposa y hablamos durante mucho rato...

—No me pareció ver a ningún hombre con la señora —puntualizó la tía, ácida—. Chico, creo que deberías irte porque no eres bienvenido.

Una expresión de sorpresa se dibujó en el rostro de Edoardo, que se quedó sin palabras por unos instantes.

—Mi jefe llegó más tarde, cerró la tienda y se reunió con nosotros, pueden preguntárselo a cualquiera del restaurante. Mis jefes son asiduos del lugar —replicó Edoardo, confundido.

—¿Siempre vais al restaurante a hablar de trabajo? ¿Y tu jefe confía tanto en ti que manda primero a su mujer? —le preguntó Adele.

—Fue ella la que me invitó...

—Tú no me lo habrías dicho, ¿verdad?

—No, te equivocas... No te había hablado del tema porque me habrías desaconsejado que me despidiera. Además, no te lo había comentado, pero quería dejar el trabajo a pesar de que ayer me ofrecieron una gran oportunidad de hacer carrera.

—Ah, ¿sí? Conque esas tenemos... Mi tía y yo te vimos ayer cuando nos dirigíamos al mismo restaurante, pero al final cambiamos de idea —lo cortó en seco—. Además, ¿qué quieres de mí?

—He venido a decirte que me he despedido para estar contigo... Estoy loco por ti, Adele, y quiero que nos casemos —exclamó Edoardo.

Adele contuvo la respiración. No podía creer que le hubiera hecho una propuesta de matrimonio delante de su tía, que se había quedado de piedra. Debía de estar loco, o tan enamorado que se atrevía a todo. Era como si hubiera querido demostrarle que no le preocupaba el juicio de nadie, que por ella estaba dispuesto a cualquier cosa. Se arrepentía de haberlo tratado con desdén. Mientras tanto, Edoardo había cogido el sombrero y se había despedido sin esperar una respuesta. Había dejado el hotel a grandes pasos sin mirar atrás.

—Adele —exclamó la tía tras unos minutos de silencio, mirando a su sobrina. Se habían quedado solas en el vestíbulo del hotel—. No llores, no muestres tu sufrimiento —la regañó—, pero ve a buscarlo, todavía no está todo perdido... A pie no puede haber llegado muy lejos, ¿no crees?

Adele salió del hotel y echó a correr como una loca con la esperanza de que Edoardo no se hubiera alejado mucho. Pero no lo encontraba. Parecía haberse volatilizado. Maldijo su orgullo. Abatida, casi había llegado a la piazza di Spagna, su última esperanza, cuando lo vio tratando de parar una carroza.

—¡Edoardo, Edoardo, espera! —gritó.

Él se giró en su dirección, la vio acercarse, pero no fue a su encuentro.

—¿Tienes algo que añadir a lo que acabas de decirme? —le preguntó cuando la tuvo delante.

Adele asintió y trató de recuperar el aliento.

—¿Es que no lo entiendes? Te quiero.

El rostro de Edoardo se iluminó. La abrazó y la estrechó con fuerza contra su pecho.

—Prometámonos que siempre seremos cómplices... Nuestro amor estará por encima de todo.

Se besaron para sellar la promesa.

6

Roma, finales de agosto de 1937
Taller de los Fendi

—Adele, ¡tengo grandes noticias! —exclamó Maddalena entrando en el taller de su amiga en la via del Plebiscito.

Adele estaba dando de mamar a la recién nacida, otra niña a la que habían dado el nombre de Carla. Las otras tres también estaban con ella, jugando tranquilas en un rincón. Su presencia solo se advertía por algún que otro gritito. Era suficiente con que su madre las llamase por su nombre para que volviera a reinar el silencio en el taller. Por las mañanas, cuando salía de casa con Edoardo para ir a trabajar a la via del Plebiscito, Adele se llevaba a sus cuatro hijas. Y si las pequeñas tenían sueño, las ponía a dormir en los cajones que contenían los bolsos. Cuando encontraba a sus hijas descansando en los lugares más inesperados, Edoardo siempre soltaba una alegre carcajada. Todo el mundo los consideraba una pareja extraordinaria, incluida Maddalena, que cuando coincidía con los dos veía a unos jóvenes entusiastas, enamorados y llenos de talento, los mejores creadores de accesorios elegantes para la burguesía romana.

—¡Soy toda oídos! —replicó Adele, despegando a la recién nacida de su pecho. Carla había nacido a mediados de julio y ella había vuelto al trabajo prácticamente enseguida—. Pero antes siéntate y tómate algo de beber, me estoy muriendo de sed, todavía hace mucho calor.

—Demasiado, sí.

Adele hizo una señal a una de las chicas para que se acercara y le pidió que preparara una limonada fresca. Hasta entonces había sido un agosto templado que más bien parecía finales de mayo. El repentino y breve viraje bochornoso había llegado antes de que empezara el otoño.

—Seré breve... —empezó Maddalena al tiempo que se sentaba—, no quiero abusar de tu tiempo.

—Qué va, quédate cuanto te plazca... Es más, mientras charlamos descanso un rato, estoy agotada.

—¿Te deja dormir? —preguntó Maddalena, señalando a la pequeña que descansaba en los brazos de su madre.

—Sí, Carla es buena, pero tengo poca leche y temo que necesitaré una nodriza —contestó Adele suspirando mientras acunaba a su hija.

—Uh, vaya. Quizá pueda ayudarte —se ofreció Maddalena—. Mi criada de Frosinone tiene una hermana que acaba de dar a luz. Necesita trabajar, podría estar interesada en hacer de ama de cría.

—Me sería de gran ayuda... Tengo poquísima leche y no entiendo por qué. Con Paola, Anna y Franca no tuve problemas.

—No te preocupes. Es un problema que se resuelve fácilmente, deja que me encargue yo. En cuanto vuelva a casa le diré a Lisetta que llame a su hermana.

Adele sonrió a su amiga y volvió a suspirar.

—Gracias. Pero dime, ¿qué ibas a contarme? Has mencionado grandes noticias, ¿o me equivoco? —le preguntó mientras ponía a Carla a dormir.

—No te equivocas, en absoluto. El Duce nos ha invitado a Federico y a mí a una recepción en la villa Torlonia —empezó a contar Maddalena.

—¡Qué gran noticia, tenías razón! —exclamó Adele, que ya intuía el verdadero motivo de la visita inesperada de su amiga. Maddalena se había convertido en su mejor embajadora en la alta sociedad de la capital. Sus amigas y sus conocidas, en especial las mujeres de los políticos y de los exponentes de la alta burguesía romana, acudían a los establecimientos de los Fendi en la via del Plebiscito y en la via Piave y llevaban a su vez a otras amigas y conocidas. Se había creado una especie de círculo virtuoso que hacía feliz a todo el mundo.

—Seré sincera, no me andaré con rodeos, sé que es prácticamente imposible, pero he venido a pedirte una *minaudière* para conjuntar con mi vestido de chiffon negro y rosa de Elsa Schiaparelli. ¿Te acuerdas? Te hablé de él cuando me llegó de París.

Adele, pensativa, asintió.

—Una *minaudière*... ¿Cuándo es la recepción? —preguntó.

—El 4 de septiembre, cae en sábado.

—Hum... Disponemos de poco tiempo, Maddalena, ni siquiera diez días. Esos bolsos joya son auténticas obras de arte que suelen realizarse con mucha anticipación. No es un artículo corriente, cuestan mucho dinero, pero no es el precio lo que me preocupa, sino el poco tiempo del que disponemos —explicó Adele.

—¿Crees que no es factible? Dímelo con toda tranquilidad, me resignaré y trataré de apañármelas con otro de tus bolsos de noche.

—No, no, espera, es factible, pero sabes tan bien como yo que la *minaudière* es como un pequeño cofre joya. Puedo lograrlo, pero debería dedicarme día y noche a elaborarla.

Maddalena asintió.

—Como sabes, una creación tuya daría a mi traje un aire sofisticado y exclusivo. No he asistido a una sola recepción en la que no me hayan preguntado dónde había comprado el bolso o la estola.

—Lo sé. Después acuden a mi tienda de la via Piave y me piden exactamente la misma creación realizada para ti —comentó, absorta, Adele.

Maddalena se quedó callada, sabía que su amiga estaba pensando en cómo satisfacer su petición. La fantasía de Adele galopaba libremente, se notaba por la luz que brillaba en su mirada, fija en un punto indeterminado más allá de la puerta del taller, y por el rubor que le teñía las mejillas. La *minaudière* estaba tomando cuerpo en la ferviente mente de su amiga.

—Las dos formas más bonitas, en mi opinión —empezó a decir—, son la cajita rectangular de metal, estilo pitillera, y la oval, forrada de piel, mejor de reptil, cubierta de estrás o de piedras preciosas.

Maddalena sonrió. A Adele le gustaban los retos y acababa de aceptar uno.

—¿Necesitas el vestido de Schiaparelli? —le preguntó.

—Sí, aunque me imagino que la tonalidad de rosa es la que Schiaparelli ha utilizado para empaquetar su perfume, ¿no? La está usando en todos sus vestidos y accesorios.

—Exacto, es el color del que *Vogue* habló con entusiasmo, un bello rosa brillante, menos vivo que el fucsia y menos intenso que el magenta.

—Sí, sí, lo conozco muy bien —la cortó Adele.

Maddalena se echó a reír.

—No ves la hora de ponerte manos a la obra, ¿verdad? Reconozco esa mirada —dijo poniéndose en pie para dirigirse a la salida.

—Me conoces muy bien —contestó la estilista ruborizada; después le ofreció la mejilla a su amiga, que se despidió de ella con un beso ligero.

—Nos veremos dentro de poco. Mañana mismo te daré noticias de la nodriza. Ahora tengo una cita. Que vaya bien el trabajo... —exclamó Maddalena abriendo la puerta del taller.

—Espera, no me has dicho cómo te gustaría que fuera tu *minaudière* —le advirtió Adele poniéndose también en pie.

—No hace falta que te lo diga, doy carta blanca a tu ingenio... En otras palabras, haz lo que quieras, confío en ti ciegamente.

7

Roma, 1925
Casa de la familia Fendi

Adele miró a su marido y sonrió. La primera semana de apertura había ido mejor de lo previsto. Su boutique de la via del Plebiscito, especializada en artículos de pequeña y media marroquinería, acababa de nacer y el éxito de los primeros días parecía borrar la fatiga de los meses anteriores. El que hasta entonces no había sido más que un pequeño taller se había transformado en una tienda grande, bonita y llena de artículos creados por ella. La experiencia de Edoardo como dependiente de Haas había resultado fundamental, los pequeños detalles para con los clientes marcaban la diferencia. El trato lo era todo. Quien entraba en Fendi debía sentirse cómodo, probar lo que deseara y ser atendido inmediatamente. Durante la primera semana habían acudido muchas señoras del brazo de sus maridos. Habían comprado sobre todo bolsos y estolas. Los pequeños bolsos de noche en bandolera prácticamente se habían agotado. Un verdadero éxito.

—El nombre Fendi será famoso porque es breve, musical y se pronuncia fácilmente en todos los idiomas del mundo —exclamó Edoardo abrazando a su mujer.

El rostro de Adele se iluminó.

—No lo dudo.

Estaba realmente segura. Tan convencida que ni siquiera se le ocurría pensar en el trabajo que la esperaba. Lucharía infatigablemente contra todo lo que supusiera un obstáculo para la empresa.

La fama que Edoardo anhelaba estaba al alcance de su mano: Adele sabía que armonizar forma y sustancia marcaría la diferencia.

Habían llegado al sábado por la noche agotados, pero felices. Acababan de levantarse de la mesa después de una cena ligera. La perspectiva del domingo de descanso había aliviado la tensión de los días anteriores. Adele se había levantado al amanecer porque decía que así se distraía menos. Su fuerza de voluntad era más intensa por la mañana temprano: se levantaba y trabajaba en sus creaciones mientras esperaba a Edoardo para desayunar. Adele había oído decir que la fuerza de voluntad es como un músculo que se fatiga si se utiliza mal y que se desgasta si se utiliza demasiado, por lo que hay que entrenarlo cada día. Nada más cierto. Durante la jornada laboral se imponía un ritmo agotador: trabajaba sin tregua en el taller y se enfrentaba a las clientas difíciles, a los indecisos y a los que solo iban a pasar el tiempo.

La cercanía de su tienda al palazzo Venezia y al Duce había favorecido un flujo constante de gente de diferentes clases sociales. Era un continuo vaivén de personas, incluso de clientes extranjeros.

Tras la victoria de la Primera Guerra Mundial, la población había tenido que enfrentarse a un difícil periodo de reestructuración, pero en ese momento parecía que las cosas iban mejor y la gente volvía a gastar, a pesar de que Italia no hubiera salido bien parada del conflicto bélico. Habían transcurrido tres años desde la marcha sobre Roma, en octubre de 1922. Mussolini había accedido al poder y a partir de entonces el país había cambiado gradual pero inexorablemente. La crisis del año anterior, desatada por el asesinato del diputado socialista Giacomo Matteotti, había sido superada y el partido fascista y su jefe eran aún más poderosos que antes.

Sin embargo, a pesar de la calma aparente, en las periferias arreciaban las huelgas, los disturbios y los intentos de ocupación de las fábricas. Se vivían momentos de gran nerviosismo, pero lejos de las calles del centro, donde el ambiente era más distendido.

Los clientes frecuentaban las tiendas tranquilizados por la acogida calurosa de los comerciantes. En la tienda de los Fendi siempre había una sonrisa para todos. Adele cumplía perfectamente con su doble papel de dueña y artista. También la llenaban de orgullo los halagos procedentes de la selecta clientela extranjera. A Edoardo le importaba mucho su juicio, pues según él tenía un papel fundamental en la percepción de Italia y sus manufacturas en el extranjero. Estaba convencido de que, gracias a la fantasía y a la competencia de Adele, los Fendi exportarían sus creaciones a todo el mundo.

—Italia debe ser la embajadora de la belleza y de la elegancia en el mundo, ¿no crees? —solía decirle con ojos brillantes—. Italia es la patria de artistas como Leonardo y Rafael, llevamos la belleza en la sangre.

—¿Has leído las nuevas tendencias de moda en *Lidel*? —le preguntó Adele, que se levantó del sofá para ir a buscar la revista.

Edoardo la cogió y empezó a hojearla con desgana.

—El problema de *Lidel* es que envía señales contradictorias: por una parte, exalta a las mujeres que hacen gimnasia y llevan ropa cómoda, por otra condena las constituciones demasiado delgadas y filiformes...

—Dice que esa clase de mujer no tiene un aspecto saludable y que por lo tanto desluce la ropa elegante. En ellas las prendas parecen sacos vacíos, incluso si son muy sofisticadas —lo interrumpió Adele, sintetizando—. Pero echa un vistazo a las ilustraciones, por favor. La blusa con escote marinero, las faldas plisadas y los cárdigan cerrados con un cinturón de talle bajo están muy de moda este año. Para los días más fríos, aconseja que las chicas se pongan un abriguito ceñido o un cárdigan, mientras que por la noche pueden llevar los brazos desnudos y cubrirse los hombros con una esclavina o con una estola de pieles.

—Accesorios que pueden adquirir en nuestra tienda —admitió Edoardo.

—Sí, es cierto, pero mira atentamente.

Edoardo volvió atrás unas cuantas páginas y se puso a observar un par de imágenes de la revista.

—Las ilustraciones contradicen el texto —sentenció al final.

El rostro de Adele se iluminó.

—Fíjate, en cambio, en lo que caracteriza a esa ropa.

—Las modelos llevan accesorios peculiares... —murmuró él frunciendo el ceño—. ¿Dónde quieres ir a parar? Explícate mejor.

—Todas las mujeres, gordas, delgadas, altas o bajas, llevan accesorios de lujo como pieles, pañuelos de seda o bolsos... Los accesorios no hacen discriminaciones, sientan bien a todas las mujeres.

—Sí, ¡pero estos bolsos con forma de perro son realmente feos! —la interrumpió Edoardo, señalando una de las ilustraciones.

Adele hizo un gesto de impaciencia con una mano.

—No te fijes en las formas, eso es para después. Lee: los bolsos, los guantes y los sombreros están minuciosamente descritos. *Lidel* tiene un estilo innovador, diferente de las demás revistas de moda, que se limitan a describir lo esencial y son aburridamente sintéticas.

—En efecto, las demás revistas de moda son una versión elegante y refinada de las revistas ilustradas populares, para un público culto y de élite.

—*Lidel* es diferente de todas las demás. Una revista de lujo normalmente se presenta como un medio de difusión de la moda y está dirigida a mujeres con un alto nivel de vida y poder adquisitivo, no a las que leen revistas ilustradas.

—En efecto, en esta revista no se habla solo de ropa o accesorios —observó Edoardo.

—Exacto. La moda es uno de los muchos temas que

trata. Si lees los títulos, comprobarás que toca temas mucho más profundos.

—La moda, por lo que veo, es un pretexto para escribir sobre el trabajo y la reconstrucción económica del país, ¿me equivoco?

—No, en absoluto —exclamó Adele acalorándose—. Fíjate en el argumento de la liberación de la moda italiana de los dictámenes de la francesa. Nosotros vendemos productos cien por cien italianos, diseñados, confeccionados y comercializados por nosotros. La exdirectora, De Liguoro, dio a la revista un rasgo inconfundible: sus redactores luchan desde hace años por la salvaguardia de las manufacturas italianas, no solo con fines patrióticos, sino también para fomentar el relanzamiento de la industria textil.

Edoardo dejó la revista y permaneció en silencio durante unos instantes. Su mujer tenía razón, Italia desempeñaba desde hacía demasiado tiempo un papel productivo, no creativo, en la realización de modelos. La fantasía era una prerrogativa de los grandes modistos parisinos. Las revistas de moda, a pesar de su interés por relanzar la moda italiana, proponían ropa y accesorios franceses. Las mujeres italianas más ricas se decantaban por las grandes casas de moda parisinas. Era frecuente que las adineradas asiduas de los salones de la alta sociedad se hicieran enviar de Francia un modelo que respondiera al último grito o al menos la tela para que se lo confeccionaran en Italia.

—¿Y entonces? ¿En qué estás pensando?

—Mi idea es que logremos que publiquen la reseña de una de nuestras creaciones en la revista, algo así. De un bolso, de un abrigo de pieles... Para llegar a tener una clientela selecta, que elige lo mejor, es necesario que el mundo conozca nuestra existencia. Somos italianos, trabajamos en un sector excelente de por sí, somos artesanos, creativos, pero nos conocen poco.

—¿Y cómo piensas llamar su atención?

—Mañana por la mañana tú y yo escribiremos una carta a la directora y la invitaremos a la via del Plebiscito. Debemos expandirnos, no limitarnos a que la tienda funcione. Me gustaría abrir otra, y después otra más.

—Que no falte ambición... —comentó Edoardo sonriendo.

—¡Eso nunca! Y quiero apostar por *Lidel* porque, a diferencia de las demás revistas que se limitan a reseñar la ropa diseñada por los modistos de más allá de los Alpes, como Lanvin y Chanel, *Lidel* hace que se hable de moda, la trata como lo que es: un organismo vivo, palpitante —exclamó Adele.

Edoardo sopesó por unos instantes la idea de su mujer y después asintió.

—Tienes razón, hagámoslo. No tenemos nada que perder. En el peor de los casos, nos dirá que no.

—Yo también quiero destacar, lo deseo por encima de todo, y creo que con *Lidel* seremos capaces de ir un poco más allá, llegar a las clientas que pueden marcar la diferencia entre un taller artesanal y una boutique —añadió Adele.

—Estoy de tu lado, amor mío.

8

Roma, finales de agosto de 1937
Pontificia Universidad Gregoriana

El padre Romei la estaba esperando en la piazza della Pilotta. A su despacho, situado al otro lado del patio interior del edificio, se accedía mediante una escalera exterior y recorriendo un largo pasillo al que también se asomaban las numerosas oficinas de sus cofrades jesuitas y de algunos padres pertenecientes a la Orden Trinitaria de San Juan de Mata. Su puerta era la última del pasillo. El padre Romei no se preocupaba de cerrarla, solía dejarla abierta como una invitación a entrar. Maddalena conocía el camino a pesar de que no iba a verlo muy a menudo. En un par de ocasiones se había cruzado con la hermana del jesuita. El padre Romei le había contado que más de la mitad de su familia había dejado la Toscana para trasladarse a Roma. Su hermana, sin embargo, seguía viviendo en Florencia a pesar de que él le había propuesto más de una vez que se mudara a la capital. Ella se negaba, alegando que mientras permaneciera allí lo que quedaba de la familia Romei podría reunirse al menos una vez al año en la ciudad toscana donde todo había empezado. En cierto modo, admitía el padre Romei ante Maddalena, su hermana tenía razón: sin ella, la casa familiar de la via Taddei se vendería y sus recuerdos de infancia se desvanecerían en el olvido.

—¡La puerta está abierta! —exclamó Giulio Romei en cuanto oyó llamar. Maddalena frunció el entrecejo al saludarlo. El rostro del jesuita mostraba signos de tensión—. Entre, querida señora —dijo él apartándose—. He tenido un mal día.

—Se nota, padre Romei —comentó Maddalena al tiempo que se acomodaba en una silla colocada delante del escritorio tras el que él mientras tanto había tomado asiento.

—El papeleo burocrático me pone de mal humor, pero su visita me reconforta.

—Me alegro, pero no quisiera molestarle… —empezó a decir Maddalena.

—En absoluto, todo lo contrario —la interrumpió Giulio, dedicándole una sonrisa alentadora—. Pero dígame, ¿qué puedo hacer por usted?

Maddalena suspiró y dejó el bolso sobre las rodillas. Observando los movimientos de la mujer, Romei notó que le temblaba ligeramente la mano derecha al extraer un papel de periódico. En cualquier caso, logró controlarlo y empezó a hablar casi con dificultad:

—Padre Romei, en primer lugar, le agradezco que me haya recibido.

—Faltaría más… —contestó él con expresión preocupada.

Aquel tono tan formal no era proprio de Maddalena,

estaba claro que algo la atormentaba, pero él, que conocía la naturaleza humana, no tenía intención de forzar las cosas. La experiencia y los muchos años de enseñanza lo habían instruido en la paciencia y el silencio.

—Federico y yo hemos leído con mucho interés su ensayo sobre Constantino —dijo Maddalena.

—Gracias —respondió Romei sonriendo. Había dado por hecho que la mujer no iría al grano—. El ensayo no es más que la primera parte de un trabajo más extenso.

—Comprendo —susurró ella, nerviosa.

—¿Cómo está Clelia? —le preguntó Romei, con la esperanza de que su interlocutora se sintiera cómoda. A pesar de que era el director espiritual de la familia Belladonna, Maddalena no lo visitaba tan asiduamente como Federico y Clelia.

—Está... bien.

El padre Romei posó las manos sobre el escritorio y le dirigió una sonrisa de ánimo.

—¿Cuál es el motivo de su visita, Maddalena? —le preguntó con dulzura.

—No tengo el don de la palabra —admitió Maddalena tras un instante de silencio.

—Tómese el tiempo que necesite, nadie la atosiga, y yo tengo toda la tarde a disposición —la tranquilizó el jesuita.

—Mire, padre Romei, por desgracia no he venido a hacerle una visita de cortesía —empezó Maddalena.

—De eso ya me había dado cuenta —repuso él sin quitarle los ojos de encima. Pero antes de que pudiera preguntarle algo más, ella continuó.

—Lea esto —le dijo tendiéndole la hoja de periódico.

—Un momento —murmuró Romei antes de ponerse las gafas.

—¿Alguna vez ha oído hablar de este hombre? —preguntó Maddalena cuando Romei hubo acabado de leer el recorte.

El padre Romei negó con la cabeza y suspiró.

—No soy un asiduo de la villa Strohl Fern. Solo estuve una vez, con ocasión de una comida entre amigos. No creo haber visto nunca a este hombre y tampoco he oído mencionarlo. Pero no estoy seguro.

—Así que nunca ha visto una obra suya... —dijo Maddalena.

—No, lo siento.

El padre Romei no lograba entender el motivo de la visita ni del estado de ánimo de Maddalena, pálida y visiblemente emocionada.

—Ese hombre es el verdadero padre de Clelia —susurró Maddalena.

Durante unos pocos minutos, que a ambos se les antojaron interminables, evitaron mirarse. El padre Romei, aparentemente tranquilo, dirigía la vista más allá de la ventana del despacho; Maddalena, en cambio, tenía un aire preocupado y sombrío. Se había hecho el silencio. Solo se oía el tictac del reloj de mesa y un ligero murmullo procedente del patio interior de la Gregoriana.

—¿Por qué ha venido, Maddalena?

—Porque no puedo más —admitió ella. La voz se le rompió.

—Me lo imagino, lo leo en su cara —fue la lacónica respuesta de Romei, que posó la mirada en su interlocutora y entornó los ojos hasta reducirlos a dos ranuras impenetrables.

—No sé qué hacer. No puedo seguir viviendo con este peso... Quiero saber dónde me he equivocado.

—Solo el Señor posee los medios para saber cuál es la vía acertada, pero a veces se sirve de los hombres para mostrar el camino del conocimiento. —Maddalena suspiró. Romei era un hueso duro de roer. El jesuita la miró fijamente y exclamó—: Cuanto antes me diga la verdadera razón que la ha empujado a venir aquí, menos tardará la luz en volver a iluminar estos tiempos de oscuridad. Dios envió en sueños a Constantino el símbolo de la cruz diciéndole *«In hoc signo vinces»*, y es justo bajo su égida donde se halla la clave del conocimiento. No permita que la oscuridad se imponga a la luz sin ni siquiera intentar buscar la vía que lleva a la verdad.

—Ayúdeme, padre Romei.

—Estamos en las manos de Dios, sincérese.

9

Capri, agosto de 1905

Había decidido organizar su última exposición en la Royal Academy durante el verano, con la esperanza de despertar la atención de sus compatriotas tras el éxito obtenido en París y el resto del continente. Pero el público había acogido sus lienzos con poco entusiasmo, por lo que John decidió salir para Italia. Quería visitar Nápoles, Pompeya y Sorrento. Su necesidad de belleza era tan urgente que le impedía seguir pintando en Londres. Había tomado la decisión de ir a Capri casi por casualidad. El perfil sinuoso de la isla vista desde tierra firme lo había seducido como el canto de una sirena, por eso había zarpado desde Nápoles, para dirigirse al lugar más bello que había visto nunca.

—Este sitio te pertenece, Maddalena —exclamó John mientras la ayudaba a bajar por la pasarela del transbordador.

Ella miró a su alrededor, perpleja. Todavía estaba mareada por la travesía, a pesar de que el mar estaba en calma. Tropezó en el muelle y John la sujetó, estrechándola contra él.

—Se te pasará enseguida, cariño —murmuró suavemente—. Mi dulce náufraga..., mi dulcísima náufraga.

El barco estaba a punto de atracar en el pequeño puerto de Capri al despuntar el alba. El mar era sublime a esa hora: un triunfo de colores, avivados por el sol que surgía en el horizonte, se mezclaba con el azul del agua. Maddalena se había asomado para mirar desde el puente de proa, a pesar del mareo. Esperaba que la estancia en la isla fuera placentera, pero sobre todo breve. Quería volver a Londres, ya la añoraba. Se sentía incómoda en Italia, un latente sentimiento de culpa con su familia le partía el corazón. La idea de estar relativamente cerca de Anticoli y de no tener el dinero suficiente para ir a verlos la ponía nerviosa. Su familia no estaba lejos, o, mejor dicho, no estaba tan lejos como en Londres. Maddalena sentía en su fuero interno la necesidad de pasar página, de cambiar de vida definitivamente. Debía esforzarse por apreciar lo que tenía, ahora que el hambre ya no la atenazaba, que John cubría sus necesidades. Solo debía pensar en disfrutar de su estancia en la isla.

Maddalena respiró a todo pulmón el aire salobre y penetrante de la brisa marina. Todavía no hacía calor, aunque el sol ya caldeaba con sus rayos tibios la madera oscura del puente.

El capitán del barco los había saludado con cordialidad. Maddalena había respondido con un gesto de la cabeza mientras seguía a John, que se dirigía hacia la proa, y ponía cuidado en no resbalar sobre el puente recién lavado. Su calzado no era el apropiado para caminar sobre la madera mojada. Avanzaba lentamente y con prudencia de la mano de John sujetándose a la borda. Cerró los ojos y respiró profundamente el aroma del mar. Las náuseas remitían poco a poco gracias al aire fresco de la mañana. Experimentaba una extraña sensación, como si volara sobre el agua besada por los rayos del sol y acariciada por la brisa, que le revolvía la larga melena.

Los gritos de los marineros la obligaron a abrir los ojos. Se giró hacia ellos y vio que señalaban un punto indeterminado del horizonte donde ella solo veía una gran nube blanca.

—Mira más atentamente —le susurró John, abrazándola.

—¿Puedes leer el pensamiento? —le preguntó Maddalena.

—No. Pero así es como se reacciona la primera vez que se vislumbra una isla en medio del mar —contestó él riendo, mientras señalaba lo que parecía una acumulación de nubes que fluctuaba sobre las olas.

—Oh, Dios mío..., es cierto... —murmuró Maddalena, embelesada.

Capri afloraba de la neblina que la rodeaba como un lugar mitológico surgiendo de las aguas, como la isla sagrada de Avalon que conocía gracias a John. Él la miraba con ternura.

—Estoy seguro de que la estancia en la isla te sentará muy bien —le dijo.

Al cabo de una hora, el barco había atracado en el puerto de Capri.

Maddalena miraba a su alrededor, confundida. Ya en tierra firme, Capri le pareció espléndida. Desde el puerto se divisaba el pueblecito encumbrado. El olor del mar se mezclaba con el de la tierra y los colores de la exuberante vegetación se fundían armónicamente con las casitas blancas y los rostros de los pescadores, surcados de arrugas. Cogieron un landó para subir al pueblo. Una vez cargado el escaso equipaje en la pequeña carroza abierta, Maddalena se dedicó a admirar, encantada, el paisaje que se abría ante su vista a medida que se dirigían al pueblo. El vehículo enfiló un callejón estrecho y empinado; el cochero les explicó que era un atajo. La belleza de las vistas sobre el mar la dejaba sin aliento.

Poco después, el landó tomó una calle más ancha. Una espesura escarpada separaba la calle del mar. La carroza dejó atrás los árboles más altos y siguió la curvatura del camino.

Al cabo de un instante se detuvo en un ensanche que parecía una terraza natural. Solo un murete se interponía entre la animada plazoleta del pueblo y el bosque, que descendía hacia el mar.

La casita que habían alquilado se hallaba a pocos pasos de allí. Se accedía a ella bajando una empinada escalera de piedra. La dueña los invitó a entrar, les entregó inmediatamente las llaves y desapareció por los callejones y las escaleras del pueblo. El pequeño apartamento era confortable y estaba limpio. Nada más entrar había un dormitorio, con una cama de matrimonio en el centro. Una puerta pequeña daba a otra habitación, vacía pero luminosa. Un amplio balcón la inundaba de luz.

—¿Qué te parece? —le preguntó John mientras se quitaba el canotier y abría la puerta del balcón para ventilar. Maddalena no tuvo tiempo de responder—. Ven aquí —exclamó él sin poder contener su entusiasmo—. ¡Mira qué vista más espectacular!

El balcón daba directamente al mar.

—Me alegro de verte tan contento, pero ahora solo quiero descansar, estoy agotada.

John se acercó solícitamente y la tomó entre sus brazos.

—Soy un monstruo insensible, perdóname, amor mío...

Maddalena lo besó en la mejilla y se dirigió al balcón.

—No digas tonterías... —Le dirigió una sonrisa resplandeciente. Se miraron por un instante. El deseo que sentían el uno por el otro prendió como por encanto. Todavía no era el momento de descansar, su única necesidad era amarse.

La vida en la isla empezó por la tarde, cuando John decidió salir a explorarla. El sol había desaparecido entre las nubes y el viento de mar había atenuado el bochorno; se estaba mucho mejor. Maddalena se sintió más despejada. Esa tarde fueron a ver los farallones de los que John había oído hablar a los amigos que habían visitado la isla durante el Grand Tour. La vista de aquellas dos rocas inmensas que sobresalían en el mar color zafiro la dejó sin palabras. Se sentaron en una piedra y perdieron la noción del tiempo contemplándolas.

Aquella noche, John había quedado antes de cenar con un cierto Fersen, un barón con quien tenía amigos en común, que los había invitado a tomar café en la plazoleta del pueblo. Un querido amigo de John, el pintor William Clarke Wontner, para el que Maddalena también había posado, le había anunciado su llegada. Había sido precisamente William quien le había puesto el nombre artístico con el que John también la llamaba cuando quería burlarse de ella. Todas las modelos, le había dicho William, tenían uno. Y el suyo solo podía ser Dolcissima por su mirada lánguida. A Maddalena no le gustaba en absoluto, lo encontraba estúpido y no le hacía justicia, pero lo aceptaba con una media sonrisa. John solía secundar las excentricidades de su amigo, al que debía su ingreso en la Royal Academy. Maddalena había empezado a conocer personas más bien singulares desde que había comenzado su relación con John. No todos eran pintores, también había muchos ricos aburridos que se reunían para divertirse y fumar opio. Pero John, cuyo carácter era huraño y dulce a la vez, casi melancólico, no era como ellos. Cuando posó para él, Maddalena comprendió que además de guapo era un hombre íntegro. Se enamoró casi enseguida y fue ella la que se le insinuó un día en su taller. A pesar de que el posado incluía un comedido vestido de estilo griego, se desnudó y se mostró ante él sin pudor, pidiéndole sin palabras que hicieran el amor. Estaba segura de que John nunca le haría daño. Y así fue.

El barón Jacques de Adelswärd-Fersen era cuanto menos un hombre extraño, pero su locura no era de la misma naturaleza que la del resto de los amigos de John. Maddalena se dio cuenta incluso antes de conocerlo. Era un joven apuesto que rondaba los veinticinco, muy delgado y de mirada penetrante. Dos años antes, en París, había protagonizado un escándalo. Lo acusaron de celebrar misas negras —que él llamaba «misas rosas»— en su casa de la avenue de Friedland. El amigo en común que recomendó John a Fersen, Wontner, le contó que en realidad el barón no era un monstruo, pero que efectivamente le gustaba celebrar orgías. El escándalo se desató a raíz de la participación en ellas de algunos jóvenes estudiantes parisinos. Fersen fue acusado de inmoralidad y pagó con seis meses de prisión.

Expulsado sin miramientos de los salones de la élite parisina, se refugió en la isla de Capri, donde empezó a proyectar una villa que quería llamar La Gloriette, en la que John esperaba trabajar. Fersen era rico y pagaba generosamente, pero lo que despertaba el interés de John, que consideraba al aristócrata un mecenas moderno, era que podía ayudarlo a reanudar su carrera. Cuando Jacques de Adelswärd-Fersen se presentó ante ellos en la plazoleta, lo primero que dijo, sin venir a cuento, fue que descendía por parte de padre de Hans Axel von Fersen, presunto y famoso amante de la reina francesa María Antonieta. Le gustaba precisarlo, añadió con engreimiento, por mera admiración hacia su célebre antepasado.

—Como le digo a todo el mundo, algún día, queridos amigos, quitaré el «de Adelswärd» de mi apellido y me haré llamar simplemente barón Fersen.

—¿Por qué? —preguntó Maddalena observándolo con curiosidad. El barón parecía agitado y sudaba copiosamente aunque no hacía calor. Se movía con brusquedad y de vez en cuando levantaba la voz.

—Mi abuelo fundó la industria del acero en Longwy, una empresa tan rentable que me convirtió en un hombre ofensivamente rico cuando, hace tres años, heredé el patrimonio de mi familia. Pero yo no quiero que se me relacione con el acero como si fuera un vulgar nuevo rico. Me invitaban a los círculos más exclusivos de París solo por mi dinero...; esos malditos idiotas querían casarme con sus horribles hijas. ¿Entiendes ahora por qué mi apellido me da náuseas?

No, Maddalena no lo entendía en absoluto. Contuvo la respiración, tratando de tragarse las lágrimas. No sabía si eran de rabia. Ese hombre la irritaba porque no se daba cuenta de lo afortunado que era. Despreciaba el dinero porque tenía demasiado. John le apretó una mano. Como siempre, había adivinado lo que estaba pensando y le sonrió para tranquilizarla: el suplicio sería breve.

—En fin —continuó Fersen, ajeno al malestar de Maddalena—. Cuando los planes de matrimonio quedaron descartados, decidí mudarme aquí. Había estado en Capri de pequeño y me enamoré locamente de la isla. He comprado a la familia Salvia un terreno en lo alto de una colina, en el extremo nororiental, cerca del lugar donde hace dos mil años el emperador romano Tiberio mandó construir la villa Jovis.

—Un proyecto ambicioso —comentó, admirado, John.

—Sin duda. Quiero vivir como un emperador y ese terreno es el adecuado para construir en él una villa suntuosa. Ya he encargado los planos a Édouard Chimot. En el vestíbulo quiero una escalinata de mármol con la barandilla de hierro forjado, adornada de pámpanos, y una biblioteca presidida por una réplica del *David* de Verrocchio. También quiero una terraza balaustrada que se asome al golfo de Nápoles y al Vesubio. Quiero estar rodeado de obras de arte, quiero ser libre de ir desnudo por la casa como un dios griego, o, mejor aún, como Apolo, el dios de la poesía. No tengo frenos.

—El arte no debe tenerlos, pero... —trató de decir John.

—¿Queréis ver dónde se alzará mi morada? —lo interrumpió Fersen. John no respondió—. Bien, nos vemos mañana a mediodía aquí, en la plaza —prosiguió el barón haciendo caso omiso del titubeo de John—. Estoy cansado, os dejo con vuestros arrumacos —exclamó con un suspiro, y se despidió de ellos con ademanes deliberadamente afectados.

Cuando John y Maddalena se quedaron solos, pasearon en silencio durante un rato, absortos en sus propios pensamientos. La luz rojiza de la puesta del sol fue adquiriendo los matices violáceos y azulados que precedían a la oscuridad. El aire salobre que ascendía del mar estaba impregnado del aroma de los limoneros que había por toda la isla. Antes de llegar a casa se detuvieron a admirar el panorama. Bajo sus pies, el puerto bullía de pescadores e isleños. A medida que el sol se ponía, sus figuras se volvían indistinguibles y se perdían entre los perfiles de las embarcaciones.

—No acudiremos a la cita —exclamó John rompiendo el silencio.

—¿Cómo dices? —preguntó Maddalena frunciendo el ceño.

—He dicho que mañana no iremos con Fersen —repitió él.

—¿Por qué no? Para ti es muy importante trabajar con él —replicó Maddalena, con un hilo de voz. En verdad, tenía la esperanza de que John desistiera de la idea de ponerse al servicio de ese barón loco.

—No me apetece, es demasiado extravagante, frívolo... —comentó—. Tengo la intención de dedicarme a estudiar y a pintar al óleo. Sorrento, Pompeya y Nápoles han dejado una huella en mi fantasía y quiero plasmarla en la pintura. Deseo retratarte como Nerissa y Drusilla, aquí en Capri. Tras la visita a Pompeya me siento pletórico y lo último que deseo es trabajar por encargo.

—Como quieras —dijo Maddalena. Se habían encaminado hacia la casa y bajaban las escaleras que conducían a la puerta de entrada.

—Ya me ocuparé de los encargos cuando volvamos a Londres.

Maddalena no respondió. John la haría partícipe del motivo de su decisión más adelante, sabía que no debía insistir. Había aprendido a conocerlo y a respetar sus ritmos. Una delicadeza que John apreciaba y valoraba.

—¿Qué le dirás a Fersen? —preguntó tímidamente.

—No te preocupes, algo se me ocurrirá.

—John, si lo haces porque ese hombre me perturba, yo no...

—Tranquila, cariño, te lo ruego —la interrumpió él.

—Está bien.

—He oído decir que dentro de un gran parque de Roma —prosiguió John tras unos minutos de silencio al entrar en la casa— hay estudios para los artistas. Un aristócrata alsaciano, un tal Wilhelm Strohl, ha hecho construir estudios residenciales en su interior y aloja a pintores y artistas de toda Europa. Es un verdadero mecenas sin veleidades artísticas ni delirios de omnipotencia.

—¿Quieres dejar Capri para ir a Roma? —preguntó Maddalena.

—No, por ahora no —contestó John—. Antes quiero regresar a Londres, y después, si es necesario, volver a Italia. Pero hace tiempo que oigo hablar de la villa Strohl Fern y tarde o temprano te llevaré, amor mío. Además, Roma está cerca del pueblo de tus padres.

Maddalena lo abrazó. No necesitaba oír nada más.

10

Roma, 4 de septiembre de 1937
Villa Torlonia

La villa Torlonia estaba iluminada como si fuera de día. De la entrada al parque al que se asomaba la morada principal hasta su puerta, un triunfo de luces y colores acogía a los elegantísimos invitados. Todo, desde el jardín inglés a los edificios que formaban parte del complejo, había sido decorado con suntuosidad. La más reciente de las residencias nobiliarias de Roma tenía el aspecto de un palacio imperial, y en parte lo era. La villa, ubicada en el número 70 de la via Nomentana, había sido restaurada por el arquitecto Giuseppe Valadier por encargo del marqués Giovanni Torlonia, que la había adquirido a finales del siglo XVIII, cuando todavía se llamaba villa Colonna. Valadier había transformado la morada en una villa digna de un príncipe convirtiendo el edificio principal en un elegante palacio. Cuando Giovanni Torlonia murió, en 1832, su hijo Alessandro encargó una reforma al arquitecto y pintor Giovan Battista Caretti, que la amplió y la enriqueció, y, siguiendo los gustos del príncipe, mandó construir algunos elementos decorativos peculiares como el templo de Saturno y las falsas ruinas. Desde 1925, el palacio principal de la villa se había convertido en la residencia de Benito Mussolini y su familia. El Duce utilizaba los demás edificios para celebrar fiestas, proyectar películas y como marco de eventos privados y oficiales.

A pesar de que era una recepción de carácter privado, aquella noche había decidido abrir el salón de la morada principal, que estaba iluminado por luces variopintas. Los invitados paseaban por la casa admirando los maravillosos frescos a modo de trampantojos, los mármoles, los techos decorados y el regio mobiliario. Cuando Maddalena y Federico entraron en la sala, fueron recibidos por una pequeña orquesta de cámara que tocaba el *Trío Archiduque* de Beethoven. Saludaron de inmediato a Edda y Galeazzo. Ella, en avanzado estado de gestación, tenía muy buen aspecto. A Maddalena siempre le habían gustado los Ciano. Eran guapos y elegantes. A pesar de ser de índole reservada, Edda le había contado que, tras casarse con Galeazzo, a los dos meses escasos de haberlo conocido, habían hecho un breve viaje de novios a Capri. Era uno de los motivos por los que Maddalena se sentía unida a la pareja. En cierto sentido, ella también había realizado su primer viaje de amor a la isla y el recuerdo volvía a aflorar leve.

El yerno del Duce siempre estaba ocupado con los compromisos políticos, así que Edda se dedicaba a la vida de sociedad. Residía con sus hijos en una gran casa cercana a la de los Belladonna y los domingos comía con sus padres en la villa Torlonia.

—Qué alegría verte, Maddalena —le dijo Edda, abrazándola.

—Querida Edda —contestó Maddalena, devolviéndole el abrazo.

—No veo a Clelia con vosotros.

—La hemos dejado en casa, queríamos pasar una velada con los amigos y ella estaba sumida en sus lecturas —explicó Maddalena.

—Tu hija cada día es más guapa y más culta. Me gusta. Será una mujer independiente. Sabes que mis hijos reciben una educación severa, quiero que estudien y se comporten tan bien como tu Clelia.

Maddalena sonrió. Sí, sabía que la hija del Duce era capaz de meter en cintura a sus hijos con órdenes perentorias y disciplina casi militar. Para los niños, admitía la misma Edda con una sonrisa, las visitas dominicales a los abuelos suponían una tregua.

—Me entristece que Luigi no esté con nosotros —comentó Maddalena suspirando.

—¿Sabes que precisamente hoy, antes de venir aquí, he pensado en él? —dijo Edda—. Ha sido al pasar por delante de la hermosa villa de Luigi, que como sabes está muy cerca de la villa Torlonia... ¡Qué pérdida para el mundo literario y para la humanidad! Pirandello era un auténtico hombre de letras, de los que solo surgen cada cien años.

—Ya. Lo echaremos en falta.

—Pero ¿qué es esta maravilla? —exclamó Edda, cambiando repentinamente de tema y señalando la *minaudière* de Maddalena.

—¿Te gusta? —le preguntó esta última con una sonrisa cómplice.

—¡Me encanta! Yo también quiero una —dijo Edda cogiendo el bolso que su amiga le ofrecía para observarlo de cerca—. Nunca he visto nada tan bonito.

—¿Verdad que sí? No sabes la alegría que sentí cuando la fui a buscar —añadió Maddalena.

—¿Quién es el artista? Es la primera vez que veo algo así.

—Se trata de una artista.

—¿Una mujer? Fantástico, ¿cómo se llama? —preguntó Edda dando vueltas a la *minaudière* en las manos.

—Adele Fendi.

—¿Fendi? —Edda frunció el ceño—. Creo que ya he oído ese nombre.

—Bueno, supongo que habrás pasado delante de sus tiendas. Hay una en la via del Plebiscito y otra en la via Piave —dijo Maddalena.

—Hum..., puede ser. Pero estoy segura de que nunca he entrado en ninguna, no habría olvidado un bolso como este.

—Adele es una verdadera artista. Su habilidad manual es prodigiosa y su fantasía para los bolsos y accesorios, desbordante.

Edda permaneció en silencio unos instantes. Devolvió la *minaudière* a su amiga sin apartar la vista de los destellos tornasolados que lanzaban las piedras que la cubrían, embelesada.

—Maravillosa —murmuró.

—Sí, Adele se ha superado a sí misma con esta creación. Además, ha hecho un esfuerzo titánico para que estuviera lista en muy poco tiempo y satisfacer mi capricho —explicó Maddalena.

—La cómplice ideal —comentó Edda—. Tengo que conocerla.

—Vamos juntas un día, si quieres.

—En cuanto pueda.

Las interrumpió el anuncio de la cena. Antes de reunirse con su marido, Edda le pidió que más tarde, cuando se levantaran de la mesa, la acompañase a dar una vuelta por el jardín para ver la Casita de los Mochuelos. Maddalena accedió inmediatamente, en parte por curiosidad —Federico le había hablado del extravagante edificio— y en parte porque había intuido que Edda quería pasar un rato agradable con una persona de confianza. La hija del Duce le había confiado en más de una ocasión que solo podía contar con pocas personas. El oportunismo la rodeaba y ella era muy consciente de eso.

Casita de los Mochuelos

—Normalmente me horroriza esta clase de construcciones, pero esta pequeña villa me fascina —le comentó Edda a Maddalena mientras se acercaban a la casita del príncipe, que emergía de la oscuridad iluminada por las antorchas. De lejos parecía un pequeño castillo en ruinas, una suerte de inquietante casa de la bruja. La Cabaña Suiza seguía siendo la morada del excéntrico príncipe Giovanni Torlonia júnior. Él fue quien, en 1908, la había transformado en una especie de complejo medieval proyectado por el arquitecto Enrico Gennari primero y Venuto Venuti después. Años más tarde, se empezó a llamar al extraño edificio la Casita de los Mochuelos por la presencia de la vidriera de Duilio Cambellotti, que representaba a dos mochuelos estilizados entre ramas de hiedra.

—¡Es asombrosa! —exclamó Maddalena, cuyo entusiasmo aumentaba a medida que se acercaban a ella.

—Ciertas obras de arte son como algunas personas: se las ama o se las odia —contestó, distraída, Edda.

Un sendero de grava desembocaba en un ensanche enfrente de la pequeña villa. Maddalena tuvo la impresión de que una máquina del tiempo la había catapultado a una aldea medieval.

—La primera vez que la vi no supe qué pensar, me pareció una mezcolanza de estilos. Las vidrieras, las pinturas y las paredes revestidas de boiserie van del neogótico al modernismo. Pero con el tiempo he aprendido a apreciarla porque el conjunto no desentona, todo lo contrario, se amalgama con tu estado de ánimo.

—¿Vienes a menudo?

—Giovanni es un personaje tan raro como la villa, pero aunque sea huraño y esté obsesionado con el esoterismo me gusta hablar con él. Lo consideran una especie de misántropo. Lee esto —dijo indicando la puerta de la casita.

—«Sabiduría y soledad» —leyó Maddalena.

—¡Edda! —exclamó un hombre que rondaba los sesenta al tiempo que cruzaba el umbral.

—Buenas noches, príncipe Torlonia —lo saludó Edda con una sonrisa—. He traído a mi amiga Maddalena Belladonna.

Maddalena saludó al aristócrata con una inclinación de la cabeza.

—Tus amigas son bienvenidas —dijo Torlonia, apartándose para invitarlas a pasar.

Maddalena contuvo la respiración, le pareció que estaba entrando en un cuento de hadas. El vestíbulo recordaba a una de esas antiguas posadas que se describían en las novelas *Ivanhoe* y *Robin Hood*, que tanto le gustaban a su hija Clelia. Una escalera de madera conducía al piso superior, donde el príncipe les mostró la habitación con la vidriera de tres hojas representando a dos mochuelos que parecían escrutarlos con aire amenazador; sus ojos amarillos infundían respeto.

—Esta vidriera, de 1918, fue realizada por Cesare Picchiarini según el diseño de Duilio Cambellotti —explicó, ufano, Torlonia—. El tema de los mochuelos aparece a menudo en las decoraciones y en el mobiliario de esta casa. Me gusta recorrer los pasillos y encontrarme cara a cara con estas queridas aves que infestan la casa. Comprendo que quizá a vosotras os parezcan inquietantes.

—El mochuelo es el animal favorito de Minerva, la diosa de la sabiduría, príncipe —murmuró Edda.

—Mi culta y bella amiga —sonrió Giovanni, complacido—. No es solo eso. El mochuelo representa para mí la noche y la clarividencia, una suerte de imagen guía personal, un escudo, un emblema que he querido representar en toda mi casa. Venid.

Abrió paso y condujo a las dos mujeres hacia una escalera empinada que descendía a la planta baja por el exterior. El tramo estaba decorado con hermosas vidrieras que representaban las estaciones, un encaje perfecto de madera, vidrio y colores.

—Volvamos a la sala del Clavo, la uso como estudio —dijo volviendo sobre sus pasos—. Allí podremos hablar tranquilos.

La luz de las antorchas exteriores se filtraba a través de la vidriera, dibujando en el suelo de la habitación sombras de colores que se alargaban hasta sus pies. El príncipe encendió la luz y la claridad absorbió los reflejos como por encanto. Las señoras se pusieron cómodas en las butacas, mientras Torlonia permanecía de pie al lado de la vidriera con forma de clavo partida en dos por un pilar, cuyos dibujos representaban pámpanos, sarmientos y racimos de uva.

De vez en cuando, el príncipe miraba fuera de la ventana, más allá del jardín de su villa, lo cual permitía a Maddalena observarlo mejor. Llevaba un chaleco de cuadros y una pajarita de seda de colores. Su vena creativa también se manifestaba en el vestir. El gran bigote negro, los ojos penetrantes y la sonrisita irónica hacían de él un personaje de vodevil.

—He oído decir que tu padre irá a Alemania el 24 de septiembre, en visita a Hitler —dijo el príncipe dirigiéndose a Edda, pero mirando a Maddalena con la clásica expresión de quien reconoce un rostro, pero no logra asociarlo a un nombre.

—Sí, permanecerá allí del 24 al 30 de septiembre.

—Hum..., entiendo —murmuró él frunciendo el ceño—. Disculpe que la mire con insistencia, señora Belladonna, pero tengo la impresión de haberla visto en alguna parte.

—Es posible, príncipe —comentó Maddalena—. No sabría decirle dónde, pero ¿podría ser en el teatro?

—No, no creo... Pero estoy seguro de haberla visto antes, su cara me resulta familiar.

—En efecto, Maddalena no es una mujer que pase inadvertida —apuntó Edda.

—Sí, sí... Lo curioso es que conservo un vívido recuerdo de su rostro y no logro explicármelo —añadió Torlonia acercándose a Maddalena—. ¿Vive cerca?

—Sí.

—Qué pregunta más absurda. Lo cierto es que apenas salgo.

—Puede que me haya visto cerca del Parlamento, mi marido es diputado.

—Suelo ir al Senado, mucho menos a la Cámara, pero quizá tenga usted razón —admitió el príncipe, poco convencido.

Giovanni Torlonia se encogió de hombros y cambió de tema. Él y Edda empezaron a comentar el viaje de Mussolini a Alemania y durante un cuarto de hora no se habló de otra cosa. Maddalena permaneció en silencio y siguió la conversación con poco interés. Su mirada vagaba por la habitación y de vez en cuando se detenía en Edda y Torlonia, que no paraban de charlar.

—¡Ya sé dónde la he visto! —exclamó el príncipe de repente al caer en la cuenta. Maddalena se sobresaltó—. En la villa Strohl Fern —añadió antes de detenerse bruscamente, como si no estuviera seguro de querer proseguir.

—Si fue allí, seguramente me vio en compañía del pintor John William Godward —dijo Maddalena para sacarlo del apuro.

—Me acuerdo perfectamente de John —admitió el príncipe sonriéndole—. Usted es Dolcissima, cómo he podido no caer en la cuenta.

—¿Dolcissima? —preguntó Edda, confusa.

—Era mi nombre artístico cuando hacía de modelo en Londres —explicó Maddalena—. Hace siglos de eso.

—Señora, no he visto nunca una mujer más hermosa que usted, artísticamente hablando —exclamó el príncipe con admiración. Maddalena se ruborizó e, incómoda, murmuró «gracias»—. John tuvo el acierto de retratarla en la cumbre de su belleza —añadió Torlonia.

—Ahora me muero de curiosidad por ver esos cuadros —dijo Edda.

—No tengo ninguno —repuso Maddalena suspirando.

—¿Puedo preguntarle cómo es posible? —quiso saber el príncipe.

—No me quedé ninguno —respondió ella con sinceridad.

—¡Qué lástima! —comentó Edda, decepcionada—. Me habría encantado verlos.

—Sí, una lástima —añadió Giovanni—. ¿Le importaría decirme si John sigue en Roma? Me gustaría mucho volver a verlo.

—John volvió a Londres hace dieciséis años.

—Ah, ¿cómo está? ¿Siguen en contacto?

—Se suicidó un año después de volver a Inglaterra —dijo Maddalena. La voz se le rompió un poco. Se hizo el silencio en la habitación.

11

Roma, octubre de 1914
Villa Strohl Fern, estudio número 2

Habían dejado Inglaterra y se habían establecido en Roma. Los motivos habían sido muchos, quizá demasiados. Por encima de todo, el intento fallido de John de que su familia aceptara a Maddalena. A pesar de que su reputación como artista se había consolidado, en Inglaterra John se sentía cada vez más inquieto e insatisfecho. Ya no vendía tantos cuadros como antes. Tenía su mercado, pero no era suficiente y Maddalena y él se mantenían gracias a la venta de reproducciones. Unos años antes, en 1908, había muerto su marchante de toda la vida, Thomas McLean. John había sufrido mucho, y no por mero interés. Echaba en falta las charlas con su amigo, sus agudas observaciones acerca de la pintura y la afabilidad con la que lo recibía en la galería de la que era propietario. Tras su muerte, su hijo y Eugène Cremetti habían tomado las riendas del negocio. Afortunadamente, Cremetti había continuado vendiendo los cuadros de John, que mientras tanto también empezaban a circular en el norte de Inglaterra gracias a los revendedores. Una de las obras de John había entusiasmado especialmente a Cremetti. Se trataba de *Noon Day Rest*, que representaba a Maddalena tumbada sobre un banco de mármol con una espléndida mata de oleandros asomando por detrás de una columna. Simbolizaba su visión personal, muy victoriana, de la volubilidad de las mujeres. Cremetti lo consideraba una obra maestra de refinamiento y estilo, sobre todo por el contraste entre los colores y las formas del mármol, de las pieles y de la tela que se posaba sobre la tierna carne desnuda de Maddalena.

Otro de los motivos que habían empujado a John y Maddalena a dejar Inglaterra para instalarse en Roma fue sin duda la convivencia forzosa con William Clarke Wontner y su mujer Jessie, que habían dejado su casa de Kensington para mudarse con ellos. En aquel periodo, Wontner andaba mal de dinero y no lograba vender sus cuadros. John no quiso dejar que capeara solo su mala racha, sobre todo porque, unos años antes, su amigo se había desvelado por ayudarlo a entrar en la Royal Academy. A pesar de las protestas de Maddalena, les alquiló el edificio principal y ellos se trasladaron al estudio en el fondo del jardín.

—Se lo debo todo, Dolcissima..., hasta tu nombre artístico.

—Un nombre que odio con todas mis fuerzas —protestó ella conteniendo a duras penas unas lágrimas de rabia—. No los quiero de por medio, John.

—Pero ¿por qué?

—Porque se creen con derecho a todo y me tratan como si fuera tonta.

—No es cierto, y lo sabes —protestó John.

—Sí que lo es. Yo soy la pobre modelo que viene de una aldea perdida y nunca estaré a su altura.

—Pero ahora están con el agua al cuello. ¿Qué me dices? —le preguntó sonriéndole.

—No me obligues a ponerte ante una encrucijada.

—Razona, Maddalena...

—No, John, no me lo pidas. A veces eres demasiado bueno y no te das cuenta de que las personas se aprovechan de ti.

A partir de ese momento, su vida se convirtió en un verdadero infierno. Maddalena y John se peleaban todos los días y ella lloraba con desesperación porque quería volver a Italia.

«Prefiero vivir en el cuchitril de Anticoli, hacinada con mis padres y mis hermanos, que seguir en este tugurio mientras los Wontner duermen a pierna suelta en mi habitación», gritó una noche en lo más álgido de una pelea.

Llegaron a Dover de noche e hicieron etapa en Calais antes de alcanzar Italia. Esa misma tarde, John le había comunicado a su madre que tenía la intención de irse a vivir a Roma.

—¿Cuándo volverás? —le preguntó ella con expresión sombría.

—No lo sé, madre.

—¿Va esa contigo?

—Madre, «esa» se llama Maddalena y es la mujer que

amo. —El tono de John era firme y sereno. Ya contaba con que su madre reaccionaría de ese modo.

—Si huyes con tu modelo italiana, nunca te lo perdonaré. Tu familia nunca apoyará semejante desvergüenza. Una modelo... y encima italiana. No sabes qué ha hecho antes de estar contigo ni a qué clase de familia pertenece. No, John, nunca lo aceptaré. Y no querré verte nunca más.

—Madre...

—No, John, basta. Estás advertido.

—Tus amenazas no hacen más que confirmar mi decisión.

—Bien, ahí está la puerta.

John nunca se arrepintió de elegir el amor, a pesar de que extrañaba mucho a su familia. En cuanto llegaron a Roma, pidieron alojarse en la villa Strohl Fern y enseguida les asignaron el estudio número 2. Era un remanso de paz rodeado de vegetación y de tapias impenetrables, ubicado en los Monti Parioli, cerca de la entrada principal de los jardines de la villa Borghese y de la villa Poniatowski, a dos pasos de la Porta del Popolo.

Alfred Wilhelm Strohl Fern había adquirido en 1879 el terreno donde surgía el edificio atraído por los pinos, los cedros del Líbano, las magnolias, los alisos y los cipreses que hacían de ese lugar una suerte de retiro. Cruzar su verja era como adentrarse en una ciudad prohibida, en un parque salvaje y aparentemente sin límites. El marco tenía el encanto añadido de las voces de los animales más dispares, audibles a todas las horas del día, que procedían de un zoológico cercano. El croar ininterrumpido de las ranas, el ulular de los búhos, el trinar de los ruiseñores y el chirriar de los grillos formaban parte de su magia.

Los estudios destinados a los artistas habían sido construidos prestando gran atención a los detalles y concebidos en función del trabajo de sus inquilinos. Eran luminosos y estaban rodeados de jardines que aseguraban la paz absoluta, indispensable para la creación artística. Al entrar, una senda discurría por un laberinto de estudios flanqueados por algunas terrazas sombreadas, bordeadas de plantas exóticas, que daban a un jardín despejado lleno de estatuas romanas. En la pequeña comunidad de artistas de la villa Strohl Fern se respiraba una atmósfera bohemia.

El cuadro *Absence Makes the Heart Grow Fonder* marcó el inicio del periodo romano de John. La protagonista seguía siendo Maddalena, sumida en un trampantojo en el que la sensualidad innata de su rostro contrastaba con la planta de lirios violetas que aparecía en primer plano. Ese lienzo fue para él el símbolo de un renacimiento artístico. Como también lo fue, en una esfera más personal, vivir en Roma. Hablar con otros pintores, sumergirse en su arte y pasear por las calles de la Ciudad Eterna lo habían convertido en otro hombre. Incluso fue galardonado con la Medalla de Oro en la Exposición Internacional de Roma gracias a la obra *Il Belvedere* y empezó a pintar al aire libre y a dedicarse también al paisajismo.

Fue una época feliz para él. Maddalena también estaba más tranquila y la relación entre ellos se había fortalecido.

John la amaba profundamente. Lo era todo para él: su modelo, su musa y su fuente inagotable de felicidad. Fue Maddalena quien había insistido en volver a Italia. Londres la apesadumbraba cada vez más, se sentía sola y echaba en falta a su familia, quería estar con ellos. Su prima Antonella le escribía a menudo. Había vuelto a Italia casi enseguida. Le había comunicado, en su penoso italiano, que la familia Splendori al completo había dejado Anticoli y se había instalado en Roma. Volver a verlos sabiendo que no se despediría de ellos al cabo de pocos días fue una de las alegrías más grandes que experimentó. No sintió vergüenza, sino ternura, cuando presentó a John a sus padres. Hubo un momento algo cómico cuando John se esforzó por hablar en italiano y sus padres, que no entendían una sola palabra, no dejaron de asentir con la cabeza. Para ellos era, por encima de todo, un salvador que además de haberles devuelto a su hija, a la que había dado un techo bajo el que vivir, les pasaba regularmente una suma que les permitía vivir tranquilos. A esas alturas, la familia de Maddalena se había convertido en la suya. Ya no estaban solos.

John no hablaba nunca de su familia. Cuando Maddalena lo hacía, él se ensombrecía y cambiaba inmediatamente de tema. Vino a saber, gracias a una carta de Wontner, que la familia Godward sabía dónde y cómo vivía en Roma. Los había informado un cierto sir William Russell Flint, que un día se había presentado con su mujer en la villa Strohl Fern llevando consigo una carta de presentación escrita por un viejo amigo de la familia Godward.

John había sido extraordinariamente amable y abierto con ellos. Tras mostrarles su estudio, los había acompañado a visitar la villa.

—Mi dulcísima náufraga está en casa de sus padres, pero no tardará en llegar —dijo cuando le preguntaron si vivía solo—. Es ella, mírenla... —añadió mostrando a sus compatriotas un cuadro que representaba a Maddalena.

—Una verdadera belleza, a pesar de la mandíbula prominente —exclamó Flint.

—Es perfecta tal y como es. En Londres era una celebridad entre las modelos —dijo John con orgullo—. Pero pónganse cómodos, les serviré un té mientras esperamos a Maddalena.

La joven llegó con mucho retraso.

—Discúlpenme, me he entretenido en el modisto arreglando un vestido —se justificó mientras se acercaba a John para darle un beso.

La mujer de Flint, sin saludarla siquiera, le hizo notar que llevaba una hebra blanca prendida al abrigo.

Maddalena se giró hacia ella y le sonrió.

—Lo he dejado adrede sobre la manga como emblema de la que considero una clase superior: los modistos.

Se acabaron el té casi en silencio. El tiempo corría y una palpable tensión crecía en el ambiente. En un momento dado, Maddalena se despidió con el pretexto de ir a hacer unos recados y los saludó con fría amabilidad. Tenía la desagradable sensación de que a los Flint les habían encargado que vigilaran cómo se las apañaba John y se sintió herida por la intromisión. Los ingleses cambiaron de actitud en cuanto Maddalena se fue y durante las dos horas que siguieron fueron agradables con John. Hablaron de arte, de viejos amigos comunes y dieron un largo paseo por los jardines de la villa. Cuando llegó la hora de despedirse, John los acompañó a la verja. Todavía en las inmediaciones de la villa Strohl Fern, los Flint se pusieron a hablar de Maddalena sin darse cuenta de que la joven, de regreso a casa, caminaba a poca distancia de ellos.

—Esa Dolcissima es muy astuta, la señora Wontner tiene razón: ha aprovechado al máximo las oportunidades que se le han presentado. Dicen que en Londres aceptaba cualquier regalo de los artistas ingleses y americanos para los que posaba. Entre joyas y dinero, habrá atesorado un sustancioso botín —exclamó ella creyendo que nadie la escuchaba.

—Has oído lo que ha dicho John, ¿no? Antes de ir a trabajar a Londres, la chica vivía con sus padres y seis hermanos en un habitáculo ocupado por una cama de matrimonio enorme donde dormían apiñados.

—Hacinados, como si fuera un establo, ¡qué horror!

—Además, ¿has visto lo delgado que está? Salta a la vista que no goza de buena salud.

—Esa mujer no le sienta bien. Está claro que la adoración que le profesa, a pesar de ser sincera, no es recíproca. Seguro que fue ella quien insistió en volver a Italia. ¿Se puede ser más egoísta?

Maddalena oyó toda la conversación, pero nunca se lo contó a John. En su fuero interno empezaba a sentir remordimientos de conciencia por haberlo alejado de su familia. Cuando estuvo segura de que esperaba un hijo suyo, tuvo la esperanza de que el fruto de su amor acallara las malas lenguas y John y ella pudieran ser felices y formar una nueva familia. Jamás sucedió.

12

Terminillo, enero de 1940
Hotel Roma

—Si debe morir, al menos que muera en casa —sentenció Adele, conteniendo a duras penas la rabia. Envolvió a la pequeña Carla en una manta de lana y fulminó con la mirada a la puericultora.

—Perdóneme, señora, se lo ruego —sollozó la mujer—. No lo he hecho adrede.

—Faltaría más, Marta —zanjó Adele, haciendo un gesto para que se apartara—. Faltaría más.

El doctor Todeschini echó a correr por las escaleras. No podían perder tiempo, había que trasladar a la niña a Roma.

Habían salido de la capital al despuntar el alba, después de que Adele hubiera recibido una llamada de la dueña del hotel Roma: Carla tenía mucha fiebre. Parecía pulmonía, pero el médico que la había atendido no estaba seguro y Adele llamó de inmediato al médico de la familia, que se puso a su disposición. Después se subieron al Topolino de Sandro, el tío de las niñas, en dirección al Terminillo.

El viaje duró menos de lo previsto. Por suerte, la carretera nacional 4 bis Salaria, acabada desde hacía poco, no estaba cubierta de nieve a pesar de que en Terminillo había empezado a nevar esa misma mañana. Había sido el *podestà*, el abogado Mario Marcucci, quien mandó construirla a pesar de la oposición de los ciudadanos, que no habían aceptado de buen grado que se gastaran millones de liras que en principio estaban destinadas al saneamiento de la llanura de Rieti. El hotel Roma, situado en Pian de' Valli, había abierto un par de meses antes y contaba con un apartamento presidencial reservado a la familia Mussolini. Al Duce le gustaba hacer excursiones por los alrededores de Terminillo y deleitarse después con los manjares que preparaba la cocinera del establecimiento, la señora Florinda. Los Fendi habían disfrutado de una estancia en el hotel a principios de noviembre, durante la fiesta de Todos los Santos, y Adele lo había elegido para que las niñas pasaran unos días con algunas personas del servicio y la niñera mientras ellos reabrían con calma las tiendas después de las festividades navideñas. Edoardo y ella necesitaban un poco de tranquilidad. Aquel año, los días previos a la Navidad habían sido frenéticos. Las tiendas rebosaban de clientes y el ritmo de trabajo era casi insostenible. Adele acababa de descubrir que estaba de nuevo embarazada y que daría a luz en junio. No obstante, había trabajado en el taller y en los establecimientos a pleno rendimiento. Los embarazos nunca habían sido un problema para ella. Antes al contrario, cuando estaba embarazada se sentía más fuerte, tenía más energía y nunca había padecido náuseas ni mareos.

Maddalena solía decirle que era una mujer demasiado ocupada para sufrir las típicas molestias del embarazo. Las amigas se reían de la ocurrencia, pero Adele sabía que en el fondo Maddalena tenía razón: a veces ni siquiera paraba para comer y hacía horario continuado hasta la hora de cierre.

—La niña está muy grave, Adele —le dijo el doctor Todeschini tras examinar a Carla—. Corre el riesgo de no superar la noche, es mejor que no salgamos hacia Roma de inmediato, es peligroso.

—Ni hablar, vamos a Roma y punto —respondió Adele. Si Carla debía morir, que lo hiciera en su propia casa, rodeada de sus cosas. No atendió a razones a pesar de las protestas del doctor.

En aquel momento, ya en el coche, Adele miraba con aprensión a la menor de sus hijas. Siempre había sido delicada, desde su nacimiento. Se reprochaba no haber tenido leche suficiente para darle. Maddalena le había enviado a la hermana de su criada, que había hecho de ama de cría, pero no había bastado.

—Me pregunto cómo Marta ha podido cometer una estupidez semejante —exclamó Sandro rompiendo el silencio.

—No quiero saberlo —dijo Adele, cortando en seco. La chica le había contado que se asomó a la ventana con Carla en brazos para mostrársela al Duce, que en aquel momento pasaba por la calle del hotel. Estaba tan locamente enamorada de él que había cometido la locura de levantarla del cambiador, abrir la ventana y exponerla al aire frío.

—Cosas de locos —murmuró el doctor. El silencio inundó el vehículo, solo interrumpido por los quejidos de Carla.

Mientras estrechaba a su hija, Adele esperó con todas sus fuerzas que Carla superara la enfermedad. Verla en ese estado le causaba una terrible sensación de impotencia. La niña no tenía buen aspecto, y por un momento se arrepintió de haber tomado la decisión de volver a Roma.

Carla era la preferida de Edoardo por su parecido con la abuela Paola. Su suegra, al igual que la niña, era de carácter fuerte pero de salud frágil. Edoardo, que desde la espera de la primogénita deseaba un varón con todas sus fuerzas, había adoptado la pésima costumbre de llamarla «Carlo» desde el día que nació.

«Deberías empezar a tratarla como a una niña, Edoardo», le había dicho Adele el verano anterior. Pero él no le había hecho caso. Tarde o temprano tendría que dejar de usar el nombre masculino de la pequeña. Dentro de poco iría a la escuela. Adele contuvo la respiración. En ese momento le pasó por la cabeza que Carla quizá nunca llegaría a ir a la escuela. Un débil quejido de su hija la distrajo de ese pensamiento horrible. Le acarició las suaves mejillas y apenas pudo contener las lágrimas.

—¡Mamá, mamá! —La vocecita de Carla requirió su atención. Adele se sobresaltó. La niña estaba a punto de vomitar. Le pidió a Sandro que detuviera el Topolino.

13

Roma, octubre de 1930
Caffè Rosati, piazza del Popolo

—He tratado de que no se me notara, pero la satisfacción que he sentido al decirle que soy tu mujer ha sido desbordante —concluyó Adele, que le estaba contando a Edoardo que había estado en la modista de confianza de su suegra—. Por lo que parece, tienes fama de ser un incorregible donjuán —añadió posando la mirada en su marido, que se atragantó con el café que estaba bebiendo—. Descuida, he sido discreta y comedida hasta tal punto que la señora se ha ablandado y ha optado por creerse que la nuestra era una atormentada historia de amor. He necesitado metros y metros de tafetán para convencerla de que somos felices.

Almorzaban en el Caffè Rosati de la piazza del Popolo después de dar un paseo. Aquella mañana, Adele había estado en el taller de la modista y más tarde se había reunido con Edoardo en la piazza di Spagna, desde donde habían recorrido juntos la via del Babuino. Se habían tomado la mañana libre para hacer algunos recados y habían dejado a dos dependientas al cuidado de la peletería de la via del Plebiscito. A Edoardo le encantaba esa cafetería, que ocupaba los antiguos locales de una lechería, y solía acudir a ella desde su apertura, en 1922. Conocía a la familia Rosati porque ya era cliente de su establecimiento de la via Veneto.

Estaban sentados en el interior porque llovía y Edoardo se había visto obligado a renunciar a su mesa preferida de la espléndida terraza, que solía compartir con los numerosos artistas que la frecuentaban.

—¡Magnífico! —exclamó. A Adele le pareció que trataba de mostrar un entusiasmo que en realidad no sentía.

—¿Acaso no debería haberle dicho a la modista de tu madre que soy tu esposa? —le preguntó con una sonrisa.

—Pero ¿qué dices, Adele? —murmuró él.

—¿No puedo hablar libremente con mi marido? En cualquier caso, comprar ese vestido ha sido un buen negocio. La modista acababa de terminarlo para una joven señora que no podrá ponérselo porque ha descubierto que está embarazada.

—¿Te has quedado el vestido de otra mujer? —replicó Edoardo con tono de burla—. Y me lo dices como si nada, mencionando además...

—¿El embarazo? ¿Acaso no puedo hablar contigo de vestidos y niños a la vez?

—Por supuesto que sí.

—Mejor, porque tengo la intención de hablarte siempre de vestidos, me gusta conocer tu opinión. Al fin y al cabo, las mujeres nos vestimos para gustar a nuestros hombres, ¿no?

—No, Adele, las mujeres os vestís para gustaros a vosotras mismas... Por eso te encanta la moda y eres la mujer perfecta para mí —la corrigió Edoardo, que se levantó para besarla en los labios y se sentó de nuevo frente a ella—. Además, querida señora Fendi, sabes muy bien que puedes hablarme de lo que quieras.

—Es cierto —admitió Adele—. Pero me haría sufrir que tuviéramos opiniones distintas sobre la moda.

—¿De verdad te gustaría que siempre estuviéramos de acuerdo en todo?

Adele lo pensó un instante y asintió.

—Sí, me gustaría. —Se hizo el silencio, únicamente roto por las conversaciones de los pocos clientes que ocupaban el Caffè Rosati y el rumor de los camareros dando vueltas entre las mesas.

—Pues, cuando no sea así, lo discutiremos siempre con respeto —dijo él. La afirmación de Edoardo la tranquilizó. Sabía que su marido tenía un carácter conciliador, sus palabras fueron un bálsamo para ella—. Además, me hace feliz que nuestra casa, nuestro taller y nuestra tienda sean tu reino, Adele. Tú eres la dueña y la que toma las decisiones. Yo aspiro a ser tu mejor asistente, la persona con quien puedes contar siempre. Tu hombre. Espero, naturalmente, que me consultes cuando lo consideres oportuno. Pero ten muy presente que yo por ti no siento solo amor. Mi corazón te tiene en gran estima, te respeta y está orgulloso de ti.

Adele le cogió las manos. Estaba emocionada y feliz. Pero ahora debía ir al grano, lo había invitado a comer fuera para hablar del tema.

—¿Y los hijos? —le preguntó con un hilo de voz.

—Adele... —murmuró Edoardo. Miró a su alrededor, apurado.

—¿Es un tema demasiado espinoso para abordar en la mesa? —preguntó, nerviosa.

—No, qué va. Es un tema importante —se apresuró a decir él para tranquilizarla.

Adele se había ruborizado y Edoardo la encontró más bella que nunca. Un camarero los interrumpió para retirar las tazas y preguntarles si deseaban tomar algo más.

—Hablábamos de hijos, ¿verdad? —preguntó Edoardo cuando se quedaron solos de nuevo—. Tendremos como mínimo cuatro, ¿no?

—Creo que es prematuro hablar ahora del número de hijos. ¿Y si no tuviéramos tanta suerte?

—¿Qué quieres decir?

—Me gustaría tener una gran familia.

—Entonces ¿dónde está el problema?

—Por ahora ocupémonos del que va a llegar.

Lo ojos de Edoardo brillaron de emoción.

—¿A qué esperabas para contármelo, cariño? Llevas una hora dándole vueltas al asunto... y yo no veía el momento de que me lo confirmaras. —Se levantó de nuevo y fue a abrazar a su mujer. Dudó un instante antes de estrecharla entre sus brazos—. ¿Cuándo fuiste al médico?

—Esta mañana, antes de ir a la modista.

—Adele, querida, soy un hombre corriente, pero haré lo que esté en mi mano para estar a tu altura y satisfacer tus expectativas. Decidiremos juntos todo lo que concierne a nuestros hijos, tal y como hacemos con todo lo demás; tendré siempre en cuenta tus opiniones y nunca dejaremos de ser cómplices, porque estoy seguro de que serás una madre extraordinaria.

Adele sonrió. Cuando le pidió que se convirtiera en su mujer, Edoardo sabía que no se casaba con una mujer cualquiera.

14

Roma, enero de 1940
Casa de la familia Fendi

—Adele, he venido en cuanto me he enterado —exclamó Maddalena al entrar en casa de los Fendi. Adele abrazó a su amiga y la hizo pasar al salón. Aquella mañana se había quedado en casa con Carla. Adele había enviado una nota a su amiga poco antes de mandar a las mayores al colegio de monjas de la Adorazione, en la piazza delle Muse. Necesitaba hablar un rato con ella. Durante la semana se había ocupado de Carla, de la vuelta de las niñas del Terminillo y del taller de la via del Plebiscito. Estaba agotada.

—Lo peor ya ha pasado —dijo Adele para tranquilizar a su amiga, mientras la invitaba a sentarse—. Pero te aseguro que hubo un momento en que temí que Carla no lo superaría.

Maddalena hizo un gesto de impaciencia con la mano.

—Tonterías. Nuestra Carla es fuerte. —Adele no respondió. Le habría gustado creer en las palabras de su amiga, pero sabía que no era así—. ¿Ahora cómo está? — preguntó Maddalena al tiempo que aceptaba la taza de té humeante que le ofrecía la criada de los Fendi.

—Mejor, la fiebre ha remitido casi por completo. El doctor Todeschini viene a visitarla cada día. Por suerte, mientras veníamos en el coche, Carla vomitó la mucosidad que le obstruía los pulmones y volvió a respirar con normalidad.

—Pobre pequeña..., me imagino lo preocupada que estarías.

—Hoy es el primer día que Edoardo la ha dejado para ir a trabajar. Deberías haberlo visto la semana pasada. Parecía haber enloquecido. Ya sabes que adora a Carla.

—Lo sé.

—La cuidaba como si el médico fuera él en vez del doctor Todeschini. Y ahora quiere llevar a la niña a Pavona.

—¿A vuestra casa? Pero ¿no está todavía en construcción? —preguntó Maddalena, dejando la taza sobre la mesita y mirando a Adele con curiosidad. La casa de Pavona era uno de los proyectos en los que Edoardo se había volcado, restaurándola y decorándola como el mejor de los arquitectos. Edoardo Fendi seguía siendo un misterio para Maddalena. Era un hombre excepcionalmente culto y amable. Se lanzaba de cabeza en todo tipo de empresas audaces y sorprendía a todo el mundo por su capacidad para triunfar en cualquier cometido que se propusiera.

—Sí, pero está prácticamente acabada. Aunque este año volveremos a casa del señor Scaccia en Anzio.

—El hombre que, como siempre me cuentas, aterroriza a las niñas —comentó Maddalena riendo.

—¿Sabes que todavía no entiendo por qué le tienen tanto miedo al pobre señor Scaccia? Sin duda es un hombre de una pieza, ¡pero de ahí a asustarlas! —le hizo eco Adele. Era la primera vez que reía a gusto desde hacía muchos días. De repente sintió nostalgia de su refugio en la playa. La casa era muy hermosa, tanto por su posición, justo sobre el mar, prácticamente encima de las grutas de Nerón, como por la paz que reinaba en ella. Los ladrillos rojos, las persianas oscuras, el aroma del mar..., cada detalle era para Adele un recuerdo de felicidad y bienestar. Las niñas correteaban felices por la casa, excepto en el temido momento en que el señor Scaccia aparecía para cobrar el alquiler.

—Si este año regresáis, os visitaré otra vez como el verano pasado —anunció Maddalena—. El fabuloso restaurante de la plazoleta me vuelve loca.

—¿*Il Turcotto*?

—No recuerdo cómo se llama, pero es donde me llevaste a comer el agosto pasado.

—Sí, se come muy bien, seguramente iremos, pero también tienes que venir a Pavona.

—Por descontado. Pero dime, ¿cómo van las obras en la casa?

—Ah, no, te lo ruego, ven a verlas en persona... Estoy harta de bregar con albañiles y cascotes. Me dan náuseas. Y no precisamente a causa del embarazo.

Las dos amigas se echaron a reír. Adele se sentía a gusto

con Maddalena porque con ella por fin podía hablar de cualquier tema y dejarse llevar. No era fácil criar a cuatro hijas y dirigir dos tiendas y un taller; a veces le exigía un esfuerzo sobrehumano del que no se sustraía nunca. Había enseñado a sus hijas a aguantar el tipo, a no rendirse, porque ser mujer era complicado y había que demostrar siempre las propias capacidades. Así fue cuando empezó en el mundo de la moda y así sería para sus hijas.

Adele sonrió pensando en las niñas. Paola, tan seria y estudiosa, se parecía a su padre; Franca y Anna, guapas y rubias, se parecían tanto que a menudo pasaban por gemelas, equívoco que ella favorecía vistiéndolas siempre iguales, con espléndidos vestidos de terciopelo color ciruela. Franca era vivaz y alegre, un poco hombruna. Solía corear el himno fascista *Giovinezza* cuando sonaba por la radio a pesar de que Adele siempre la reñía.

«¡No, Franca! No debes hacerlo. Es un error que no debes cometer». Y cuando la niña le preguntaba por qué, Adele no le respondía.

—¿Ha comido Carla? —le preguntó Maddalena, sacándola de su ensimismamiento.

—Hum..., poco, no tiene apetito y no la fuerzo.

—Cuando Clelia era pequeña, la hora de comer era una tragedia. Le horrorizaba la verdura —le explicó su amiga.

—Los gustos cambian, los niños deben comer lo que quieren, no hay que obligarlos a alimentarse con lo que no les gusta. Por no hablar del comedor de las monjas.

—Las monjas son capaces de hacer pasta con chocolate, o al menos eso he oído —dijo Maddalena estremeciéndose.

—Corramos un tupido velo. Las niñas vuelven hambrientas del colegio. Si no les preparo la comida y se la envío, no prueban bocado. Antes de las vacaciones de Navidad, Franca estuvo muy mal por su culpa.

—¿Y eso?

—Detesta el pescado —empezó a explicar Adele—. Pero, aquel día, Marta se equivocó y le puso en la fiambrera *minestrone* y musola frita en vez de escalope. Ella no lo quería, pero una de las monjas se dio cuenta y la obligó a comérselo desmenuzado dentro del minestrone.

—¡Madre mía, qué horror! —exclamó Maddalena frunciendo el ceño.

—Y que lo digas. Franca estaba tan asqueada que volvió a casa con fiebre alta.

—¿Hablaste con las monjas?

—Por supuesto. Y mis protestas se debieron de oír hasta en Anzio, Maddalena. ¿Cómo es posible obligar a una niña a comer algo que le hace daño? No hay que desperdiciar la comida, cierto, pero... —replicó Adele.

—Así solo se consigue que los niños rechacen sentarse a la mesa —añadió Maddalena.

—Yo a las niñas les enseño a conservar siempre todo lo necesario. Es «la leche de la hormiga», les digo.

Maddalena asintió. Adele era una madre ejemplar, severa pero justa y afectuosa. Ella había sido más permisiva con Clelia, le había consentido todo para compensar la ausencia de su padre biológico y porque se sentía fundamentalmente culpable. Y el sentimiento de culpa, como es sabido, es el peor obstáculo en la educación de los hijos.

—En junio, cuando nazca el niño, dejaremos esta casa —dijo Adele tras haber llamado a la criada para que les sirviera más té.

—Ah, ¿sí?

—Sí, Edoardo ha encontrado una más bonita y más grande en la via Luigi Bellotti Bon.

—¡Bien! Queda más cerca del colegio de las niñas y de mi casa —observó Maddalena—. Yo también tengo que darte una noticia.

—¿Y a qué esperas? —le reprochó Adele con una sonrisa.

—Clelia se casa.

Adele abrió mucho los ojos.

—¡No me digas que Umberto por fin se lo ha pedido! —exclamó con expresión ilusionada.

—Pues sí, al cabo de tres años de noviazgo... Se lo ha pensado bien.

—Diría que sí —repuso Adele entre risas—. Pero qué alegría, Maddalena.

—Me siento vieja —admitió ella suspirando.

—¡Para ya! Todavía eres muy guapa. Pero, ahora, cuéntamelo todo.

—¿Todo? No hay nada que contar. Se casan en septiembre y todavía no sé qué quieren hacer. Tienen muchas ideas, pero todas imprecisas.

—Típico.

—De lo que sí estoy segura es de una cosa: tú harás su vestido.

—¿Yo? Pero ¿qué dices? No puedo, no soy capaz —protestó Adele.

—Sí que puedes —replicó Maddalena con semblante resuelto.

—Te digo que no puedo.

—Adele Fendi, tú puedes con todo si quieres.

SEGUNDA PARTE

Clelia

«En tiempos difíciles, la moda es siempre escandalosa».

ELSA SCHIAPARELLI

1

Roma, enero de 1921
Villa Strohl Fern

Maddalena se asomó a la puerta del estudio y dejó el pan y la fruta que había comprado en el mercado. Nada más verla, Clelia corrió a su encuentro con los brazos abiertos.

—¡Mamá, mamá! Mira lo que me ha regalado papá —gritó excitada mientras le mostraba un estuche de madera.

—¿Qué es? —preguntó Maddalena dirigiéndose a John, que acababa de llegar a la planta baja del estudio.

—Lápices de colores.

Caramba. No tenían dinero ¿y qué hacía él? Le regalaba lápices de colores a su hija. O John estaba loco o era un perfecto idiota. Maddalena había tratado de explicarle que tenían que ahorrar.

—Dolch —continuó él, que desde hacía unos meses había empezado a llamarla con ese odioso diminutivo que Maddalena detestaba aún más que su apelativo artístico—, sé lo que significa dejar este mundo sin haber vivido plenamente toda la belleza que nos ofrece, lo comprendí cuando nació Clelia. Quiero darle todo lo que pueda. Nuestra hija me ha hecho sentir una forma de amor que no conocía. Es tan guapa e inteligente... El tiempo que pasamos con los que amamos es lo único que cuenta, no el dinero. Por eso seguiré regalándole a nuestra hija todo lo que esté a mi alcance.

Maddalena resopló y se dirigió hacia la salida del estudio. Sentía que le faltaba el aire. Ya no aguantaba aquella situación. Era como si la vida se le escapara de las manos. No se había dado cuenta de que su hija la había seguido y se había interpuesto entre ella y la puerta de entrada, con la manita sobre el picaporte. Maddalena levantó las manos. Tenía ojeras porque había llorado la noche antes.

—Cariño —le dijo—, por favor, déjame salir.

—No, estás enfadada con papá.

—Sé buena, Clelia... —insistió.

—Clelia tiene razón, estás enfadada conmigo —la interrumpió John—. Pero no te vayas, por favor. Está a punto de llegar un cliente y me gustaría que estuvieras presente.

Maddalena abrió mucho los ojos por la sorpresa.

—¿Qué? ¿Quién es este nuevo cliente? —preguntó. Hacía meses que nadie se interesaba por el arte de John y vivían en la penuria.

—Como lo oyes. Es un nuevo comitente que ya ha pagado una cantidad sustanciosa por un cuadro del que no existe ni siquiera un boceto y del que solo tengo una idea imprecisa —añadió John sonriéndole.

—¿De verdad? ¿De quién se trata?

—Es un rico napolitano, un tal Federico Belladonna.

—Ah...

Clelia se metió las manos en los bolsillos del babi y se balanceó sobre las piernas delgadas.

—¿Ya no estás enfadada, mamá? —le preguntó para llamar su atención.

—No, cariño, no estoy enfadada ni contigo ni con papá. Pero ahora ponte el abrigo, que vamos a casa de la abuela.

La niña se dirigió a la butaca donde descansaba su abrigo.

—Me pareció conveniente avisarte antes de que huyeras —le dijo John.

—No tenía la intención de huir, solo quiero ir a casa de mi madre. Me necesita y le sienta bien estar con Clelia —replicó Maddalena con tono monocorde.

—Quédate, te lo ruego. Sé que tu madre está enferma, pero hace días que vas y vienes. Veo a nuestra hija con cuentagotas...

—No te quejes, John, por favor, conoces la situación. Mi madre está agonizando; no puedes ser tan egoísta —cortó ella. Ese día había salido de casa con la intención de abandonarlo, pero ahora que lo miraba a los ojos solo podía pensar en el amor que él seguía dándole a pesar de todo, aun sabiendo que ella ya no le quería. Las incomprensiones, demasiadas, los empujaban a pelearse continuamente. Verse de nuevo obligada a vivir a salto de mata, como cuando era joven, le resultaba insoportable, sobre todo en ese momento, con su madre agonizante y una niña que mantener. Lo habían discutido demasiado a menudo. John había vuelto a Inglaterra para tratar de reconciliarse con su familia y conseguir algo de dinero, pero no había servido de nada. Tampoco podía pedirle que se dedicara a otra cosa. No era capaz y habría muerto de pena.

Había cargado toda la vida con la responsabilidad de ser el primogénito de una familia aristocrática, poco dada a secundar su pasión por el arte y dispuesta a arremeter contra todas sus decisiones. La herida siempre había quedado abierta. Maddalena no podía pedirle que renunciara a pintar, a pesar de que ya no sentía ni el amor ni la pasión que les había incendiado el corazón años atrás, en Londres. Lo quería mucho, sentía por él un afecto fraternal, por eso le dolía leer en su mirada que sufría. Y John sabía muy bien que sus sentimientos no eran los de antes.

Maddalena le debía mucho: la vuelta a Italia, la casa donde vivían y una hija. Gracias a él sabía lo que significaba sentirse amada. Pero eso ya no era suficiente.

—Maddalena...

—Dime —respondió ella, girándose de golpe y mirando a John directamente a los ojos. Estaba claro como el agua que la idea de haberlo echado todo a perder lo aterrorizaba. Mientras John avanzaba hacia ella, le pareció aún el hombre espléndido, fuerte y guapo del que se había enamorado. Breves fragmentos de su vida en común aparecieron ante su vista y la hirieron al ser consciente de que no volverían. John la envolvió en un cálido abrazo y le puso un dedo sobre los labios para hacerla callar.

—No digas nada, amor mío, por favor. Eres para mí el aire que respiro, la razón de mi existencia... No te vayas, te lo ruego.

—Lo siento —murmuró ella. Sus pensamientos, sus miedos y sus ansiedades se concentraron en una única y terrible certeza—. Ha sido maravilloso.

—Lo sé..., demasiado maravilloso. Por eso estoy convencido de que puede durar para siempre.

Maddalena se tragó las lágrimas. Su historia de amor había acabado.

—Somos muy diferentes. Y soy consciente de haber sido la peor enemiga de nuestro amor. Te lo debo todo, John, todo..., pero no puedo más.

John la abrazó y la besó.

—Prométeme que contarás siempre conmigo, siempre que lo necesites... Yo estaré siempre ahí para ti, ¿entiendes? —Le cogió el rostro entre las manos y la miró.

—No puedo prometerte algo así, somos demasiado diferentes.

—Lo sé y no lo niego, pero yo estaré siempre a tu lado. No te escapes, Dolch. No te vayas. —Maddalena ocultó el rostro en su pecho. El olor de John, tan familiar, la invadió—. Prométemelo —le pidió con los ojos brillantes.

—Está bien, te lo prometo —murmuró ella.

John inclinó la cabeza con un suspiro. Le levantó la barbilla y le secó una lágrima que le resbalaba por la mejilla.

—Escucha, amor mío. De ahora en adelante, cuando tengas miedo o te sientas triste, habla conmigo, aunque ya no estemos juntos.

—John... —La voz de Maddalena se había convertido en un susurro—. Tengo miedo de no ser capaz de valorarte lo suficiente... Me da pánico perderte y al mismo tiempo no puedo seguir contigo.

—Yo estaré siempre con vosotras. Nunca te abandonaré, ni a ti ni a nuestra hija. A menos que...

—¿A menos que?

—Que tú me lo pidas.

Maddalena negó con la cabeza.

—Nunca te pediría que te alejaras de nuestra hija. No soy tan insensible. Además, ella te quiere con locura, como debe ser —murmuró.

John la besó en la boca y le estrechó las manos entre las suyas.

2

Pavona, agosto de 1940
Casa de la familia Fendi

Para llegar a la casa que los Fendi tenían en Pavona había que recorrer un camino entre los viñedos que la rodeaban. Era una construcción geométrica, sumida en la luz cegadora que proporcionaban catorce ventanales, más allá de los cuales se accedía a un pórtico. Estaba decorada con sobriedad. Las mesas, los sofás y las butacas eran prácticos y cómodos. En el centro de una de las mesas había una caja grande que contenía barajas napolitanas y francesas, una ruleta y algunas fichas de casino. Las pequeñas Fendi, sentadas a la mesa, se hacían las mayores fingiendo jugar con las cartas y la ruleta.

En la cocina, Gilda, la cocinera, estaba guisando el asado que ofrecería a los invitados. Hacía un día insólitamente fresco para ser finales de agosto y la señora le había pedido que preparara una buena comida de domingo. El aroma a tomillo y romero con los que había condimentado el asado se extendía por toda la casa.

—¿Qué hacéis aquí? —les preguntó Gilda al sorprenderlas en el salón.

—Jugamos a las cartas —respondió Anna, agitándole un naipe de póquer delante de las narices.

—Ahora mismo le digo a vuestra madre que os estáis jugando la casa, ¡eh! —las riñó mientras agitaba un cucharón de madera, y se echó a reír—. Pero ¿no deberíais estar ensayando para la función? —preguntó al final.

—Sí, sí, ahora vamos. Solo tenemos que repasarla un poco —contestó Anna.

—A ver si voy a tener que salir a buscaros otra vez entre las viñas como el domingo pasado, cuando os vestisteis de vaquero y os perseguíais con aquellas malditas pistolas de juguete.

—No, no, Gilda, no te preocupes, hoy nos portaremos bien —se apresuró a tranquilizarla Paola, la hermana mayor.

—Solo tenemos que repasar un poco nuestros papeles en «Sangre romañola». El domingo pasado nos olvidamos de quitarle la capucha a Franca.

Cuando estaban en Pavona, los domingos las hermanas ponían en escena «Sangre romañola», el cuento del libro *Corazón*, de Edmondo De Amicis, ante parientes y amigos que pagaban la entrada para ocupar un sitio en el salón y asistir a la representación. En Navidad, Edoardo les había regalado una bonita edición encuadernada cuya dedicatoria rezaba: «Queridas hijas, os entrego este *Corazón* con todo mi corazón para que siempre tengáis corazón».

A todas les encantaba la historia del atolondrado Ferruccio y de su abuela. Anna siempre hacía el papel del chico, Paola el de la abuela y Franca el del bandido. Cada vez que la representaban tenían que convencer a Franca, que odiaba blandir el cuchillo y hacía un esfuerzo para mostrarse valiente.

Eran niñas despabiladas y maduras para su edad. Adele las había educado con severidad, pero con justicia. En cambio, Edoardo las mimaba, a pesar de que durante mucho tiempo había lamentado no tener un hijo varón. Cuando nació la pequeña, Alda, se negó a verla, pero después se convirtió en su ojito derecho.

—¡Gilda! —gritó Franca llorando unas horas antes de que llegaran los invitados.

—¿Qué ocurre? —preguntó la cocinera mientras acudía al salón entre resuellos—. ¡Se me va a quemar el asado!

—Lola me ha mordido —lloriqueó la niña. Un par de semanas antes, Edoardo les había comprado a sus hijas una perrita. Estaban locas por ella.

—Lola no muerde. ¿Qué le has hecho? ¿Dónde están tus hermanas?

—Ensayando.

—¿Y tú por qué molestas a Lola en vez de ensayar?

—Porque no me gusta ser la mala.

Gilda cogió en brazos a la perra y miró a Franca con severidad.

—¡A ensayar con tus hermanas!

—No quiero —protestó la niña.

Tras dudar un instante, Gilda se agachó para hablar con Franca; soltó a Lola y le preguntó:

—¿No te gusta que la señora Maddalena y su marido te vean vestida de bandido? —Franca asintió—. Pero ellos saben que eres una señorita educada que solo está representando un papel.

—Hum...

—Créeme. Y ahora ve con tus hermanas y llévate a Lola. He de preparar el salón para la función de esta tarde, ¿vale? Así me gusta, cariño, dame un beso.

Gilda la miró alejarse correteando, seguida por la perrita, y volvió a la cocina para impartir órdenes a las criadas.

Las pequeñas Fendi querían a Gilda, que era más lista que el hambre, aunque de buenas a primeras podía parecer distraída, ensimismada en sus guisos. Las niñas se divertían escuchando sus historias. Había nacido en una familia acomodada que a resultas de una quiebra se había trasladado a Brasil. Sus aventuras en aquel lugar lejano encantaban a las pequeñas, que siempre querían conocer más detalles. A veces Gilda se hartaba y amenazaba con llamar a su madre si no dejaban de molestarla. Las niñas se reían porque sabían muy bien que la cocinera era una mujer bondadosa. Tras sus bruscos modales se ocultaba un gran corazón. Solía decir a los cuatro vientos que prefería la maldad a la estupidez, porque contra una persona mala se podía luchar, e incluso vencer, pero parar los golpes de un idiota era casi imposible. No toleraba a los falsos, o peor aún, a los envidiosos. La envidia, decía, era como un veneno que corroe todo lo que toca.

Además de por sus historias, las niñas la querían porque siempre les proponía juegos imaginativos y se inventaba cuentos mientras preparaba sus riquísimos pasteles. Les había enseñado a perseguir luciérnagas en las noches de verano y las miraba divertida cuando se reprochaban las unas a las otras no haber sido lo bastante rápidas para atraparlas. Cuando por fin lograban capturar una, Gilda la cogía con delicadeza y la colocaba entre sus manos, entreabría los dedos para mostrarles la pequeña luz que palpitaba dentro y después la soltaba.

Adele la tenía en gran consideración, también porque el juicio que expresaba sobre las personas que frecuentaban la casa de los Fendi era prácticamente infalible.

—¿Y tú qué haces aquí? —le preguntó a Carla cuando entró en la cocina—. Primero Franca y ahora tú... ¡Hoy no me dais tregua!

—¿Dónde está papá? —preguntó la niña.

—En el jardín, ya han llegado los invitados —le respondió.

—¿Cuándo comemos? Tengo hambre.

—Eso no lo sabe nadie, Carla. Es tu madre quien lo decide. Lo único que sé es que tengo que acabar de prepararlo todo, así que ve al salón y pórtate bien.

Carla cogió su chupete y en vez de dirigirse al salón fue hacia el baño. Le dio un beso y lo tiró al váter.

—¡Adiós! —exclamó tirando de la cadena.

Gilda, que la había seguido, se echó a reír. Su risa argentina llamó la atención de Adele, que en ese momento entraba en la cocina.

—¿Qué pasa?

—Nada, señora. Carla ha mandado su chupete a freír espárragos.

—¿Qué quiere decir? ¿Qué ha hecho?

—Lo ha tirado al váter.

Adele cogió en brazos a su hija y le dio un beso.

—Bien, ahora eres una niña mayor. Vamos a contárselo a Maddalena.

—¿Qué tienes, Maddalena? Te noto preocupada —exclamó Adele mirando a su amiga, que jugaba con la pequeña Alda. Habían acabado de comer hacía poco, los hombres habían salido al jardín a fumar en pipa, las niñas dormían la siesta y Adele y Maddalena se habían quedado en el salón en compañía de la pequeña, que todavía mamaba. Maddalena estaba loca por ella, decía que era la niña más guapa y alegre que había visto nunca y no dejaba escapar la ocasión de cogerla en brazos.

—No es nada —respondió, distraída.

—Pues a mí me pareces nerviosa.

Maddalena suspiró y asintió. No podía ocultarle nada a su amiga y tampoco quería hacerlo. Adele era una persona con la que se podía hablar de todo, nunca juzgaba y siempre daba consejos atinados.

—Tienes razón, lo estoy —admitió finalmente Maddalena. Su mirada voló por un instante más allá de la cristalera que daba al jardín, donde Federico charlaba con Edoardo.

Adele cazó al vuelo la ocasión para preguntarle a Maddalena si tenía problemas con su marido.

—Ah, no, no —replicó, afligida, Maddalena—. No es él quien me preocupa.

—Entonces ¿se trata de tu hija?

Maddalena asintió.

—¿Hay algo que te angustia? ¿Tiene que ver con su boda?

—Qué bien me conoces, querida amiga —suspiró Maddalena meciendo a la pequeña Alda, que mientras tanto se había dormido entre sus brazos.

—Parecías contenta con esta boda... —dijo Adele.

—Y lo estoy, créeme. Pero...

—¿Pero?

—No lo sé. Hay algo en el comportamiento de Umberto que me da que pensar. Está inquieto, a veces es incluso brusco. Parece cambiado con respecto al muchacho que conocimos. Clelia es mayor, sabe tomar sus propias decisiones, pero temo que se haya dejado influir por su padre... A Federico le gusta mucho ese chico. No quisiera que se casara con él porque quiere contentar a su padre y no porque está enamorada. No sé cómo explicarlo.

Adele se quedó callada unos instantes, sopesando las palabras de su amiga. Aunque solo lo conocía superficialmente, el novio de Clelia nunca le había gustado. Pero su juicio era instintivo, no racional. En ese momento no se sentía lo suficientemente objetiva para dar una opinión o un consejo, pero leía en los ojos de su amiga una ansiedad que no podía ignorar.

—Clelia siempre puede dar marcha atrás si no desea casarse con él —señaló finalmente.

Maddalena sonrió.

—Otra en tu lugar me habría tranquilizado y me habría dicho que todos los hombres se sienten agitados antes de su boda porque están a punto de perder la libertad. Pero tú no. Por eso y por muchas otras razones eres mi mejor amiga. Tienes razón, Clelia puede reconsiderarlo. La veo nerviosa, ella también debe de haberse dado cuenta de que Umberto ha cambiado, pero no hace más que repetirme, quizá para convencerse a sí misma, que la zozobra causada por la guerra ha influido mucho en el carácter de su novio.

Adele se encogió de hombros y se aclaró la voz.

—Es posible, sin duda. ¿Tú que crees?

—Que las personas no se conocen del todo hasta que no viven juntas. Clelia y Umberto han estado prometidos durante mucho tiempo, pero las ocasiones en las que han estado solos se cuentan con los dedos de una mano.

—Tu hija es muy rígida para algunas cosas, si me permites el comentario.

—Tienes razón, y la rigidez con la que decide lo que se puede hacer o no choca con su carácter exuberante.

—Entiendo lo que quieres decir. Así es. Nosotras hemos tenido suerte: enseguida nos dimos cuenta de que Edoardo y Federico eran los hombres apropiados. Pero si Clelia ha elegido a Umberto, tendrá sus motivos, ¿no?

—Parece sensato, pero... —Maddalena dejó la frase a mitad y suspiró.

—¿Pero?

—Pero yo no puedo dejar de pensar que hay algo que no funciona.

—Eres su madre, nadie puede saberlo mejor que tú. Óyeme, Maddalena, si pasara algo, sabes que siempre puedes contar conmigo.

Maddalena asintió.

3

Roma, septiembre de 1940
Casa de la familia Zucchi

El vestido de novia realizado por Adele Fendi se deslizó ligero por el suelo, abriéndose en una nube cándida. Era un traje de ensueño cuya hechura y elegancia resultaba fuera de lo común. Estaba confeccionado en chiffon color marfil y un refinado encaje tono sobre tono, con escote en pico y hombros transparentes, cerrado por detrás con una hilera de botones forrados de la misma tela, que llegaba hasta la cintura baja, de la que salía una larga cola adornada con una cascada de volantes. Era una lástima que solo sirviera para una única ocasión.

La doncella lo recogió y lo colocó en la silla más cercana a la cama. Umberto Zucchi llegaría dentro de una hora a la cita con su noche de bodas. Después de la ceremonia y el refrigerio en el jardín, se había entretenido en el salón hablando con sus amigos. La residencia de la familia de Umberto, una hermosa construcción decimonónica con un amplio parque, era una villa de época ubicada en el Parco di Veio, a las puertas de Roma. Clelia se había enamorado de ella desde el primer momento en que la vio, un par de años antes, cuando Umberto le presentó a su madre. Todo había sido perfecto, o así le pareció entonces: la belleza de la villa, la exuberancia del Parco di Veio y el recibimiento de la señora, que había ordenado encender una chimenea antigua para que se sintiera como en casa y la había tratado como a una hija.

Desde hacía unas semanas, sin embargo, Umberto parecía otro. Se mostraba arisco y brusco como nunca había sido. Clelia lo atribuyó a la ansiedad por la inminencia de la boda, y, sobre todo, al temor de que lo llamaran a filas en calidad de médico. Italia había entrado oficialmente en el conflicto en junio, y, a pesar de que Umberto no se esperaba que lo reclutaran, porque era médico rural y mantenía a su madre viuda, se había encomendado encarecidamente a su suegro para que interviniera en su favor si eso sucedía. Federico Belladonna le había asegurado que haría todo lo posible, pero evidentemente no había sido suficiente para disipar sus preocupaciones.

Clelia suspiró mientras se sumergía en el agua caliente de la bañera, perfumada con ungüentos que la prepararían para su noche de bodas. Tenía miedo. Había llegado virgen al matrimonio, pero en aquel momento deseó no serlo. Sus amigas casadas le habían contado versiones contrapuestas sobre la primera vez y ella no sabía qué esperar.

El agua caliente de la bañera desprendía un aroma a rosas. Clelia se dejó acunar por su tibieza, esperando que la calmara.

Cuando hubo acabado, se levantó y se dejó envolver por la doncella en una cálida toalla de lino.

—Acérquese, señora —exclamó frotando con delicadeza para secarla.

—Gracias —murmuró ella con un suspiro ansioso.

Dejó que la doncella de Umberto le extendiera aceite con esencia de lavanda por el cuerpo. La mujer parecía experta y el masaje resultó agradable. Clelia cerró los ojos y trató de relajarse. Sintió que sus temores eran ridículos. Supuso que pronto se acostumbraría a la idea de acostarse con él y engendrar hijos. Hacía tiempo que deseaba formar su propia familia y ahora que su sueño por fin se cumplía no podía tener miedo. Ahuyentó esos pensamientos. Su madre le había explicado que algunas mujeres sentían dolor durante su primera relación sexual, pero también que era pasajero.

—Aquí está su camisón, señora. —La voz de la criada interrumpió sus pensamientos—. ¿Aviso al doctor Zucchi que está lista?

—Sí.

Cuando se quedó sola, Clelia se impuso mantener la calma. Sonrió al recordar el primer beso que le había dado a su marido, en un bote de la villa Borghese. Fue muy romántico. Se pararon en medio del lago y él la besó largo rato. Entonces ¿de qué tenía miedo? ¿Qué había despertado en ella esa preocupación absurda? ¿Acaso los rumores que habían llegado a sus oídos y que ella siempre había negado? Una amiga le contó una vez que había visto a Umberto saliendo de un prostíbulo; cuando ella le pidió explicaciones, él sostuvo que un médico tiene el deber de curar a cualquier paciente, sin distinción de clase social. E insinuó que su amiga quizá sentía envidia de su noviazgo con un joven médico.

Para matar el tiempo, Clelia empezó a mirar a su alrededor. La habitación de la finca de campo era austera pero la cama de matrimonio, inmensa. De las paredes colgaban cuadros de paisajes con pomposos marcos dorados.

Se miró atentamente al espejo. Reflejaba la imagen de una mujer guapa, pero asustada y confundida. Se llevó las manos a la cara, esperando calmarse antes de que llegara su marido. Se levantó del tocador y se dirigió a la cama. Las zapatillas de raso se hundían suavemente en la mullida alfombra de pieles. Se apoyó en el borde de la cama y acarició la colcha de brocado con la yema de los dedos. Temblaba.

Se sobresaltó al oír que la puerta se abría. Umberto llevaba una bata roja con las vueltas de seda dorada. Sujetaba una flauta de champán de la que bebió un sorbo antes de sonreírle. Parecía encontrarse perfectamente cómodo en aquella situación.

—Mi espléndida Clelia —exclamó—. Ven aquí, amor mío, siéntate delante del espejo y cepíllate el cabello.

Clelia asintió e hizo lo que le pedía: cogió el cepillo de plata y empezó a peinarse con movimientos lentos. Le temblaban las manos y le costó hacer un gesto aparentemente sencillo.

—Qué hermosa eres..., pareces una diosa —murmuró Umberto mientras posaba la copa sobre la cómoda al lado del tocador. Clelia se asustó cuando se dio cuenta de que su marido iba desnudo debajo de la bata, que había abierto con un gesto rápido.

Umberto permaneció quieto observándola durante un rato. Clelia se sentía cada vez más incómoda, mientras que él parecía divertido, como si disfrutara poniéndola nerviosa. Tras dos años de noviazgo, por fin tenía derecho a poseerla. Umberto le quitó el cepillo de las manos y lo dejó sobre el tocador. La agitación que Clelia sentía por lo que iba a suceder iba en aumento.

Umberto le bajó el camisón de seda sin miramientos y se inclinó hacia delante para besarle el pecho. Pero sus besos eran brutales, le hacía daño. Clelia se apoyó en la cómoda para no perder el equilibrio. Apretó los dientes y se impuso mantener la calma, pronto acabaría todo. No obstante, estaba segura de que había algo indecoroso en el comportamiento de él. Levantó los ojos un instante y lo vio reflejado en el espejo, las facciones contraídas en una mueca que lo hacía casi irreconocible. Tuvo miedo. La hizo girar, empujándola bruscamente contra la cómoda, y la penetró sin delicadeza. Clelia contuvo la respiración, como si una hoja incandescente la traspasara. No dijo nada. Tenía la sensación de que si hubiera gritado de dolor a él no le habría disgustado, todo lo contrario. Cerró los ojos a la espera de que Umberto acabara lo que había empezado. Lo oyó gritar de placer mientras le apretaba las nalgas, hundiendo los dedos en su carne. Reprimió una arcada.

—Te has portado bien, cariño —murmuró Umberto al cabo de unos instantes—. Tú y yo vamos a divertirnos mucho. —Se puso la bata y salió de la habitación dejándola sola.

Clelia se dejó caer al suelo y vio un fino reguero de sangre entre los muslos. Se limpió con la toalla de lino que había dejado sobre la silla y se acercó a la bañera. Necesitaba lavarse otra vez. El agua todavía tibia le aliviaba el dolor. Se frotó el cuerpo hasta casi lastimarse. Por último, se acostó y hundió la cara en la almohada para ahogar el llanto.

A la mañana siguiente, la despertó el ajetreo del servicio por los pasillos de la villa. Se sentía débil y le dolían las piernas. Miró la puerta de su habitación y por un momento acarició la idea de levantarse y volver a casa de sus padres.

Su padre no se lo perdonaría nunca. Umberto le gustaba mucho, decía que no habría podido desear un yerno mejor que él.

«Cuando te cases con el doctor Zucchi —le había dicho—, tendrás todo el tiempo que desees para leer, para recibir a tus amigos y para ejercer de señora de la casa». Umberto le aseguraría una posición digna de una chica como ella, que había estudiado y sabía pintar, tocar el piano y conversar sobre cualquier tema.

Llamaron a la puerta. La doncella que la noche anterior la había ayudado a bañarse entró en la habitación. Clelia la saludó y le pidió que la ayudara a levantarse de la cama. La mujer apartó las sábanas y le tendió la mano. Clelia soltó un quejido. La criada frunció el ceño, pero no dijo nada y la ayudó a vestirse con mucha delicadeza.

—Me gustaría salir después de desayunar —anunció Clelia sentándose delante del espejo para que la peinara.

—El doctor Zucchi ha dado instrucciones de que no se mueva de casa sin él, señora —respondió la mujer.

Clelia se giró y la miró fijamente, incrédula.

—¿Cómo dices? No entiendo...

La doncella le repitió las órdenes de su marido. No tenía libertad para salir a su antojo y no podía recibir visitas, salvo la de sus padres. Podía pasar el día en el salón, en la habitación o en el jardín, añadió la mujer.

Clelia se quedó sin palabras. Apartó la taza de té y se puso en pie anunciando que no tenía hambre y que visitaría a su suegra de inmediato. Le pidió a la doncella que la avisara mientras se vestía.

Maria Paola Zucchi era una mujer aparentemente frágil y llena de achaques. Su hijo la idolatraba y la trataba como si fuera un jarrón de cristal: siempre estaba pendiente de sus necesidades y acudía en cuanto lo llamaba. Clelia era consciente de que no podía esperar nada de ella, pero había tomado la decisión de intentarlo. En el fondo, Umberto la había elegido como esposa porque era hija de un parlamentario y porque le gustaba a su madre.

—No puedo hacer nada, querida —le dijo su suegra, tal y como esperaba. Su voz retumbó en el saloncito que daba al jardín trasero de la villa, donde Clelia la había conocido dos años atrás. En aquella época la casa le pareció maravillosa y su futuro en ella, feliz y radiante.

—¿Cómo que no puede hacer nada? —insistió Clelia. Era normal que la madre defendiese a su hijo, pero no que le quitara importancia a su comportamiento despótico.

—Es tu marido.

—Sí, por supuesto, pero no puede aislarme en casa sin permitir siquiera que reciba a mis amigos —dijo Clelia.

—Querida niña, con el tiempo y con paciencia aprenderás a obtener lo que quieras de mi hijo. Es como su padre..., lo hace porque te quiere. Y ahora, no seas caprichosa y compórtate como la esposa de un médico. Rigor y paciencia, es lo que se requiere, ¿entiendes? —Maria Paola se levantó de la butaca, zanjando el asunto con ese gesto—. Hay que obedecer al marido —añadió finalmente. Hizo ademán de dirigirse hacia la puerta.

Clelia se sintió perdida.

—Un momento, por favor, usted no puede... —exclamó sujetando del brazo a su suegra.

—Es tu marido, resiste en silencio —la interrumpió Maria Paola—. Nosotras, las mujeres, debemos ser fuertes. Ten paciencia y verás que cuando tengas un hijo todo se arreglará. Pídele a Dios que te lo conceda pronto, así me haréis abuela y él, ya lo verás, será mucho más indulgente contigo.

—Pero ¿qué dice, Maria Paola? —murmuró Clelia, atónita.

Maria Paola abrió de par en par la puerta de su saloncito para invitarla a salir. Sus grandes ojos claros se habían convertido en dos hendiduras.

—Y ahora vete, querida —le dijo. Su tono era tajante.

—Pero...

—Haré como que esta conversación no ha tenido lugar, no te preocupes. Pero tú, te lo aconsejo encarecidamente, compórtate como una mujer y deja de quejarte. Ahora eres la esposa del doctor Zucchi.

4

Roma, septiembre de 1940
Casa de la familia Belladonna

Londres,
13 de diciembre de 1922

Para renacer hay que morir. Disolverse en miles de millones de partículas que se encuentran de nuevo, milenios más tarde, en el útero de una mujer y, nueve meses después, regresan a la luz. Sin embargo, existe otra manera, otro singular renacimiento, una nueva y extravagante aglomeración de átomos que puede devolvernos a la vida. Es lo que sucede a quienes pintan, escriben, componen música o esculpen.

El arte es un renacimiento. Revivir las etapas de la propia existencia es recorrer un camino tortuoso y rasga el velo del tiempo, que suele curar las heridas. Hace que nos demos cuenta de que ser joven e inexperto a veces puede resultar fatal. Del mismo modo que adormecerse con la ligereza de quien duerme el sueño de los justos puede resultar fatal para quien no se lo espera. Incluso sobre la vida en apariencia más plena, de repente puede descender la oscuridad, y con ella la muerte del alma.

Perdóname, Maddalena, amor mío, te he abandonado y he abandonado a nuestra hija. Llegar a los sesenta años ha sido para mí vivir demasiado, pero le doy gracias a Dios y al destino por haberte encontrado y haber engendrado a nuestra hija Clelia. Te agradezco el amor que me habéis dado aun sin merecerlo. Federico os dará la estabilidad que tú deseabas profundamente y que mereces. Vive también por mí.

Os quiero y os querré para siempre y un día más.

JOHN

Maddalena miraba fijamente, incrédula, ese papel. Había ido un millón de veces al despacho de su marido, había abierto el cajón que lo contenía otras tantas, pero hasta entonces no había leído esa carta, cuidadosamente doblada, guardada entre las páginas de un periódico. Había notado su presencia infinidad de veces, pero no se había preocupado de abrirla. No le gustaba curiosear en los papeles de su marido, nunca lo había hecho. Aquella mañana solo buscaba un recibo, sabía que Federico los guardaba en el primer cajón de la derecha del escritorio.

Empezó a temblar como una hoja. La verdad era tan evidente que la había dejado de piedra. Federico le había ocultado adrede el mensaje de despedida de John. Pero ¿por qué? ¿Qué sentido tenía? El sello postal llevaba la fecha 13 de diciembre de 1922. Coincidía con el día del suicidio de John. Significaba que él le había enviado la carta unas horas antes de inhalar el gas. El mensaje de John había permanecido diecisiete años en ese cajón. ¿Por qué? ¿Por qué Federico no se lo había mostrado? Diecisiete larguísimos años durante los cuales había sentido rencor hacia John, convencida de que se había quitado la vida sin pensar en las consecuencias que su gesto tendría para su hija, sin un pensamiento dirigido a ella. Eso creyeron las dos. Diecisiete años en los que su hija había crecido odiando a su verdadero padre porque la había abandonado, sin querer oír nombrarlo porque las había dejado sin ninguna explicación. Un día, Maddalena y Clelia fueron a visitarlo a la villa Strohl Fern, pero no lo encontraron. Se había marchado sin avisarlas. La niña sufrió un trauma tan fuerte que estuvo días sin hablar. Cuando, más tarde, Maddalena empezó a salir con Federico Belladonna, Clelia se encariñó enseguida con él. Estaba hambrienta de afecto como solo una niña que ha perdido a su padre puede estarlo.

El mensaje que John había enviado el día de su muerte no cambiaba la naturaleza del abandono, pero explicaba el motivo de su alejamiento y del gesto desesperado que había cometido.

Por mucho que se esforzara, Maddalena no lograba encontrar una razón plausible para el comportamiento de Federico. ¿Qué motivos tenía para esconderle la carta? ¿Los celos? Imposible, John ya había fallecido cuando la carta llegó a Italia. ¿De qué tenía miedo su marido? ¿De que Clelia lo quisiera menos al saber que su verdadero padre había muerto pensando en ella? No tenía sentido.

Maddalena se tambaleó. Tuvo que sentarse para tomar

aliento. El grito de rabia, desgarrador y violento, que se ahogaba en su garganta retenía las lágrimas que se le agolpaban en los ojos. Una sola pregunta resonaba en su mente: ¿por qué? Apretaba convulsivamente entre sus manos la hoja de papel. Cerró los ojos.

Su alarido desesperado retumbó en toda la casa.

Maddalena sintió que el aire le entraba por las fosas nasales y le inundaba los pulmones: volvía a la vida. Era como si respirara de nuevo tras un tiempo interminable. Se encontró sentada en la cama con los ojos muy abiertos, jadeante. Estaba oscuro. Esperó unos segundos para que la vista se acostumbrara a la oscuridad. Poco a poco entrevió los contornos de una habitación desconocida. Un escalofrío le recorrió la espalda. Debía de ser una pesadilla.

Trató de enfocar sus dedos, que apretaban las sábanas de algodón. Su mirada se detuvo en una ventana. La luz que empezaba a entrar en la habitación le permitía distinguir el perfil de la cama y de la puerta frente a ella, y dedujo que amanecía. Tenía la sensación de no poder moverse, como si estuviera clavada en la cama. Apartó las sábanas. Tenía calor.

La salida del sol iluminó cada vez más la habitación. ¿Dónde se encontraba? Estaba confundida. No era su casa. Apenas recordaba que había entrado en el despacho de su marido y había abierto el cajón en que guardaba los recibos. Después, la oscuridad. No lograba traer a la memoria otros recuerdos ni sabía cómo había llegado a la habitación donde se hallaba en ese momento. Nada de nada. Era como si, tras abrir el cajón, un velo negro hubiera cubierto sus recuerdos.

Se levantó haciendo un gran esfuerzo, las piernas le pesaban como el plomo. Empezó a vagar por el cuarto, sujetándose en todo lo que encontraba a lo largo de las paredes. Entrevió el resplandor de un débil rayo de sol que se reflejaba en un espejo oval, colocado sobre una mesita de aspecto extravagante. Se acercó para observarlo mejor. Después levantó la vista para mirarse al espejo.

Ahogó un grito. ¡Había una mujer detrás de ella! Se giró bruscamente pero no vio a nadie. Volvió a mirar el espejo, la mujer seguía allí. Podía distinguir el óvalo de su rostro ajado, enmarcado por largos cabellos blancos que le caían sobre los hombros. Se giró de golpe, esperando cogerla por sorpresa. Pero constató con horror que la mujer reproducía sus gestos. Tocó su cara en el espejo y vio que su mano se solapaba con la de la mujer.

—¡Soy yo! Soy yo… —murmuró.

Maddalena se impuso mantener la calma y respirar. Experimentaba una oprimente sensación de asfixia. Tenía frío y calor a la vez y le flaqueaban las piernas.

Observó de nuevo la imagen que devolvía el espejo. Inclinó la cabeza hacia un lado y después hacia el otro. Apartó el cabello de los hombros y se acercó un mechón a los ojos. «Yo no tengo el pelo blanco», pensó. La persona que veía en el espejo era una de esas mujeres que han sido muy hermosas de jóvenes y han envejecido de repente. Cerró los ojos.

Maddalena debía de haberse desmayado otra vez. Cuando abrió los ojos, estaba de nuevo tumbada en la cama. «Qué sueño tan extraño —pensó cada vez más desorientada—. Puede que solo sea una impresión mía. Debe de ser eso. Seguro que es así». Volvió a dormirse.

Cuando se despertó, una mujer de aspecto vagamente familiar la estaba observando. Parecía preocupada. Entrevió su perfil inclinado sobre ella a través de la niebla del sueño. Le decía algo, pero Maddalena no la entendía. ¿En qué idioma hablaba? Todavía estaba aturdida. No recordaba haber tomado somníferos, nunca los tomaba a pesar de que Federico se los había ofrecido en las noches de insomnio. Oyó el ruido de la puerta al abrirse. Entraron dos mujeres que abrieron las ventanas de par en par. La luz del sol penetró en la habitación. Maddalena cerró los párpados instintivamente y se frotó los ojos. Cuando volvió a abrirlos, la mujer de antes la miraba fijamente. Llevaba un vestido amarillo mostaza muy largo y el cabello recogido en un peinado elaborado. Parecía una matrona romana. Miró a las otras dos mujeres. Una era joven y agraciada; la otra, más mayor, era muy fea. Ambas iban de uniforme, eran sin duda enfermeras.

—¿Cómo te encuentras? —le preguntó la mujer del vestido amarillo.

—¿Qué? —respondió Maddalena fatigosamente. En ese momento sintió un hormigueo en el brazo izquierdo, un dolor que nunca había tenido.

—Escucha, amiga mía, ahora tienes que descansar —murmuró la señora con tono grave—. Debes descansar porque has sufrido un shock.

Maddalena, asombrada, abrió la boca: ¿un shock? ¿De qué hablaba?

—¿No te acuerdas? —le preguntó la mujer frunciendo el entrecejo. Maddalena no respondió, pero asintió instintivamente—. ¿Me reconoces? ¿Sabes quién soy? —le preguntó. Negó con la cabeza—. Soy Adele... ¿Te suena? —insistió subiéndole el embozo de la sabana.

Acto seguido hizo una señal a la chica para que se acercara.

—Ahora tengo que irme a casa. Avisa a su marido de que se ha despertado pero que no hay que molestarla. Yo me encargaré de llamar a su hija —dijo con tono perentorio.

La chica asintió y abandonó inmediatamente la habitación.

—Enfermera, la dejo en sus manos —prosiguió Adele, dirigiéndose esta vez a la mujer más mayor—. Volveré esta tarde con Clelia si todo va bien.

—De acuerdo, señora Fendi.

Adele volvió a mirar a su amiga. Se había dormido de nuevo. Los ojos se le llenaron de lágrimas. Le acarició el rostro y se fue.

5

Roma, octubre de 1940
Casa de la familia Belladonna

17 de diciembre de 1922

Increíble tragedia
Artista fallece por inhalación de gas delante de un lienzo en blanco

John William Godward, un artista de sesenta y un años, fue hallado muerto anoche en su taller de Fulham. Tenía la cabeza metida en una caja para embalaje y el tubo del gas en la boca. El estudio se encuentra en la parte de atrás del número 410 de Fulham Road, en el barrio londinense de Fulham, donde también viven el hermano y la cuñada del pintor.

Godward era un artista de cierta fama. Gracias a una carta escrita por unos marchantes del West End, fechada el 1 de diciembre, se ha podido saber que recientemente les había vendido un cuadro titulado *Contemplation* por la suma de ciento veinticinco libras esterlinas.

Fue visto con vida por última vez el miércoles por la mañana mientras desayunaba en su taller, donde vivía solo.

Un lienzo en blanco sobre un caballete hallado en el lugar ha hecho pensar a los investigadores que se disponía a empezar una obra.

Ayer a las seis, cuando volvió de trabajar, el señor C. A. Godward, hermano del fallecido, entró en el taller al verlo apagado. Prendida en el marco de una puerta del interior, encontró la carta de los marchantes con el cheque correspondiente.

En el reverso de la carta podía leerse la palabra «Gas» escrita con la letra del difunto. Al entrar en la pequeña habitación, donde había un lavabo y un hornillo de gas, el señor C. A. Godward encontró el cadáver de su hermano con la cabeza cubierta por un abrigo.

La familia está sumida en el dolor. La joven pareja formada por Cuthbert e Ivy Godward vive en el número 412 de Fulham Road desde 1921. En un primer momento, no se informó a la señora Godward del suicidio. Su marido le dijo que la muerte se había debido a un fallo del hornillo y que el artista había fallecido al inhalar el humo, pero la noticia del suicidio del pintor se difundió muy pronto.

Dado que se trata de un suicidio, el 16 de diciembre se ha abierto una investigación sobre la muerte de John William Godward en el área noroeste del barrio de Fulham dirigida por H. R. Oswald, médico forense en Londres. De su informe se ha obtenido casi toda la información relativa a los últimos meses de vida del artista de la que actualmente se dispone. Como en la mayoría de los suicidios, hubo señales que lo anunciaron. El artista había dicho poco antes de morir que un hombre no debería vivir más de sesenta años, por ejemplo.

Fulham Gazette
18 de diciembre de 1922

EXCLUSIVA
Sesenta años son suficientes para un hombre: la asombrosa teoría de un artista de Fulham hallado muerto en su taller

¿Un hombre no debería seguir viviendo después de los sesenta? Un artista del barrio londinense de Fulham que sufría de insomnio y había pasado los sesenta declaró antes de suicidarse que ese era el límite de vida para un hombre.

Una verdadera tragedia. El difunto había vendido una pintura poco antes de morir y el día anterior había enviado una felicitación de cumpleaños a uno de sus hermanos.

Se trata de John William Godward, de sesenta y un años de edad, residente en el 410 de Fulham Road, Walham Green. A raíz de su muerte, el pasado sábado se abrió una investigación dirigida por H. R. Oswald, médico forense de la Fulham Coroner's Court del área oeste de Londres.

El hermano del fallecido, Charles Arthur Godward, funcionario de una compañía de seguros contra incendios, que reside en el mismo edificio, ha declarado que el pintor vivía solo y era un hombre muy reservado. El declarante [C. A. Godward] lo había visto en el jardín el miércoles por la mañana y le pareció que todo discurría con normalidad. Por lo que él sabía, su hermano no tenía problemas económicos ni de otra clase. El domingo anterior le había pedido que le enviara un telegrama a la madre de ambos para avisarla de que no iría de visita porque no se encontraba bien. Charles Arthur Godward le preguntó si quería comer con él, ofrecimiento que rechazó. Los hermanos se comunicaban a través de un tubo que iba de la casa del declarante al taller del difunto, al fondo del jardín, a unos doce metros de distancia.

Cuando el declarante volvió a casa el miércoles, hacia las cinco y media, la servidumbre lo informó de que la puerta del taller había permanecido abierta todo el día y de que su hermano no había respondido al mozo de la panadería. Fue entonces cuando se dirigió al taller para averiguar qué pasaba y encontró las dos puertas abiertas.

El descubrimiento

C. A. Godward llamó a su hermano sin obtener respuesta. Estaba oscuro y volvió a casa para jugar una partida de cartas. Más tarde, encontró un trozo de papel colgado de la puerta del taller que rezaba la palabra «Gas», escrita con la letra del difunto. Fue entonces cuando cogió una lámpara y al entrar encontró a su hermano tumbado en el suelo con una bata cubriéndole la cabeza. El aire estaba saturado del gas que salía de un hornillo y el declarante se apresuró a cerrar la llave de paso. Explicó que su hermano utilizaba el taller también como lavabo y cocina. El difunto yacía de lado, con la cabeza metida en una caja de embalaje en la que había introducido el tubo del gas.

C. A. Godward añadió que su hermano sufría de insomnio y dispepsia aguda y no era feliz. Solía vagar por el jardín hasta las dos o las tres de la madrugada porque no podía dormir. Cuando el médico forense le preguntó si su hermano era de índole melancólica, el señor C. A. Godward le respondió que sí.

Marietta Avico, modelo de Tottenham Street, residente en Tottenham Court Road, declaró que conocía al difunto desde hacía unos dieciocho meses. No gozaba de buena salud y lo vio vivo por última vez el martes, cuando se quejó de molestias en el estómago. Ella también sabía que vagaba por el estudio hasta altas horas de la madrugada porque sufría de insomnio. El médico forense le preguntó si el fallecido hacía uso de fármacos para dormir; la señora Avico le respondió que sí. La declarante añadió que el martes el difunto le dijo que no volviera hasta el martes siguiente y le comentó algo que la sorprendió: afirmó que sesenta años son suficientes para un hombre.

El doctor J. Bradshaw, que fue el primer médico en acudir a la casa, estableció que el hombre había fallecido bastantes horas antes. El doctor C. T. Pearsons, jefe forense de la enfermería de Fulham, explicó detalladamente el resultado del examen *post mortem*: la causa de la muerte fue la inhalación de gas de carbón. El veredicto del médico forense dictaminó «suicidio originado por facultades mentales perturbadas».

Con los ojos llenos de lágrimas, Clelia leía por enésima vez los artículos de periódico y los documentos que su madre le había dejado. Hojas de periódico, una carta y un par de fotografías de su verdadero padre, John William Godward. Ya no sentía rencor contra él, sino que aquel hombre dulce y frágil le inspiraba una gran ternura. Lo odió cuando las dejó solas. Había prometido a su madre que nunca las abandonaría, pero había desaparecido de repente sin dar explicaciones. Las facciones de su padre se confundían con las lágrimas. ¿Por qué su madre le había dejado todo lo que poseía de John ahora que ella también la había dejado?

Clelia estaba petrificada por el dolor, el rostro contraído en una mueca. No podía evitar preguntarse qué había pasado en el breve periodo de tiempo transcurrido entre la llegada de su madre a la clínica y su muerte súbita. Un ataque cardiaco, le dijeron. Un lapso de tiempo demasiado breve. Era increíble pensar que a veces bastaba un minuto para trastornarlo todo. Para pasar de la felicidad absoluta al dolor más profundo en pocos segundos fatales.

Cuando la dejó en la habitación de la clínica, su madre dormía tranquila. Clelia cerró la puerta tras de sí y se entretuvo hablando con los médicos. Al poco se le acercó una enfermera. Comprendió inmediatamente por su mirada que algo pasaba. Las palabras de la mujer fueron como una bofetada: «Su madre ha fallecido. Lo siento, señora Zucchi».

Clelia corrió enloquecida a la habitación y se derrumbó entre lágrimas en los brazos de Adele, que acababa de llegar para sustituirla.

«Rápido, ayuden a la señora Zucchi —había ordenado a las enfermeras uno de los médicos—. Hay que avisar al señor Belladonna».

Maddalena parecía dormir plácidamente, su cara pálida esbozaba una sonrisa serena. Clelia no recordaba haberla visto nunca tan hermosa. Era como si de repente volviera a tener veinte años. Le dio un beso en la frente y dejó que Adele la condujera fuera de la habitación. Al cabo de un par de horas, durante las cuales cumplieron con los trámites inevitables, Clelia se sentó en la escalinata que conducía al camino de entrada de la clínica. El corazón le latía atropelladamente y le cortaba la respiración. Su madre había muerto.

—Todavía no me explico cómo es posible. No lo entiendo. —La voz del padre Romei la distrajo de la imagen del cuerpo sin vida de su madre, que seguía atormentándola. El jesuita estaba muy pálido.

—Por desgracia, no hay nada que entender —repuso Clelia.

—Nunca podremos colmar su ausencia —añadió Giulio Romei, recomponiéndose.

—¿Cómo ha podido pasar?

—No lo sé. —Giulio Romei negó con la cabeza—. Lo siento mucho —dijo al final—. Sabes que estoy a tu disposición para lo que necesites, querida.

Sus ojos iban de la cara de Clelia a las hojas de periódico que la joven sostenía entre las manos.

Clelia bajó la mirada casi al mismo tiempo. Suspiró.

—Padre Romei —susurró—, gracias de todo corazón. El retrato que ha hecho de mi madre durante la misa ha sido conmovedor, perfecto. Mi madre era exactamente como usted la ha descrito: generosa y rebosante de amor.

—Me he atenido a la verdad. Sabes lo mucho que la quería, era una mujer extraordinaria y la echaré mucho de menos.

Clelia asintió conteniendo las lágrimas. Dejó los recortes de periódico sobre el escritorio de su padre y miró de nuevo al jesuita.

—¿Quieres que hablemos de eso? —le preguntó él dulcemente, señalando los recortes.

—Ahora no, pero gracias por habérmelo preguntado.

Aquella misma noche, su marido se presentó en casa de los Belladonna. Al saludarlo, Clelia se dio cuenta enseguida de que había bebido y esperó que su padre no lo notara. Había decidido enfrentarse a él en la casa donde había crecido y se sentía fuerte. Los maltratos seguían desde hacía un mes, y una noche incluso la había abofeteado porque no había querido prestarse a sus juegos eróticos. Un mes sin visitar a su madre fue la gota que colmó el vaso. Cuando

Maddalena se encontró mal, Umberto no pudo impedirle que fuera a verla, pero a esas alturas la situación había excedido el límite de lo soportable.

Lo detuvo en el pasillo que conducía a la sala oval mientras él se dirigía a saludar a Federico antes de llevársela a casa y le comunicó que quería quedarse un par de días allí para hacer compañía a su padre. Umberto la miró con sorpresa, pero pronto su asombro mutó en una sonrisa soberbia.

—¿Quieres quedarte aquí, con tu padre? ¡Eres una niña tonta y mimada!

—¡Mi madre ha muerto! —gritó Clelia, que sentía crecer en su interior toda la rabia que había reprimido hasta ese momento.

—¿Y qué? Has asistido al entierro, ¿no? Debes volver conmigo. Ahora tu casa es otra —dijo Umberto.

—Tú también deberías haber asistido al funeral —replicó ella fríamente.

—Tenía a un paciente al borde de la muerte.

—A mí me parece que has pasado la tarde bebiendo en el bar —exclamó Clelia con desprecio.

Umberto se puso blanco. Miró a su alrededor y la empujó dentro de la sala. Cuando estuvieron solos, le dio una bofetada. Clelia se esperaba que reaccionara con violencia, pero no dijo ni hizo nada. Al cabo de unos instantes, volvió a la carga.

—¿Qué más te da? Solo serán unos días. No me permites recibir visitas ni salir o leer... Solo te pido que me dejes pasar unos días con mi padre.

Umberto tenía los labios lívidos. Un destello cruzó su mirada. Clelia se puso rígida. Su marido cerró con llave la puerta de la sala, se acercó y la empujó contra el sofá preferido de su madre. Sintió un escalofrío de asco y miedo. Cuando Umberto se bajó los pantalones, Clelia apenas pudo contenerse para no pedir ayuda. No quería asustar a su padre. Nadie podía ayudarla en aquel momento.

Él se acercó, se puso detrás de ella y la hizo inclinarse sobre el respaldo del sofá. Le levantó la falda, le abrió las piernas con las rodillas y se abrió camino para entrar dentro de ella a la fuerza, tratando su cuerpo como si fuera de su propiedad.

El peso del hombre la dejó sin respiración. Él parecía no darse cuenta, seguía murmurando obscenidades mientras le mordía el cuello y los lóbulos de las orejas.

A Clelia, que había aprendido a no reaccionar para contrarrestar el dolor, sus gemidos se le antojaban los estertores de un moribundo. Cada vez que violaba su cuerpo profanaba su alma. Lo único que quería era que acabara deprisa. Umberto aceleró el movimiento y gritó de placer. Clelia, la cara hundida entre los cojines del sofá, cerró los ojos y trató de sobreponerse. Una lágrima caliente le resbaló por la mejilla. El odio feroz hacia aquel hombre ya era incontenible.

Cuando la dejó sola para ir a saludar a su padre, Clelia se recompuso rápidamente venciendo el asco que sentía. Ya había tomado una decisión: huiría de su matrimonio y del monstruo de su marido por las buenas o por las malas. No permanecería un minuto más en aquella villa en medio de la nada. Un mes de tortura era más que suficiente. Además, después de haber sido violada el día del entierro de su madre, ni siquiera permitiría que Umberto le rozara una mano nunca más.

Todavía le dolían los músculos del pubis. Si su padre no aceptaba su decisión, Clelia estaba dispuesta a todo, incluso a pedir ayuda al Duce en persona si era necesario.

Abrió con cuidado la puerta de la sala y se escurrió por el pasillo que daba a la antesala y a su cuarto de soltera. Recorrió rápidamente las habitaciones que asomaban al salón y se dirigió con paso firme a la puerta de entrada. Sabía que el portón principal se cerraba a las ocho de la noche y que la salida que daba a la via Arno solo se abría en caso de que fuera necesario. Vio abrirse la puerta del piso contiguo al de sus padres y se apresuró a entrar en el ascensor. Era la anciana criada de la vecina, seguida por un mozo.

—¿Lo has entendido? Mañana a la misma hora devuelves la ropa.

—Sí, de acuerdo. ¿Por dónde salgo? El portón está cerrado.

La criada resopló.

—Ven, te acompaño a la salida de servicio, pero hay que bajar a pie, el ascensor es para los señores.

Cuando desaparecieron por las escaleras, Clelia supo que era el momento decisivo y pulsó el botón de la planta baja. Tenía que aprovechar la ocasión para escurrirse inadvertida del edificio.

Cuando llegó al patio, la criada y el mozo seguían charlando. Los saludó con determinación mientras abría el portal de la via Arno y lo cruzó sin volverse a mirar atrás. Temblaba como una hoja y tropezó varias veces antes de llegar a la via Salaria.

No se dio cuenta de que una sombra se había acercado a ella.

—Señora… —la llamó un hombre a sus espaldas.

6

Roma, octubre de 1940
Via Salaria

Clelia levantó los ojos hacia el hombre que se le había acercado. El miedo que se había apoderado de ella desapareció inmediatamente en cuanto vio que no se trataba de su marido.

—¿Qué quiere? —preguntó tratando de mostrarse tranquila.

—Perdone, señora, ¿necesita ayuda? —dijo él al tiempo que se quitaba el sombrero. Los faros de un autobús que pasaba por la via Salaria iluminaron por unos instantes la negra melena de Clelia. El hombre pareció contemplarla por un momento. Ella también lo miró con curiosidad, nerviosa. Debía alejarse de allí rápidamente, pero algo la retenía. El hombre tenía, como mucho, unos treinta años, era alto y esbelto, la cara angulosa enmarcada por cabellos tupidos. Los ojos eran claros, pero Clelia no supo definir su color, era casi de noche.

—Estoy perfectamente, gracias —se apresuró a responder mientras reanudaba su camino con paso vivo.

—Una señora no debería salir sola, estamos en guerra y podría ser peligroso —le hizo notar él. El tono de su voz denotaba una preocupación sincera.

—Gracias de nuevo, pero sé cuidarme sola. Este es mi barrio.

—Permita que la acompañe —se ofreció el hombre. Clelia negó con la cabeza y se despidió—. ¿Puedo al menos saber cómo se llama? —le preguntó cuando ya se había distanciado unos pasos.

—No.

El desconocido hizo amago de replicar, pero cambió de idea. Se puso el sombrero y se dirigió hacia el viale Regina Margherita, en dirección opuesta a la de Clelia. Ella se giró, lo vio doblar la esquina y desaparecer. Torció a su vez hacia una calle poco iluminada y se detuvo para apoyarse en la pared de un edificio. Por primera vez desde hacía meses se sentía más ligera. Estaba destrozada por la muerte de su madre, pero quizá esa desesperación profunda era la que la había empujado a tomar la decisión de huir de su marido. Se juró que no regresaría con él. Nunca más.

No volvería a permitir a ningún hombre que le hiciera lo que él le había hecho. Ningún hombre volvería a despojarla de su dignidad. Estaba dispuesta incluso a pasar hambre con tal de ser la dueña de su destino. Tras haber tocado fondo, no le quedaba más remedio que salir a flote, afrontar la vida. Sacaría fuerzas de flaqueza, se dijo para darse ánimos.

Reanudó el camino, pero ¿adónde podía ir? Estaba sola, sin una lira encima y se estaba haciendo oscuro. En su casa ya se habrían dado cuenta de su fuga y pronto bajarían a la calle en su busca, si es que no lo estaban haciendo ya. A pesar de que conocía su barrio al dedillo, casi se arrepintió de no haber permitido a aquel hombre amable que la escoltara. Pasó por delante del escaparate de una modista y se detuvo un momento sin mirar más allá del cristal. Pero se le ocurrió algo y supo a quién podía acudir.

—Santo cielo, Clelia, pasa, querida —exclamó Adele, que la invitó a entrar en el salón y cerró la puerta. Las niñas todavía estaban despiertas y no quería que entraran y las molestaran. Nada más ver a Clelia, dos horas después del entierro de Maddalena, Adele había comprendido que pasaba algo. La cara tensa, los ojos hinchados y un golpe en la mejilla disipaban cualquier duda.

—Adele, perdona que me presente en tu casa a la hora de cenar, pero no tengo dónde ir —murmuró Clelia antes de estallar en lágrimas.

—Has hecho muy bien, cariño... Pero dime ¿quién te ha hecho eso? ¿Te han atacado? —le preguntó la amiga de su madre.

—Umberto. Ha sido mi marido.

Adele suspiró y le cogió las manos con la esperanza de darle consuelo.

—¿Qué ha pasado? —le preguntó.

—Después de la ceremonia fúnebre, ha ido a buscarme a casa de mis padres y me ha pegado. Le había pedido que me dejara quedarme con papá para consolarlo.

—Y su reacción ha sido la de un animal. Pero ¿por qué? —Adele negó con la cabeza, sentía que la rabia se apoderaba de ella. Clelia no era la primera mujer maltratada por su marido que conocía, muchas clientas y dependientas le habían contado cosas parecidas.

—No lo sé —admitió Clelia conteniendo las lágrimas.

—Perdona, pero ¿cuándo empezó todo esto? Quiero decir, ¿es la primera vez que pasa o...? —le preguntó tratando de contener la indignación.

—Empezó a pegarme y a abusar de mí la noche de bodas —respondió Clelia con dificultad. Le costaba confiar el secreto que no había revelado a nadie, ni siquiera a su madre.

Adele se quedó callada y volvió a negar con la cabeza.

—¿Por qué no se lo contaste enseguida a tus padres? Todo esto es muy grave.

—Me daba vergüenza —admitió la joven secándose las lágrimas.

—Dios mío, Clelia... —murmuró Adele.

—Hoy no he podido más. He huido de casa, no sabía adónde ir y he venido aquí.

—Has hecho muy bien. Maddalena tenía razón.

—¿Qué quieres decir?

—Unas semanas antes de tu boda, tu madre se confió conmigo. Tenía dudas acerca del comportamiento de Umberto, decía que de repente se había vuelto brusco y antipático.

Clelia se secó las lágrimas con el pañuelo que Adele le había dado.

—Mi madre tenía razón. A mí me dijo que debía estar segura, que no pasaría nada si cambiaba de idea, que no debía casarme si no estaba completamente convencida de hacerlo.

—¿Cuándo te lo dijo?

—Diez días antes de la boda —respondió Clelia—. Pero yo no quise escucharla. ¡Qué tonta fui!

Adele la cogió por los hombros y la sacudió.

—No hagas eso, Clelia, ya no sirve de nada. Llorar y sentirte culpable no sirve de nada, ¡de nada! Has venido aquí para que te ayude, ¿no es así? Pues dime qué puedo hacer por ti, además de acogerte unos días.

—¿De verdad puedo quedarme aquí esta noche? Te prometo que no molestaré —dijo Clelia.

—Por supuesto que vas a quedarte aquí, tontita. ¿Acaso crees que te dejaría pasar la noche en la calle? Pero que quede claro, mañana irás a ver a tu padre, hablarás con él y os pondréis de acuerdo sobre cómo proceder. Si quieres quedarte aquí, puedes hacerlo, pero Federico debe saber dónde estás. Es más, voy a llamarlo para que se tranquilice. Estará preocupado. Esperaré una hora para asegurarme de que tu marido se ha marchado. No podemos darle otro disgusto a Federico. La muerte de Maddalena ha dejado un vacío inmenso en nuestras vidas. Todavía resuenan en mis oídos las palabras que el padre Romei ha pronunciado durante la misa, me ha emocionado.

—También tendré que hablar con él —murmuró Clelia.

—Buena idea. Pero ahora dime. ¿Qué puedo hacer por ti, querida?

—He venido aquí guiada por el miedo y el instinto... Mi madre habría querido que acudiera a ti, estoy segura.

Adele asintió y se esforzó por sonreír.

—Ya... —murmuró. Maddalena acababa de morir y ya la echaba de menos. Era guapa, inteligente y sensible como pocas. Siempre sabía qué decir para consolarla, tenía un gran corazón y una clase innata. No ocultaba sus orígenes humildes, antes al contrario, estaba orgullosa de ellos y había enseñado a su hija el valor de la humildad. La joven asustada que tenía delante era la digna hija de su madre, lo percibía por el orgullo que brillaba en sus ojos. La habían maltratado y ofendido, pero ella había hecho acopio de fuerzas para sobreponerse.

—Quiero trabajar contigo. No quiero volver a depender de nadie —le dijo Clelia. Su petición, que surgía espontánea en ese momento, sonaba como una súplica.

Adele la miró con sorpresa.

—¿Sabes lo que significa trabajar, querida? Significa levantarse todas las mañanas y esforzarse, sin importar los clientes maleducados o estar indispuesta.

—Lo sé y no me da miedo. Lo prefiero a una vida sin independencia.

—Está bien. Te enseñaré todo lo que sé. Pero no deberás limitarte a ser una de las muchas dependientas que se encuentran en las boutiques de Roma —dijo Adele, como si ya tuviera un plan para ella—. Tú serás un punto de referencia, la chica que sabe lo que quiere la clienta antes de que abra la boca. Serás la dependienta por la que todas desean ser atendidas. ¿Crees que puedes hacerlo?

El rostro de Clelia se iluminó.

—Es justo lo que deseo —respondió con agradecimiento.

Adele asintió. La abrazó y después se puso de pie y la invitó a imitarla.

—Desnúdate, deja que vea de lo que ha sido capaz tu marido.

Clelia asintió y se levantó la falda. No sentía vergüenza con Adele, era como si se mostrara a su madre. Lo comprendía por el modo en que la observaba, con el ceño fruncido y cada vez más indignada por las señales que Umberto había dejado en su piel. Las manos de Adele acariciaron sus brazos, llenos de cardenales.

—Qué animal —susurró—. Hay que comprar pomada de mirra para que cicatricen los arañazos de las piernas.

—¿Se irán? —preguntó Clelia pasando la mano por el interior del muslo derecho, donde se había formado una gran mancha azulada.

—Sin duda. Te repondrás, no te preocupes.

—He elegido al hombre equivocado —admitió Clelia—. Pero no quiero que me compadezcas, Adele, quiero que me ayudes a convertirme en una mujer independiente.

Adele asintió. Le acarició la cara y le prometió que haría todo lo que estuviera en sus manos para que así fuera.

—Te gustará trabajar conmigo, ya lo verás.

—Estoy segura.

7

Roma, octubre de 1940
Casa de la familia Belladonna

—¡Eres una ingrata!

La voz de Federico retumbó en toda la casa. No se enfadaba nunca, pero cuando perdía la paciencia se transformaba en otra persona. El señor Belladonna estaba, como poco, furibundo con su hija, que había huido a hurtadillas, abandonando a su padre y a su marido, justo el día del entierro de su madre. A pesar de que la invitaba a justificarse, Clelia no reaccionaba. Permanecía inmóvil delante del escritorio, con la mirada fija en el rostro morado de rabia de su padre. Los dos estaban de pie, pero ninguno se movía.

—¿Por qué no contestas? ¿Realmente no tienes nada que decir? —preguntó Federico, presionándola una vez más para que respondiera. Pero Clelia seguía callada, aunque en su rostro podía leerse una expresión de serenidad que le iluminaba la mirada—. ¿Eres consciente de lo que has hecho? Tu marido estaba fuera de sí, tuvo que intervenir la servidumbre para ayudarme a calmarlo. Fue a buscarte a la calle con el hijo de la cocinera. Yo fui de puerta en puerta para hablar con los vecinos. Te buscamos por todas partes...

—Lo siento.

—¿Lo sientes? ¿Eso es todo lo que tienes que decir? —insistió él—. Por suerte yo estaba en casa cuando llamó Adele. Me rogó que no le dijera nada a tu marido y que inventara una excusa para mandarlo a su casa. No puedes ni imaginar lo que me costó convencerlo; estaba furibundo, y, a pesar de que no podía quitarle la razón, le dije que me encargaría yo de encontrarte y de acompañarte a casa.

—¿No te has preguntado por qué no te pidió que llamaras a la policía? Iba sola por la calle, de noche, podría haberme pasado cualquier cosa, pero él no lo mencionó —le hizo notar Clelia. Su tono de voz era claro y tajante.

Federico suspiró y se dejó caer en la silla del escritorio. Apoyó el codo en el reposabrazos, se cubrió la frente con la mano y empezó a acariciarse las sienes.

—En efecto, no me lo pidió —admitió.

—Porque tenía miedo de que yo contara la pesadilla en que me obliga a vivir.

—Es tu marido, Clelia, la policía te habría obligado a volver con él porque es tu deber. Dime qué quieres que haga —le preguntó con la voz rota por la emoción.

Clelia tardó unos instantes en responder.

—Quiero separarme de Umberto con tu aprobación, papá.

Federico levantó los ojos y miró a su hija a la cara.

—No sabes lo que dices —respondió con sequedad.

—Lo sé perfectamente —replicó Clelia.

—No sabes con cuántos obstáculos tropezarías ni lo dura que es la vida para una mujer que trata de separarse ni las consecuencias que esa decisión podría acarrearte en el futuro. Soy viejo, Clelia, te defenderé a ultranza si es lo que realmente quieres, pero tú eres muy joven y no serías capaz de soportar el desprecio de quienes considerabas tus amigos. ¡Por no mencionar que tienes la ley en contra!

—Papá —empezó Clelia—, cualquier cosa es mejor que una vida como esposa de Umberto Zucchi. Cualquier cosa. Estoy dispuesta a trabajar, a desafiar la ley, a hacer sacrificios, a renunciar a la aprobación de quienes se creen superiores... Estoy dispuesta a renunciar a todo salvo a mi libertad.

Federico suspiró mientras se cubría la cara con las manos y negaba con la cabeza.

—¿No entiendes, Clelia, que a lo que renuncias es precisamente a la libertad? Te apartarán, te despreciarán... Siempre y cuando logres librarte de tu marido.

—No puedo vivir con ese hombre —lo interrumpió Clelia.

—Podrías cerrarte la posibilidad de volver a amar a alguien. Si quisieras volver a casarte, la decisión que estás a punto de tomar sería un obstáculo... —empezó a decir Federico para después interrumpirse. Una lágrima le resbaló por el rostro ajado por los años y el dolor.

—Me horrorizo solo con pensar que pueda volver a tocarme. No me interesa, papá, ese hombre debe salir de mi vida, con tu bendición o sin ella.

—¿Y si te hubieras quedado...?

—¿Embarazada? Criaría a mi hijo y viviría mi vida. Mamá salió adelante cuando mi verdadero padre nos dejó y a ti no te importó casarte con ella —le hizo notar Clelia.

—Maddalena... —murmuró Federico con un suspiro, conteniendo el llanto. Clelia era para él mucho más que una hija adoptiva. Era una parte de Maddalena que se había quedado con él, la luz de sus ojos. Se daba por vencido. Si Clelia quería separarse de su marido lo haría incluso a costa de romper con él, por lo que lo mismo daba ayudarla, apoyarla en un momento tan delicado.

—De acuerdo, llamaré inmediatamente a Aurelio De Sanctis —exclamó al final.

—¿Quién es?

—Mi abogado. Debemos consultarlo. No creas que será sencillo, estás a punto de entrar en un berenjenal de papeleo, leyes injustas y dolor..., pero yo estaré a tu lado.

Clelia se sentía como si le hubieran quitado un peso de encima. La conversación con su padre le había hecho vislumbrar la esperanza de un cambio. Habían comido juntos y se disponían a reunirse con el abogado De Sanctis en su bufete. Ya no tenía miedo. Estaba convencida de que su destino quedaba fuera del alcance de su marido. Se sentía segura de sí misma y dispuesta a todo con tal de vivir a su manera. No veía la hora de demostrarles a todos de lo que era capaz.

Cuando llegaron a una calle paralela a la via Cola di Rienzo, su padre la ayudó a bajar del coche.

—¿Estás lista, Clelia? —le preguntó ofreciéndole el brazo. Clelia le sonrió.

—Sí, vamos.

—Eres una mujer valiente, tu madre estaría orgullosa de ti —dijo Federico mirándola con admiración. Lo poco que le había contado su hija lo había convencido de que debía apoyarla sin reservas.

Clelia cogió el brazo de su padre y subió con él la escalera que conducía al bufete del abogado De Sanctis. Acababan de dar las cuatro, pero había llovido y las nubes oscurecían el cielo antes de tiempo.

—Ya hemos llegado —exclamó el señor Belladonna al entrar en el vestíbulo de un edificio señorial de finales del siglo XIX. El despacho del abogado De Sanctis estaba en el primer piso.

La secretaria los recibió con una sonrisa y los invitó a seguirla, el abogado los esperaba en la sala de reuniones. Clelia tomó aire y avanzó con paso firme por el pasillo. Entraron en una habitación grande presidida por una imponente mesa de raíz de nogal, rodeada de sillas mullidas. No había nadie. Clelia y su padre se quitaron los abrigos y se sentaron.

—Buenas tardes, señor Belladonna —exclamó una voz varonil detrás de ellos. Federico se levantó y saludó al abogado. Después se dirigió a su hija. Clelia parpadeó. Cayó en la cuenta al instante de que ya había visto a ese hombre. Sacudió la cabeza, apurada. Él también parecía haberla reconocido, tenía una expresión divertida. Estaba segura de que era él.

—Clelia, te presento al abogado Aurelio De Sanctis —le dijo su padre—. Señor De Sanctis, le presento a mi hija, Clelia Belladonna.

—Hola... —dijo ella, abochornada.

—¿Cómo está, señora? —le preguntó él, que no tenía intención de fingir que no la había visto nunca.

—Bien, gracias, ¿y usted? —balbució Clelia. Era el hombre con el que había hablado la noche en que huyó de casa de su padre. El corazón le brincó en el pecho cuando él le cogió la mano y se la llevó a los labios, rozándola suavemente.

—¿Se conocen? —preguntó Federico con incredulidad.

—La guapa señora solitaria —exclamó Aurelio sonriéndole—. Es una verdadera sorpresa tenerla hoy aquí.

—¿Dónde se encontraron? —insistió el señor Belladonna con el ceño fruncido.

—Nos conocimos en la via Salaria cuando me dirigía a casa de Adele Fendi, papá —explicó Clelia, que apartó la vista del abogado a pesar de que él seguía mirándola fijamente—. Me vio sola y tuvo la amabilidad de preocuparse por mí.

—Gracias, Aurelio —exclamó, agradecido, su padre.

—No hace falta que me dé las gracias —dijo Aurelio devolviéndole la sonrisa—. Además, su hija no permitió que la acompañara. En su lugar yo también habría hecho lo mismo, era y sigo siendo un desconocido.

—Me había dado cuenta de que tenía buenas intenciones —precisó Clelia apoyándose de nuevo en el respaldo.

—Pero hizo bien no fiándose —dijo Aurelio mientras

hacía un gesto a Federico para que se sentara, lo cual también hizo él.

Era guapo y tenía el aspecto de un profesional serio y riguroso. Su instinto le decía que podía fiarse de él. El destino se lo había puesto delante por segunda vez y Clelia no creía en las coincidencias.

—Y bien, ¿en qué puedo ayudarles? —preguntó Aurelio.

—Clelia necesita asesoramiento legal —respondió Federico—. Como le anticipé, quiere separarse de su marido.

—Su padre me ha contado por teléfono que está casada con el doctor Zucchi —observó el abogado.

—Sí, exacto. Es un hombre abyecto y violento y no quiero pasar un minuto más a su lado —le explicó Clelia sin poder disimular su apuro, que le teñía las mejillas de rojo.

—¿Está al corriente, señora, de que en Italia no se puede abandonar el techo conyugal y que en consecuencia usted ha cometido un delito al marcharse de casa?

Clelia asintió.

—¿Puede ocuparse del asunto, Aurelio? —intervino Federico apretando la mano de su hija.

—Por supuesto, señor Belladonna. Pero, si no tiene inconveniente, necesito hablar a solas con su hija.

Federico asintió y se puso en pie. Sonrió a Clelia y se acercó a Aurelio, que se había levantado para acompañarlo a la puerta.

A Clelia le costó lo suyo no levantarse para seguirlo. Sabía lo que le esperaba: hablar abiertamente con el abogado para proporcionarle toda la información que necesitase. También sabía que no debía verlo como un amigo de su padre, sino como un profesional que en vez de juzgarla la ayudaría.

Aurelio volvió a sentarse delante de ella y le sonrió para animarla.

—Bien, señora, cuéntemelo todo desde el principio.

Clelia contuvo la respiración. Bajó los ojos y permaneció unos instantes en silencio para hacer acopio de fuerzas antes de empezar a contarle detalladamente su vida matrimonial.

Aurelio no tardó en ensombrecerse. Por las preguntas que le dirigió, interrumpiéndola de vez en cuando, Clelia supo que quería ayudarla.

Cuando llegó al episodio de la huida estaba agotada, a pesar de que solo había hablado durante un cuarto de hora. Contarle a un extraño lo que había sufrido le quitaba un peso de encima, pero la obligaba a revivir la pesadilla, que deseaba olvidar para siempre.

—Sé que he dado un paso en falso al abandonar mi casa porque es abandono del techo conyugal —dijo.

—No ha dado un paso en falso —la corrigió el abogado—, ha cometido un delito. El abandono no se considera legítimo en ningún caso, ni siquiera a causa de un comportamiento violento que ponga en peligro su incolumidad. Comprendo su urgencia por abandonar el techo conyugal, sin embargo no es la estrategia correcta que hay que adoptar para protegerse. Aunque lográramos demostrar, más allá de toda duda razonable, el carácter violento de su marido y su peligrosidad, no obtendríamos, sobre todo a corto plazo, la autorización para que vivan separados. Mientras tanto, usted tendría que seguir conviviendo con él durante la mora procesal, consciente de que casi seguramente perderá la demanda. Como sabe, al firmar los Pactos Lateranenses, el Duce se ha pronunciado contra el divorcio, así que la cuestión es otra.

—¿Me está diciendo que ni siquiera puedo alejarme de él?

—Si estuviéramos en un país como Estados Unidos o el Reino Unido hasta podría divorciarse, pero estamos en Italia y quién sabe cuándo se oirá hablar de divorcio en el Parlamento. Pregúnteselo a su padre, si lo desea. Lo que podemos hacer es que su padre hable personalmente con el Duce y al mismo tiempo pedir la anulación a la Sacra Rota.

—¡Es absurdo! —exclamó Clelia, que se levantó de un brinco y empezó a recorrer la habitación a grandes pasos—. ¿Me está diciendo que las mujeres deben soportar los malos tratos e incluso dejar que las maten porque nuestra ley no contempla el divorcio y Mussolini ha asegurado a la Iglesia que no moverá un dedo para que eso cambie?

—A grandes rasgos, así es.

—¡Es intolerable! ¡Todo esto es cuanto menos intolerable!

—Siéntese y tranquilícese, Clelia —le indicó Aurelio—. No le he dicho que vuelva a casa. Ahora le escribiremos una carta a su marido informándole de que usted se quedará unos días en casa de su padre para ayudarlo. El entierro de su madre acaba de celebrarse y nadie podrá objetar nada. No procederemos con la Sacra Rota hasta que su padre haya hablado con el Duce.

—Si yo no fuera la hija de un parlamentario, ¿me obligarían a volver a casa de mi marido?

—Sí.

—No es justo.

—Lo sé.

—Le prometo que, si un día salgo de esta, lucharé para que no vuelva a pasarle a otras mujeres.

Clelia permaneció callada durante el trayecto de vuelta a casa. Estaba trastornada, aturdida y enfadada. La lucha por la emancipación femenina era algo de lo que solo había oído hablar vagamente. Ser víctima de aquella injusticia era harina de otro costal. El abogado De Sanctis le había explicado que el primer Congreso de las Mujeres Italianas, celebrado en 1908, había conseguido, alrededor de diez años después, una emancipación jurídica parcial: se había permitido que las mujeres administraran sus bienes y atestiguaran en un juicio sin la autorización de su padre o su marido. Con el matrimonio la mujer perdía sin embargo casi todos sus derechos civiles. El marido tenía derecho a decidir sobre la vida conyugal y la educación de los hijos.

De Sanctis le había contado que en muchos países europeos habían nacido algunas asociaciones cuya finalidad era promover reformas jurídicas y políticas a favor de la igualdad entre los sexos. Sus batallas principales eran el derecho al voto femenino y a una educación mejor y más completa, sobre todo universitaria.

La entrada de las mujeres en el mercado laboral durante la Primera Guerra Mundial había supuesto un cambio meramente provisional, puesto que cubrían los puestos de los hombres destinados al frente. La ideología fascista había reafirmado la subordinación de la mujer y consideraba subversivo luchar por la emancipación como estaba haciendo Clelia.

—¿Qué pasará ahora, papá? —preguntó Clelia cuando llegaron a casa.

Federico dejó el abrigo sobre el sofá de la entrada y suspiró.

—Mañana hablaré con el Duce. Le explicaré la situación y espero que sea comprensivo.

—Lo siento mucho, papá.

—Lo sé, cariño, lo sé. Si las cosas van como deberían ir, no os pasará nada, ni a ti ni al idiota de tu marido.

—¿Qué le harán?

—No tengo ni idea, pero lo más probable es que le «aconsejen» que se mantenga alejado de ti.

Clelia era consciente de que su comportamiento ponía a su padre, un parlamentario fascista, en una situación delicada. Pero no estaba dispuesta a ceder ni a detenerse. Su objetivo no era solo obtener justicia y libertad para sí misma, sino también para el resto de las mujeres. Por ese motivo, inmediatamente después de entrar a trabajar en la tienda de Adele Fendi, le pidió una nueva cita al abogado.

8

Roma, 2 de diciembre de 1940
Boutique Fendi

Adele se volcó con todo su ser para enseñar a Clelia a despachar y a tratar con la clientela más exigente. Los consejos de la amiga de su madre y los turnos extenuantes en la boutique de la via del Plebiscito, a los que se sometía voluntariamente, fueron para ella un bálsamo milagroso.

Adele elegía a conciencia las pieles y las telas que utilizaría para realizar los bolsos, y para los accesorios era tajante: solo quería materiales de altísima calidad. En los talleres se trabajaba con esmero, bajo la atenta e implacable mirada de Adele, que no escatimaba los rapapolvos ni siquiera a sus hijas si lo consideraba necesario. En su tienda todo debía ser perfecto: limpieza, orden y amabilidad eran requisitos imprescindibles. La calidad de los productos y la variedad de colores, formas y materiales marcaba aún más la diferencia con respecto al resto de las boutiques de Roma. En poco tiempo, Clelia aprendió la diferencia entre un bolsito de noche en bandolera y un bolso estilo cartero, una *minaudière* y una cartera de mano, un bolso de asa corta y un bolso estilo *bauletto*. Había pasado casi un mes desde el principio de su formación, durante el que Clelia se había repartido entre las tiendas de la via del Plebiscito y de la via Piave y había hecho horas extraordinarias para aprender cómo se creaban los bolsos, los cinturones y los abrigos de pieles de los Fendi. Y había descubierto que ese mundo le gustaba muchísimo.

El lunes 2 de diciembre era la fecha establecida para la entrada oficial de Clelia como empleada de la familia Fendi. Su posición social le permitía ocuparse de una clientela selecta. Adele le había presentado a algunas de las clientas más asiduas y le había aconsejado cómo relacionarse con ellas. Entre las clientas había aristócratas refinadas, señoras de la alta burguesía y extranjeras ricas. Hasta aquel momento la guerra no había causado problemas económicos graves a la actividad, a pesar de que la clientela había disminuido.

Adele le había explicado que una buena dependienta de boutique es una mujer amable y siempre bien dispuesta que sabe conversar sobre cualquier tema para entretener a las clientas y aconsejar a las indecisas sin pecar de adulación.

—No tienes que vender a la fuerza —le dijo un día en que a Clelia le sorprendió el comportamiento de una señora que, después de haber vuelto loca a una dependienta, se fue sin comprar nada.

—Viviana se lo ha mostrado todo.

—A veces ocurre. No pasa nada. Recuerda que tu trabajo consiste en atender al público, vender no es prioritario.

—Pero… —protestó Clelia.

Adele hizo un ademán con la mano para que se callara.

—Obviamente las boutiques salen adelante gracias a las ventas, pero recuerda que un cliente que compra sin estar completamente convencido es un fracaso, mientras que uno que a pesar de no comprar sale de aquí con la certeza de haber sido atendido con amabilidad y educación volverá.

Clelia no habría podido tener mejor profesora para entender cómo administrar una boutique y manejar a su refinada clientela. Aprendía deprisa. Algunas dependientas se maravillaban por la rapidez con que aprendía el oficio.

—¿De qué se maravillan? —le comentó su padre cuando Clelia se lo contó—. ¿Acaso creen que las chicas de buena familia son tontas? Tú, hija mía, deja que se lo crean. Juega a tu favor.

A Clelia le gustaba trabajar, esa era la verdad. Le gustaba levantarse por la mañana, prepararse y salir hacia la tienda. Era una rutina que cada día le regalaba un poco más de independencia con respecto al día anterior. La sensación de ligereza que le daba el trabajo ni siquiera podía compararse con la vida de soltera. Además, pasar los días al lado de una mujer dinámica como Adele Fendi le sentaba bien. La amistad que la había unido a su madre propiciaba un recuerdo sano, libre de tristeza y de añoranza. La sensación de que Maddalena habría estado orgullosa de ella aumentaba su deseo de ser libre.

Trabajando para la familia Fendi había descubierto que el ingenio y la creatividad podían llevarle a uno muy lejos. Sus boutiques habían alcanzado, o incluso superado, la fama de otras parecidas. Entre Edoardo y Adele reinaba una armonía perfecta incluso en el trabajo. Cuando los veía juntos, sentía una sincera admiración por su buen entendimiento: la complicidad de la pareja los ayudaba a gestionar mejor el trabajo en la boutique.

Adele quería convertirla en su mano derecha y Clelia, además de gratitud, sentía crecer en ella un afecto casi filial por esa mujer. La historia personal de Adele, hecha de sacrificios y valor, era el ejemplo aleccionador que la animaba a dar lo mejor de sí. Por otra parte, la educación, los modales y la clase social le permitían tratar tanto con las esposas de los políticos o las aristócratas como con mujeres comunes. Clelia y sus compañeras gozaban del privilegio de relacionarse con personas de cierto nivel porque la fama y la reputación de Adele atraían a una clientela cada vez más distinguida.

—Deberás tener horarios y rutinas rigurosos en tu vida cotidiana —le dijo Adele—. Hay reglas que respetan incluso mis hijas.

—Sabes que no veo la hora —respondió Clelia mientras se probaba los zapatos que debería calzar en la boutique—. ¡Oh, Adele, estos zapatos son suaves como un guante!

Adele sonrió.

—Tendrás que caminar arriba y abajo todo el día, no pueden ser incómodos. Los diseñamos tan suaves a propósito.

—Son fabulosos.

—Ahora escúchame, querida. Mis chicas van siempre

impecables y se mueven por la boutique como perfectas anfitrionas. Aprenderás a recibir a los clientes como si fuera tu casa.

Clelia tomaba nota de todo, prestaba atención a las enseñanzas de Adele y trataba de recordar las cosas más importantes. No era fácil poner en práctica todo lo que aprendía y no quería defraudarla. Se empleaba a fondo y los progresos eran apreciables.

—Deberás llegar puntual e impecable, con el uniforme intachable. —Adele tomó las manos de Clelia y le observó las uñas—. Perfectas. Límalas y abrillántalas siempre. Las clientas pueden posar la mirada en ellas, además de en la mercancía.

Clelia asintió. Adele la trataba con dulzura, de igual a igual. Clelia había comprendido lo mucho que le importaban sus dependientas, que eran el medio a través del cual se difundía su nombre y sus productos. A Clelia le gustaba pensar que estaba orgullosa de ella. Con el tiempo le demostraría que se merecía la confianza que había depositado en ella.

Adele sometió a Clelia a un intenso aprendizaje de dos semanas, durante las cuales trató de transmitirle todo lo que necesitaba saber para trabajar con competencia. Clelia aprendía deprisa y a veces superaba las expectativas de Adele. Se llevaba bien con todo el mundo y se sentía capaz de enfrentarse a cualquier situación.

—Cuando entra una clienta, debes hacer que se sienta el centro de atención —le decía Adele mientras le enseñaba a distinguir las diferentes hechuras de los abrigos de pieles—. Tienes que mantener con ellas una conversación amena y estar al tanto de muchos temas. A las mujeres nos gusta charlar mientras compramos. Y trata de ser tú misma, sé natural.

Clelia empezó a acostumbrarse al trabajo. Tenía una rutina personal que la acompañaba durante las horas que pasaba en la tienda.

—Considera tu trabajo como un juego de ingenio —solía decirle Adele—. La dependienta de una boutique debe sugerir, no pronunciarse explícitamente, salvo que se lo pidan. Sopesa bien a quién tienes delante. Hay personas a las que no les gusta que las molesten mientras compran.

—¿Cómo puedo saberlo? —le preguntó Clelia.

—Suelen dar a entender que no quieren consejos. Tú, en todo caso, no tomes la iniciativa.

—De acuerdo.

Adele sonrió.

El día de su debut en la boutique, una criada la despertó al amanecer. Quería arreglarse a la perfección y había pedido que la llamaran muy temprano. Se levantó y, después de desayunar, se vistió para enfrentarse a su primer día de trabajo real. Adele le había asegurado que todo iba a salir bien, pero estaba un poco nerviosa. La noche antes le había costado dormirse y tuvo miedo de no levantarse con el rostro descansado y la piel luminosa.

Era una bonita mañana soleada. Mientras recorría a pie el trayecto que separaba la casa de su padre de la tienda de la via Piave, Clelia pensaba que era una suerte que su preocupación principal fuera darlo todo en el trabajo.

En las calles ya abarrotadas se respiraba un ambiente navideño. La gente se dirigía a su trabajo o se dedicaba a sus actividades como si no estuvieran en guerra. Cuando llegó a la tienda, Adele le comunicó que había invitado a algunas clientas asiduas que llevarían a sus hijas o amigas. Clelia sonrió al comprender que Adele trataba de que disfrutara de una vida normal y serena para hacerle olvidar el maltrato sufrido a manos de su marido. Le había aconsejado que se maquillara y se pusiera guapa. Gustarse la ayudaría a ser más desenvuelta.

—¿Cómo te sientes? —le preguntó unos minutos antes de la apertura.

—Preparada.

Adele asintió satisfecha. Por la tarde iría a la tienda de la via del Plebiscito y Clelia se quedaría en la via Piave con Viviana. La dependienta tenía unos cuarenta años y era muy amable, tenía una paciencia que Clelia había visto en pocas personas.

—Clelia, ¿dónde estás? —La voz de Viviana la alcanzó mientras se encontraba en la trastienda, colocando en su sitio unas muestras de piel que había enseñado a una clienta. Estaba agotada, se había pasado el día de pie, sin sentarse una sola vez.

—Ya voy —exclamó, lista para hacer el último esfuerzo. Le costó colocar las cajas en su repisa porque tenía los brazos doloridos.

—Todavía queda un cliente en la tienda. ¿Puedes ocuparte de él mientras acabo aquí? —le preguntó Viviana entrando en la trastienda.

—Por supuesto, enseguida voy.

—El último antes de cerrar —le dijo Viviana sonriendo y apretándole el brazo como si quisiera darle ánimos.

Clelia se dirigió a la entrada de la boutique para dar la bienvenida al recién llegado. Se sobresaltó al verlo. Tenía delante a Aurelio De Sanctis, que lucía una sonrisa que le iluminaba el rostro.

—Qué placer volver a verle, señor De Sanctis. ¿Qué le trae por aquí? ¿Usted también es un cliente de los Fendi? —le preguntó tratando de dominar su nerviosismo. No la incomodaba que la viera trabajar de dependienta, sino el sentimiento que experimentaba. Por una parte, le agradecía los valiosos consejos para la separación y la promesa de ayudar a otras mujeres; por otra, se sentía atraída por él.

—Pues no. Estaba dando un paseo, me dirigía a la piazza Fiume y me he parado en esta espléndida boutique con la esperanza de poder saludarla. Me acordaba de que hoy es el gran día y no quería perdérmelo —respondió.

—Qué amable, gracias. —Clelia se ruborizó y por un instante el corazón le latió más deprisa. Le habría costado menos dominar sus emociones si Aurelio no la hubiera mirado con tanta intensidad.

—Debo admitir que es un establecimiento espléndido. Felicite a la señora Fendi de mi parte.

—Por supuesto. Si quiere, vaya también a la via del Plebiscito a ver la otra boutique —repuso Clelia.

—Sí, lo haré.

—Mientras tanto, ¿puedo ayudarle en algo? —le preguntó.

—No, gracias... Además, ¿no es hora de cerrar? —replicó él echando un vistazo al reloj de bolsillo.

—Sí, pero no pasa nada.

—Hum..., en realidad no busco nada, solo he pasado a saludarla —admitió sonriendo.

—Bueno, no sé qué decir... Gracias.

—Su determinación es un ejemplo, Clelia. No he podido evitar venir a animarla y a apoyarla en su primer paso hacia una nueva vida.

—Si no hubiera sido por usted, señor De Sanctis, yo... —dijo Clelia con la voz rota por la emoción. La tensión de su primer día de trabajo empezaba a aflojarse y la amabilidad de Aurelio la recompensaba por todos sus esfuerzos.

—No, Clelia —la interrumpió él—. Yo solo la he asesorado desde el punto de vista legal, lo demás es mérito suyo. Puede estar orgullosa. Entonces, la espero pasado mañana en el bufete como habíamos acordado.

—Perfecto.

Viviana entró en ese momento de la trastienda y saludó a Aurelio. Le dirigió una mirada a Clelia y le preguntó en voz baja si todo iba bien. Clelia asintió. Sí, ahora todo iba realmente bien.

9

Roma, 4 de diciembre de 1940
Boutique Fendi

Consternada y petrificada de terror, Clelia dispuso de unos instantes para recuperar el control de sí misma. Umberto Zucchi había entrado en la boutique Fendi de la via Piave y le había dicho a gritos a Viviana que quería hablar con su mujer. Tras el descanso matinal, Clelia había ido a la trastienda para tomar nota de los arreglos pendientes en los abrigos de pieles. Cuando oyó la voz de Umberto, se le cortó la respiración por un instante. Dominó las ganas de huir y salió en ayuda de Viviana.

Al verla, Umberto, rubicundo, dio unos pasos en su dirección, pero Clelia le dijo con frialdad:

—Apestas a alcohol. Vete de la tienda o me veré obligada a llamar a la policía y a denunciarte. Sabes que soy capaz, Umberto. Te advirtieron que no me molestaras.

—¡Te recuerdo que sigues siendo mi mujer! —rugió él.

Clelia aferró instintivamente un abrecartas y lo blandió como si fuera un arma mientras le dirigía una mirada de desprecio.

—No me das miedo. Tengo los medios y las amistades suficientes para hacerte la vida difícil —mintió. Pero el farol sirvió para hacerlo vacilar. Umberto, ofuscado por el alcohol, posó la mirada en el abrecartas y retrocedió un poco—. Si no quieres que hable y le cuente a todo el mundo quién eres, te conviene irte inmediatamente, ¿estamos? ¡Fuera de aquí!

—¿Ha oído, señor? Le rogamos que abandone este establecimiento o no tendremos más remedio que llamar a la policía —intervino Viviana con tono contundente.

Umberto las miró con desprecio y se marchó sin decir palabra.

Cuando se quedaron solas, Clelia dejó caer el abrecartas al suelo y desahogó la tensión estallando en lágrimas. El incidente había durado muy poco, pero a ella se le había hecho eterno. La pesadilla de las noches insomnes, de las violencias físicas y verbales sufridas había aflorado de nuevo y la había dejado trastornada.

—Oh, querida, tranquilízate, no ha pasado nada —la consoló Viviana abrazándola.

—Qué vergüenza —exclamó Clelia mientras se secaba las lágrimas con un pañuelo—. ¿Cómo pude casarme con alguien tan despreciable?

—No eres la primera ni serás la última, por desgracia —replicó Viviana, que fue a cerrar la tienda con llave—. Ven, vamos a tomar un café bien caliente para reconfortarnos y tratemos de olvidar este mal trago, ¿te apetece?

Por la tarde, Clelia se enteró de que Umberto se había presentado aquella misma mañana en la boutique Fendi de la via del Plebiscito preguntando por ella, pero que Adele lo había echado sin miramientos.

—¡Os arrepentiréis, todos! —gritó, pero Adele supo responderle como correspondía.

—¿Acaso cree, doctor Zucchi, que me asustan sus amenazas? ¿Cree realmente que se librará de las consecuencias de lo que hizo? Dé gracias a Dios de que no lo denuncie —le dijo.

Umberto salió de la tienda sin rechistar y más tarde se presentó en la via Piave. Adele trató de llamar por teléfono, pero al ver que nadie lo descolgaba decidió avisar a Clelia personalmente. Para cuando llegó, Clelia y Viviana habían vuelto de comer y habían abierto de nuevo la boutique.

—¿Qué os ha hecho? —les preguntó.

—Nada, por suerte. —Clelia ya se sentía a salvo.

—No tengas miedo, aquí no puede hacerte nada —la tranquilizó Adele tras escuchar lo que había pasado. La expresión de su semblante era indescifrable: una mezcla de alivio porque habían salido bien paradas y de orgullo por el modo en que Clelia se había enfrentado a su marido—. Pero creo que deberías ir al abogado esta misma tarde, Clelia. Debe estar al corriente de lo que ha sucedido.

—Ya me he puesto de acuerdo con el abogado De Sanctis, Adele. Iré al bufete en cuanto cerremos, no te preocupes.

—Te digo que puedes ir inmediatamente, yo me quedaré con Viviana.

Clelia negó con la cabeza.

—No —exclamó con decisión—. Ya me ha destrozado la vida, no permitiré que haga lo mismo con mi trabajo. No quiero recibir un trato de favor por su culpa. Haré lo que haría una empleada cualquiera: visitaré a mi abogado después del horario de trabajo.

—Puedo acompañarla, si lo desea —le dijo Aurelio. Habían pasado buena parte de la tarde conversando. Clelia le había contado lo que había ocurrido en la tienda unas horas antes. El trabajo la había ayudado a aplacar la rabia, pero el miedo a que Umberto se presentara de nuevo no había desaparecido. El abogado la tranquilizó. Dentro de poco presentarían la demanda de anulación y probablemente su marido había hecho el último intento a la desesperada para llevársela a casa.

También habían hablado del tema que más interés despertaba en Clelia: ayudar a las mujeres víctimas de abusos. El abogado De Sanctis le aconsejó vivamente que se dirigiera a Armida Barelli, una feminista católica.

—Oh, Aurelio, ¡sería fantástico! ¿De verdad me la presentaría?

—Por supuesto, Clelia, podemos reunirnos con ella en una cafetería. Sé que se encontrará en Roma la semana antes de Navidad. Armida está viajando continuamente por toda Italia.

—Mi madre la mencionó un par de veces —dijo Clelia, distraída—. Debe de ser una mujer extraordinaria.

—Lo es, sin duda. Hace veinte años que dirige el movimiento Juventud Femenina, a pesar de la clara hostilidad del régimen hacia sus batallas —replicó Aurelio.

—Hum..., ya. Mi madre me decía que Armida Barelli está a favor del voto de las mujeres.

—Sí, es cierto.

—¿Usted de qué la conoce, si no es indiscreción?

—Es una amiga muy querida de mi madre —le dijo, y señaló un punto de la librería, a su derecha. En una de las estanterías había un retrato antiguo de una mujer todavía joven que se parecía muchísimo a Aurelio.

—Ah, no sabía que fuera una amiga de su familia —exclamó Clelia, con expresión animada.

—Estoy seguro de que le gustará, y de que usted le gustará a Armida.

Clelia se levantó con la intención de irse, pero Aurelio le rogó que lo esperara y se ofreció para acompañarla a casa. No consideraba oportuno que una mujer cogiera un medio de transporte público a esas horas, le dijo.

—Señor De Sanctis —repuso Clelia riendo—, después de lo que pasé con mi marido, pienso francamente que puedo defenderme de cualquiera. Dentro del tranvía no puede sucederme nada, y la parada está muy cerca de casa de mi padre.

Aurelio le sonrió.

—Ya me he dado cuenta de que le gusta pasear de noche —comentó—. Pero insisto, se lo ruego, es la hora de cenar y su padre estará esperándola.

—Pues quédese a cenar con nosotros —le propuso Clelia—. Así no me hará sentir culpable.

—Sea, pues. Gracias por la invitación.

—No me dé las gracias, ahora estamos empatados. Yo le invito a usted a casa de mi padre y usted me invita al Giolitti para presentarme a Armida Barelli.

—Trato hecho.

Se detuvieron frente al rótulo de la cafetería Giolitti. Habían recorrido las calles del centro de Roma y habían llegado casi sin darse cuenta a la via degli Uffici del Vicario, absortos como estaban en la conversación. Armida Barelli los esperaba a las tres de la tarde en el histórico establecimiento, punto de encuentro de los miembros de la Cámara de los Diputados. Al día siguiente de mencionársela a Clelia, Aurelio se había enterado casualmente por su madre de que Armida llegaba a Roma ese fin de semana y había aprovechado para pedirle una cita. Un tímido rayo de sol vespertino se asomó entre las nubes e iluminó la concurrida calle durante unos minutos.

Aurelio entró delante y le abrió paso hacia el interior. Como Armida no había llegado todavía, Clelia y él decidieron esperarla en el salón de té. Cuando cruzaron el umbral, un fuerte aroma a mantequilla y canela inundó con fuerza el olfato de Clelia. Aurelio sonrió y la dejó un momento a merced de esa suerte de encantamiento especiado mientras hablaba con uno de los camareros con librea. Después se acercó a ella y le hizo una señal para que siguiera al chico que los invitaba a ocupar una mesa para cuatro. Mientras recorrían el breve trayecto, Clelia sintió la mirada de Aurelio sobre ella y un escalofrío le recorrió la espalda. No podía negarlo, Aurelio le gustaba, pero el recuerdo de lo sucedido con su marido seguía demasiado vivo y le impedía dejarse llevar por la alegría de ese sentimiento incipiente. Estaba segura de gustarle a él, a pesar de que Aurelio era un hombre discreto y nunca había mostrado un comportamiento ambiguo. Lo sabía desde la noche en que lo había conocido en la via Salaria. Trató de centrarse en la reunión que iban a celebrar. En los días que precedieron al encuentro, Clelia había leído mucho sobre Armida y le había preguntado por ella a su padre y a Giulio Romei, que la conocía muy bien y le había dicho que Ida —como él la llamaba— había sido una chica emancipada que siempre había actuado a contracorriente; había rechazado muchas propuestas de matrimonio y, tras trabajar en la empresa familiar, se había dedicado al voluntariado en favor de los huérfanos y de los hijos de los presos. Cuando conoció al franciscano Agostino Gemelli, empezó a colaborar con él. Clelia no veía la hora de conocerla.

Una vez sentados, le comentó a Aurelio que, a pesar de haber estado muchísimas veces en el Giolitti con su padre, tomando pasteles y helado, nunca había entrado en esa sala.

—Que yo recuerde, al menos —añadió casi para justificarse.

—Bien, pues si nunca ha estado aquí, permítame el honor de hacerle de guía. ¿Sabe que este establecimiento antaño fue una lechería? Estaba ubicada en otro lugar, en la Salita del Grillo, donde los cónyuges Giolitti abrieron el primer local a finales del siglo XIX. Mi abuelo contaba que la leche que producían provenía de los pastos de la campiña romana y era buenísima.

—¿De verdad? ¡Me están entrando ganas de tomar un helado en pleno diciembre! —comentó Clelia entre risas—, aunque, en realidad, mi idea inicial era pedir un chocolate caliente.

Aurelio miró el reloj.

—A esta hora se puede tomar tanto un helado como un chocolate, así que dé rienda suelta a su antojo.

Su conversación fue interrumpida por la llegada de Armida, que saludó a Aurelio abrazándolo con afecto para desviar después su atención a Clelia. Era una mujer que rondaba los sesenta, de semblante alegre y relajado. Vestía sobriamente y todo en ella mostraba su elegancia innata.

Clelia, emocionada, se quedó sin palabras.

—Buenas tardes, señora Barelli —murmuró al final.

—Ida, llámame Ida y tutéame —replicó Armida, sentándose a la mesa—. A ver, querida, Aurelio me contó tu situación y me dijo que deseabas conocerme. Me alegro, espero poder ayudarte.

—Gracias, Ida —murmuró Clelia.

—Antes de empezar quiero que quede clara mi postura, ¿te parece? —le preguntó, aunque no esperaba una respuesta—. Cuando el cardenal Ferrari me encargó la organización de la sección milanesa de la Juventud Femenina de Acción Católica y, más tarde, le propuso al papa mi nombre para la presidencia nacional, empecé a recorrer Italia con la intención de ayudar a las mujeres que me lo pedían. Cientos de miles de jóvenes han alcanzado metas ambiciosas. «Estar para actuar», «Instruirse para instruir» y «Santificarse para santificar» son nuestros lemas. Si no me equivoco, tú perteneces a la primera categoría. Como sabes, yo soy una activista católica y estoy a favor del matrimonio, pero créeme si te digo que comprendo perfectamente la pesadilla que has vivido al casarte con una persona violenta. Así que no te juzgaré. Ahora te toca hablar a ti, ¿de acuerdo, Aurelio?

—Por supuesto, pero Clelia ya sabía lo que acabas de contarle. Ha hablado con una persona que te conoce muy bien.

—Ah, caray, ¿de quién se trata?

—Del padre Giulio Romei —respondió Clelia.

—¿El padre Romei? Qué maravillosa coincidencia, lo conozco desde hace años y lo tengo en gran estima.

—Pienso que es recíproca. Ida, el padre Romei me ha dicho que usted..., que tú... representas a una buena parte del feminismo católico.

—¡El exagerado de siempre! Ahora tendré que agradecérselo —dijo Armida en broma—. Pero, querida, no estamos aquí para hablar de mí, sino para ver qué puedo hacer por ti.

—Exprésese abiertamente, Clelia —la animó Aurelio con dulzura.

—¿Todavía os tratáis de usted? Creo haber entendido que también os une una relación de amistad, ¿me equivoco? —exclamó Armida sonriendo—. Ha llegado el momento de que os tuteéis, trabajaréis mejor. Además, si a

Dios lo tratamos de tú, podemos tutear a todo el mundo, digo yo.

Conversaron durante un par de horas con las tazas humeantes sobre la mesa. Clelia le contó a Armida que su intención era ayudar a las chicas menos afortunadas que ella. Tener un padre diputado había sido decisivo para resolver su situación, por lo que se sentía en la obligación de hacer algo por las mujeres que no tenían su suerte. Las palabras de Clelia conmovieron sinceramente a Armida, que apreció su generosidad, cada vez menos frecuente, le dijo. Después añadió que le gustaría implicarla en sus actividades en el ámbito cultural y político y en su batalla por el voto femenino.

—Todas estamos invitadas a colaborar. De las chicas burguesas a las campesinas, nos atañe a todas. Las mujeres deben ponerse en juego e incluso abandonar a su familia para comprometerse. No estamos acostumbradas a vivir fuera del hogar, pero las que me siguen se vuelcan en la acción. No sé si Aurelio te lo ha contado, pero desde hace años he abrazado el proyecto del padre Gemelli, de la Università Cattolica del Sacro Cuore, apoyándolo en todos los sentidos y ofreciendo mi trabajo y mi vida a la causa. Clelia, ¿crees que serás capaz de seguirme?

—Sí, lo haré, estoy cada vez más convencida.

10

Roma, 24 de diciembre de 1940
Boutique Fendi

Adele le había comunicado que la víspera de Navidad cerraría la tienda hacia las cuatro de la tarde. Las calles de Roma estaban abarrotadas de gente que buscaba un regalo de última hora. El eco de la guerra parecía lejano, pero charlando con los clientes Clelia se había dado cuenta de que todos eran conscientes de que la Navidad solo aplazaba unos días la preocupación por lo que sucedía en el frente. Los que podían permitírselo querían disfrutar de la alegría de reunirse. Las familias cuyos hombres estaban en el frente esperaban en cambio un permiso navideño. Clelia había atendido a madres y novias de soldados que acudían a la tienda a comprar sus regalos. Se esperaba que la guerra acabara pronto, pero nadie las tenía todas consigo.

El interior de la boutique había sido decorado con sobrios pero relucientes festones navideños que realzaban los colores de los bolsos y accesorios expuestos en las estanterías.

—Clelia —la llamó Adele, entrando en la tienda.

—Hola, Adele —la saludó la joven mientras iba a su encuentro con una sonrisa—. ¿Qué haces aquí? ¿No deberías estar hoy en la via del Plebiscito?

—Me habría gustado tomarme el día libre para preparar los regalos de las niñas, pero siempre acabo viniendo a trabajar.

—Lo comprendo —le dijo Clelia con una sonrisa antes de que su mirada se perdiera en el ir y venir de la gente en la calle.

—¿Te encuentras bien? —le preguntó Adele al verla absorta.

—Bueno, es la primera Navidad sin mi madre —respondió Clelia con un hilo de voz.

—Ya..., yo también la echo de menos —admitió Adele, y suspiró.

—Hay tanto trabajo que no me paro a pensar, pero en cuanto descanso mi pensamiento vuela hacia ella. Papá no quiere poner el árbol ni el nacimiento en casa. Dice que es una muestra de respeto hacia mamá, pero estoy segura de que el motivo es que se siente solo y al ambiente festivo lo hunde aún más. Yo también estoy un poco triste, pero se me pasará.

Adele asintió. La expresión de su semblante era indescifrable.

—Deberías descansar en Navidad y San Esteban, salir, divertirte, ver a tus amigos...

La aparición de un cliente le impidió acabar la frase. Clelia aprovechó para escurrirse en la trastienda. Oyó a Adele darle la bienvenida calurosamente y al cabo de unos instantes Viviana la llamó para pedirle que llevara los cinturones de hombre.

—Voy —respondió mientras echaba un vistazo para ver de quién se trataba.

Lo reconoció enseguida. Era un cliente asiduo de la boutique, que compraba poco pero siempre era muy amable. Un hombre alto y enjuto de unos sesenta años, con el cabello entrecano y un aire de tristeza.

Clelia también lo saludó al tiempo que posaba las cajas de los cinturones en el mostrador y él esbozó una sonrisa. Vestía abrigo negro y largo. Mientras ella abría las cajas, Viviana le fue mostrando los cinturones que había cogido de las estanterías. El hombre les dio las gracias a las dos y al cabo de unos minutos se marchó sin comprar nada.

—¿A ti también te parece que estaba más triste que de costumbre? —le preguntó, perpleja, Viviana.

—Las fechas señaladas a veces surten este efecto —le respondió Clelia. Ella también había percibido una cierta melancolía. Desde que trabajaba con los Fendi había aprendido mucho sobre el comportamiento de las personas. Aunque la mayoría de la clientela fuera de alto nivel, las historias que se captaban entre un susurro y otro a Clelia le parecían las mismas que las de la gente común. El sufrimiento y la alegría no pertenecen a una clase social.

En ese momento entró una clienta con tres chiquillos alborotados. Apenas saludó y se dirigió hacia Clelia con paso seguro.

—El año pasado compré un sombrerito para la prima de mi hija, Carlotta. Le gustó muchísimo. Pero ahora tengo un problema. Anteayer mi hija se lo vio puesto y ahora quiere uno más bonito.

Adele asistió a la escena. Clelia obviamente no sabía nada de las ventas del año anterior. Solo tenía conocimiento de que había sido un periodo muy próspero que había aportado cuantiosos beneficios a las arcas de la boutique, gracias sobre todo a la venta de abrigos de pieles.

—Por supuesto —exclamó Clelia sonriendo, segura de sí misma.

—¿Qué puede ofrecerme? —le preguntó la mujer—. Comprende cómo son las chiquillas, ¿no es cierto? Si Carlotta no consigue un sombrerito mejor que el de su prima, me volverá loca.

—Lo entiendo perfectamente, señora —respondió—. Pero no se preocupe, le aseguro que este año tenemos unos modelos espléndidos tanto de fieltro como de pieles. Como verá, el único problema será elegir.

—Bien, muy bien.

—Póngase cómoda, por favor, vuelvo enseguida —dijo, y se dirigió rápidamente al almacén.

—Lo has hecho muy bien —exclamó Adele, siguiéndola.

—¿Tú crees?

—Por supuesto, otra en tu lugar se habría justificado ante la clienta diciendo que no conocía la colección del año pasado, lo cual habría supuesto admitir que no podías venderle un sombrerito mejor que el de la prima. —Clelia la miró sorprendida. Se había dejado llevar por su instinto—. El cliente siempre debe tener la impresión de que sabes perfectamente lo que necesita. Es una regla no escrita. Simple, clara y directa. Lo has hecho muy bien.

La mañana transcurrió con rapidez, pero en las dos boutiques sabían que la mayoría de los clientes acudiría por la tarde, cerca de la hora de cierre. De vez en cuando, Clelia echaba un vistazo al escaparate; lloviznaba desde hacía horas. Ordenó la estantería de la histórica colección de bolsos *Selleria*, creada por Adele ocho años antes, que se vendía sola. Fendi se había convertido en una marca famosa de la moda italiana, y desde el lanzamiento de la colección *Pergamena*, realizada con el material de característico color amarillo que le daba nombre, todas las mujeres querían poseer un accesorio creado por Adele.

—¿Puedes coger ese bolsito en bandolera que tienes detrás, por favor? —le pidió Adele.

—¿Cuál?

—El de pergamino con correa oscura. —Señaló un bolso a sus espaldas. Era un momento de tranquilidad, Viviana acababa de despedir a una clienta y ordenaba los artículos que había mostrado a la señora, que había pedido una cartera para su marido.

—¿Este? —le preguntó Clelia mostrándole un bolso amarillo con la correa marrón.

—¡Sí, exacto! —exclamó Adele—. Quiero conjuntarlo con este visón para mostrar la combinación. Adele acercó el bolso al abrigo de pieles y se giró hacia Clelia—. ¿Qué te parece? —le preguntó, satisfecha. La piel sedosa del visón, colocada con arte sobre un maniquí, se veía más luminosa. Viviana, que cerraba diligentemente las cajas, también se detuvo a contemplar el resultado. De repente la boutique parecía más bonita. ¿Cuánto tiempo había necesitado Adele? En menos de un cuarto de hora, la atmósfera del establecimiento parecía más cálida.

Mientras observaba con admiración el ambiente que Adele había logrado recrear colocando simplemente un par de abrigos sobre los maniquíes, Clelia se sintió serena. Se acordó de cuando Adele le había preguntado: «¿Qué tal se te da hacer paquetes para regalo?». Clelia no sabía hacerlos, pero había aprendido; antes de trabajar con Adele tampoco sabía conjuntar un bolso con un abrigo de pieles ni muchas otras cosas más. Pero la vida real se le había echado encima de repente, y, en ese momento, dos meses después de que huyera de casa de su marido, Clelia se sentía más viva que nunca. Su trabajo le gustaba cada vez más, y estar en contacto con una mujer eclética como Adele la animaba a arriesgarse en su vida privada. El compromiso que había contraído con Armida Barelli, ocuparse de las chicas víctimas de abusos, la hacía sentir fuerte y daba sentido a su vida.

—Magnífico —murmuró.

No tuvo tiempo de añadir nada más. Adele la llamó al deber. Había entrado un cliente con una lista en la mano. Clelia y Viviana intercambiaron una mirada de complicidad. De vez en cuando entraba algún que otro cliente extravagante.

—Disculpe, señorita, busco un regalo para mi mujer y otro para mi suegra —dijo él dirigiéndose a Viviana.

Clelia, por su parte, acudió a despachar a un señor distinguido, de unos cincuenta años, que acababa de entrar y la esperaba en el mostrador.

—Dígame, ¿en qué puedo ayudarle?

—Buenas tardes, busco un regalo para mi hija.

—¿Cuántos años tiene?

—Catorce.

—¿Ya tiene su primer bolso?

El hombre dudó un momento y negó con la cabeza.

—No que yo recuerde.

—No se preocupe, nos ocuparemos de eso.

—¿Has visto? Han abierto una chocolatería a dos pasos de aquí —le dijo Viviana.

—Sí, la he visto —exclamó Clelia bajando de la escalera a la que se había subido para ordenar un par de sombreros de fieltro.

—No he podido resistirme. He entrado y he tomado una taza de chocolate caliente. Ese lugar es el paraíso.

—¿Acaso te gustaría trabajar allí? —le preguntó Adele entre risas. Acababa de volver a la boutique después del descanso de mediodía.

—Es una posibilidad que no había tomado en consideración —respondió Viviana bromeando—. Pero temo que sería mi línea la que se resentiría.

Adele se colocó un rizo rebelde detrás de la oreja y después afirmó, como si hablara para sus adentros:

—Debería reformar la tienda, hacerla más acogedora.

—¿En qué estás pensando? La boutique es muy bonita tal como está —observó Viviana.

Adele negó con la cabeza y sonrió.

—No me refiero a nada radical. Sería suficiente con cerrar un par de días o trabajar en domingo.

Les explicó su idea: quería dar algo de color a la boutique, pero solo en algunos puntos estratégicos. Y hacer lo mismo con la de la via del Plebiscito.

—Estamos en guerra —dijo—. Las personas deben considerar esta tienda un refugio donde olvidar, por un par de horas, que hay un conflicto en curso, dejar atrás el mundo exterior y sentirse acogidas en un lugar de ensueño donde solo reina la belleza.

11

Roma, 24 de diciembre de 1940
Casa de la familia Belladonna

Cuando Clelia salió de la boutique, la invadió una sensación de bienestar. La decoración navideña de las tiendas la ponía de buen humor. Buscó entre la multitud y levantó el brazo para llamar la atención de su padre, que había ido a buscarla con la intención de volver juntos a casa. Fue a su encuentro y lo saludó con un beso en la mejilla.

—Qué puntual —comentó él, ofreciéndole el brazo.

Se encaminaron por la via Piave. A los dos les gustaba dar largos paseos y podían caminar durante horas sin que les pesaran los kilómetros recorridos, sobre todo si charlaban.

Clelia le contó a su padre cómo había pasado el día en la tienda y le habló de Adele. El pensamiento de ambos voló a Maddalena y durante un rato se hizo el silencio.

—La cocinera está preparando una cena maravillosa. No he logrado dormir la siesta por culpa de los aromas irresistibles que llegaban a mi despacho —dijo Federico para cambiar de tema.

—No veo la hora de probar la sopa de raya —repuso Clelia sonriendo.

—No me extraña. A mí me ha prometido sepia con guisantes, brotes de achicoria y bacalao frito.

Federico inclinó la cabeza y se detuvo un momento en medio de la acera. Clelia lo miró sorprendida y preguntó:

—¿Te encuentras bien, papá?

Federico asintió.

—Mientras estabas en la tienda, ha llamado Aurelio —dijo al final. Clelia se ruborizó y no preguntó nada, esperando a que su padre acabara de hablar—. Le gustaría pasar mañana a felicitarnos las Navidades —añadió.

—Ah, bien —murmuró ella, apurada. Su padre sabía que Clelia y De Sanctis se veían en ocasiones y que alguna vez se habían tomado un helado en Giolitti con la señora Barelli. Nunca se habían quedado a solas, a pesar de que estaba claro que les habría gustado.

—¿Hay algo que debería saber, Clelia? —le preguntó.

—¿A propósito de qué, papá?

—Sabes muy bien de qué estoy hablando.

—No hay nada entre nosotros, si te refieres a eso —lo cortó Clelia—. Pero tú ¿qué le has respondido?

—Que siempre es bienvenido a nuestra casa y que lo esperamos, ¿qué iba a decirle?

—Nada, nada.

Federico se echó a reír. Ya habían llegado a casa.

—Subamos, que nos espera una cena de Nochebuena digna de Lúculo. Por lo que parece nuestra cocinera se ha empeñado en mimarnos aún más que de costumbre.

—¿Y qué tiene eso de malo? —exclamó Clelia cruzando el umbral del portón que su padre sujetaba para dejarla pasar.

—¡Todo estaba riquísimo! —exclamó Federico al tiempo que hundía la cucharita en la nata.

La cena de Nochebuena había transcurrido tranquila a pesar de la dolorosa ausencia de Maddalena. Padre e hija se habían mirado varias veces a los ojos y habían leído el dolor sordo y desgarrador que se siente cuando se pierde a un ser querido. Un dolor que no remite y con el que no queda otro remedio que aprender a convivir.

—Sé que tengo bigotes blancos. Soy una glotona, no puedo usar la cuchara. Debo hundirme en la nata y llegar enseguida al chocolate hirviendo —dijo Clelia cerrando los ojos.

—Le prometí a tu madre que te regalaría algo... —la interrumpió de pronto Federico.

—¿Qué es?

—Su anillo de prometida, el que le regalé cuando le pedí que fuera mi mujer.

—Yo estaba presente. Me acuerdo de que, cuando se lo pusiste en el dedo, mamá lloraba de alegría. Yo era una niña, pero me parece ayer —comentó Clelia suspirando—. ¿Cuándo se lo prometiste? —preguntó después.

—Cuando estaba en la clínica. —La emoción le rompió la voz—. Maddalena lo era todo para mí, cariño.

—Oh, papá, lo sé.

—No, no quiero que me compadezcas. Tú has perdido a una madre y yo a mi compañera de vida. Los dos sufrimos, no es justo que me consueles.

—Tú lo has hecho hasta ahora, papá —replicó Clelia con dulzura.

—Cometí muchos errores con Maddalena, traicioné su confianza.

—Mamá confiaba en ti ciegamente, lo sabes. Si en algo te equivocaste, estoy segura de que fue por amor y que en absoluto traicionaste su confianza. Ella estaba convencida de que solo tú podías entenderla realmente.

—Me consuela que me lo digas, pero yo sé lo que hice.

—Creo, papá, que ha llegado la hora de que me lo cuentes. Supongo que te refieres a la carta que mamá sujetaba entra las manos el día que le dio el ataque.

Federico asintió.

—Sí, ha llegado el momento de que te cuente lo que pasó el día en que llegó esa carta y por qué decidí esconderla. No sé lo que se me pasó por la cabeza..., tuve miedo de perderla y mi comportamiento fue indigno, egoísta. No merecía el respeto y el amor de tu madre.

—No digas tonterías —lo interrumpió Clelia—. He aprendido por las malas que por amor se cometen muchos errores, pero mortificarse no sirve de nada. Tú querías a mamá y ella siempre lo supo.

—Deja que te cuente lo que pasó.

—Vamos al salón, sentémonos delante de la chimenea. El árbol de Navidad que mamá decoraba cada año nos hará compañía. Nos sentiremos meno solos —propuso Clelia.

12

Roma, 12 de enero de 1923
Casa de la familia Belladonna

Maddalena no había vuelto todavía de su acostumbrado paseo vespertino cuando la criada entró en el salón interrumpiendo la clase de Clelia. La niña leía, sin mucho éxito, unas rimas infantiles en inglés con la ayuda de una paciente y bondadosa profesora particular, encargada de que no olvidara el idioma. Levantó la vista hacia Lisetta y la miró con agradecimiento. A pesar de que hablaba fluidamente el inglés, que había aprendido de su verdadero padre, Clelia se aburría como una ostra cuando la obligaban a practicarlo. Federico había insistido en que siguiera estudiándolo y, en cuanto acabaron las vacaciones de Navidad, contrataron a una profesora inglesa que vivía a pocos pasos de ellos.

—¿Podemos leer otra cosa, miss Emma? —preguntó Clelia aprovechando el momento de confusión causado por la entrada de Lisetta en el salón. La chica agitaba un sobre que tenía en la mano.

Federico posó la mirada primero en la criada y después en Clelia.

—No, cariño —le dijo con tono perentorio.

Clelia frunció el ceño y Federico se echó a reír.

—Madre e hija se parecen hasta en las maneras. ¡A veces Clelia hace unos gestos idénticos a los de su madre! —le explicó a la profesora inglesa.

—Señor —dijo Lisetta reclamando su atención—. Es una carta para su esposa, viene del extranjero.

—Puede dármela a mí, Lisetta —contestó Federico extendiendo la mano.

Clelia, que había reanudado la lectura, levantó la vista y miró a su padre primero y después la carta que tenía en las manos; notó que estaba preocupado.

—Papá... —lo llamó.

—Sigue con tu clase, cariño, papá tiene que ir un momento al despacho para leer en silencio la carta que acaba de llegar, ¿de acuerdo? —le dijo tratando de aparentar una tranquilidad que no sentía.

Federico se dirigió a su despacho a grandes pasos y se encerró dentro. Después se sentó en el escritorio.

Dio vueltas a la carta en las manos una y otra vez, dudando acerca de lo que debía hacer. Maddalena no había vuelto todavía y el retraso se le antojaba casi una invitación a leerla. Suspiró y la puso en el cajón del escritorio donde solía guardar los recortes de periódico con los artículos que le interesaban.

Se levantó para volver al salón con Clelia, pero se detuvo en la puerta. Se giró y miró el escritorio. «Maldición», imprecó, apretando los puños.

Una carta de Londres solo podía significar una cosa:

John William Godward había vuelto. El sobre no llevaba remitente, pero Federico sabía que se trataba de él. Recordó cuando lo había visitado en el hotel Excelsior de la via Veneto, donde se alojaba. Federico se acordaba muy bien de aquel día. Charlaba amigablemente con el príncipe Colonna en el jardín interior del hotel. La alta sociedad romana había adoptado la costumbre de tomar el té en esa sala donde se daban cita aristócratas y burgueses, que a menudo pasaban allí veladas completas. La conversación fue interrumpida por un conserje que reclamó la atención de Federico: un caballero extranjero deseaba verlo.

Reconoció a John inmediatamente. El pintor fue a su encuentro y lo saludó estrechándole la mano. Después, sin rodeos, le dijo que estaba a punto de marcharse, volvía a Inglaterra, pero antes de abandonar Italia tenía que pedirle un favor.

—¿A mí? Pero ¿qué puedo hacer yo por usted? —le preguntó, perplejo, Federico.

John parecía tener prisa. Le imploró sin vacilar que se ocupara de Maddalena y de su hija Clelia porque él no era capaz de hacerlo. No estaba a la altura, dijo, y además se había dado cuenta de que Maddalena se sentía atraída por él. Había llegado a la conclusión de que su retirada era lo mejor para la niña; el trabajo no le iba bien y no podía mantener a su familia con la pintura.

—Pero ¿su mujer está al corriente de que usted ha venido a verme? —objetó Federico.

—Tiene la suerte de que no es mi mujer. Puede casarse con ella.

—¿Qué dice, mister Godward?

John negó con la cabeza, casi molesto.

—No estoy ciego, señor Belladonna. Usted está locamente enamorado de Maddalena, que sin duda correspondería sus sentimientos si yo no estuviera en medio. A pesar de que lo dejamos hace un mes, sigue siéndome fiel por nuestra hija. La conozco, sé que le quiere, y usted puede ofrecerle el bienestar y la estabilidad que yo no puedo darle. Quiero demasiado a mi mujer y a mi hija para no desear su bien.

Federico no se lo había contado a Maddalena. En aquella época no supo ver en las palabras del pintor el gesto desesperado de un hombre que se sacrificaba por la felicidad de las personas que más quería en este mundo. Lo consideró un loco, pero se sintió afortunado: no tendría que compartir a Maddalena con nadie. Dos años después de aquel encuentro en el Excelsior, Federico se sentía profundamente culpable. A pesar de que Godward no había dado señales de vida desde su marcha y ni siquiera se había preocupado por su hija, sabía que no podía competir con el amor de ese hombre. Él no era tan generoso, no habría dejado a Maddalena y a Clelia en los brazos de otro.

—Habría regresado antes si no me hubiera encontrado a la señora del piso de abajo, que me ha tenido más de media hora charlando en la escalera.

Al oír la voz de Maddalena, Federico salió de su despacho y se cruzó con su mujer, que se quitaba el abrigo de pieles ayudada por Lisetta.

—Hola, querido, perdona el retraso —exclamó. Él sonrió, pero no dijo nada—. ¿Clelia sigue en clase? —preguntó a Lisetta.

—Sí, señora.

—Bien, pues la dejaré tranquila para que no se distraiga. Por favor, Lisetta, pon agua a hervir, necesito un té caliente. Estoy helada.

—Enseguida, señora.

—¿Qué te pasa, amor mío? Estás pálido —dijo después, dirigiéndose a su marido.

Federico se esforzó en sonreír. Pensar en la carta de Godward, guardada en el cajón del escritorio, lo ponía nervioso. Decidió que se la daría al día siguiente. Al fin y al cabo, no corría tanta prisa.

—¿Qué se cuenta la señora Lupini? —le preguntó.

—¿Qué quieres que se cuente? Lo mismo de siempre. Tiene muy mala salud, está agobiada por los compromisos... ¡y me ha puesto al día sobre la vida de todos los inquilinos del edificio! —respondió su esposa con una carcajada.

Maddalena cogió una carta del mueble de la entrada y la abrió. No tardó mucho en leerla: se trataba de unas pocas líneas escritas a mano en una hoja de color crema, con una caligrafía diminuta y ordenada. A pesar de que era imposible, Federico imaginó que era la de Godward y contuvo el aliento.

—¿Estás seguro de que te encuentras bien? —le preguntó su mujer otra vez.

—Sí, sí, estoy bien.

Maddalena se giró hacia él y sonrió. Suspirando con estudiada indiferencia, le extendió la carta que acababa de abrir y dijo:

—Nos han invitado a una cena de gala. Tu carrera política empieza a despegar, amor mío. Por favor, lee quién la envía tomándose la molestia de escribirla con tan bella caligrafía e impecables modales.

—El príncipe Colonna —leyó Federico.

—El mismo. Y ahora dime, ¿hice bien al enviarle la felicitación de Navidad, o no?

Su marido le dirigió una mirada de complicidad.

Aquella misma noche, Federico volvió a su despacho. No lograba conciliar el sueño y, tras haber merodeado por la casa con la esperanza de que lo venciera el cansancio, se dejó caer en la silla del escritorio presa del sentimiento de culpa. Abrió el cajón, extrajo la carta de John William Godward, rasgó el sobre con cuidado y la leyó despacio, parándose de vez en cuando para tratar de deducir el significado de alguna palabra. A pesar de estar escrita en inglés, su sentido resultaba claro. Cuando hubo acabado de leerla la apartó, aunque no pudo evitar mirarla varias veces. Aquel hombre tenía intención de suicidarse. Era una carta de despedida. No cabía duda. Federico se cogió la cabeza con las manos y empezó a llorar.

Unas horas más tarde, seguía sentado frente a la misiva. Tenía la mirada perdida y una expresión indescifrable en el semblante. John William Godward había sido un caballero, una de esas almas puras que pocas veces se tiene la suerte de conocer. Había entendido el motivo por el cual no quería enseñarle la carta a Maddalena: evitar que sufriera. Sin embargo, en su fuero interno empezaba ya a sentirse culpable ante aquel hombre que la había amado más que él.

Se acostó cuando ya amanecía. Su mujer dormía tranquila. Era bellísima. La luz tenue de los primeros rayos de sol apenas iluminaba su silueta. A pesar del cansancio, no lograba conciliar el sueño, no podía dejar de pensar en la carta. Una lágrima le resbaló por la mejilla.

—Perdóname, amor mío —le susurró a Maddalena, que dormía serena.

Lentamente el sueño se apoderó de él.

13

Roma, 25 de diciembre de 1940

La mañana había transcurrido con tranquilidad. Federico y Clelia habían ido a misa y después habían visitado al padre Romei para felicitarle la Navidad. Las calles de Parioli estaban atestadas de mujeres arrebujadas en abrigos con cuellos de pieles, la cara enrojecida por el frío y los mechones rebeldes escapándose de los sombreros invernales. Los hombres también iban mejor vestidos que de costumbre. Había mucha gente pero pocos automóviles. Padre e hija pasearon durante un buen rato antes de volver a casa, a pesar del frío punzante.

Tras la comida, Federico se quedó delante de la chimenea del salón, dormitando en su butaca preferida. Clelia estaba sentada en la *chaise longue* donde su madre solía tumbarse después de las comidas a leer *La excluida*, su novela preferida, que Luigi Pirandello le había regalado en persona.

El crepitar de las llamas y los suaves ronquidos de su padre tenían el poder curativo de hacer más llevadera esa jornada en que la ausencia de su madre era palpable. Había empezado a llover; por la ventana contigua a la chimenea, que daba al viale Regina Margherita, Clelia podía ver las gotas azotando el cristal. Cerró los ojos y trató de evocar la voz de su madre llamándola.

La despertó la sonería del reloj de péndulo, que dio las cuatro de la tarde. Instintivamente se giró hacia su padre, que aún dormía profundamente. Se levantó para estirar las piernas y se acercó a la ventana. Llovía desde hacía horas y las aceras de las calles estaban vacías.

Una criada llamó a la puerta del salón, interrumpiendo el repiqueteo de la lluvia. Clelia se apresuró a abrir para que no despertara a su padre.

—Tienen visita, señorita —le dijo Lisetta.

—No he oído el timbre —observó Clelia.

—Lo sé. Estaba barriendo el rellano cuando ha llegado —respondió la criada.

—Pero ¿quién es?

—El abogado, el señor De Sanctis.

El corazón le dio un brinco. Aurelio. A pesar de que su padre le había comentado que pasaría a felicitarles la Navidad, su presencia en el vestíbulo de casa, esperando a ser recibido, la ponía nerviosa.

—Que entre, lo recibiré en la sala oval.

El abrigo de Aurelio estaba empapado. Lisetta lo ayudó a quitárselo y colocó la caja de cartón que llevaba en las manos sobre la mesa de la sala. Clelia lo observó a hurtadillas y sonrió contenta de que estuviera allí.

—Parece como si hubiera pasado Papá Noel —bromeó Clelia.

—¿Así me recibes? —la riñó él en broma—. Feliz Navidad, Clelia —le dijo a continuación, antes de darle un beso en la mejilla.

—Feliz Navidad, Aurelio. Ponte cómodo, por favor —contestó la joven, señalándole una butaca.

—¿Dónde está tu padre? —preguntó él al tiempo que se sentaba.

—Dormitando en el salón, ahora digo que lo llamen.

Hizo ademán de levantarse, pero Aurelio la sujetó de un brazo.

—No, por favor, déjalo descansar a sus anchas, que es Navidad. Las fiestas deberían dedicarse al descanso, no al deber. Yo acabo de huir de una extenuante comida familiar. Es una lástima que no os hayáis unido a nosotros... —repuso interrumpiéndose de pronto—. Espera un momento, de tu cara deduzco que tu padre no te lo dijo.

—¿Qué debería haberme dicho?

—Mi madre os había invitado, pero supongo que tu padre no se sentía con fuerzas para aceptar —le explicó Aurelio revolviéndose en la butaca.

Clelia rompió a llorar sin ni siquiera darse cuenta, incapaz de detener las lágrimas y los sollozos. La sensación de vacío causada por la ausencia de su madre se había apoderado de ella de repente. Si hubiera vivido, habría sido ella la anfitriona de Aurelio; ella lo habría invitado y lo habría recibido en la sala oval a la que tanto cariño le tenía.

—Clelia, quizá haya dicho algo... —se apresuró a añadir Aurelio, preocupado.

—No, no, tu madre ha sido muy amable al pensar en

nosotros. Es como tú..., no sé cómo darte las gracias por todo lo que estás haciendo por mí y por mi padre. Eres una persona exquisita.

—Deberías darte las gracias a ti misma, Clelia, yo no he hecho nada —la regañó el abogado con afabilidad, acercándose a ella. El tono de su voz era dulce y comprensivo.

—Calla, por favor —le interrumpió ella y lo abrazó—. Estoy tan contenta de haberte conocido, Aurelio —exclamó sin dejar de llorar.

—No llores, te lo suplico —le imploró Aurelio emocionado.

Clelia se desprendió del abrazo y asintió.

—¿Qué hay dentro de ese paquete que has traído?

Aurelio sonrió y fue hacia la mesa de la sala.

—Un dulce navideño que ha hecho mi madre —respondió—. Hay que festejar la Navidad como es debido.

—Totalmente de acuerdo.

—Lo comeremos más tarde con tu padre —señaló él—. Pero ahora me gustaría hablar un poco más contigo, si quieres.

El corazón de Clelia empezó a latir más deprisa.

—Por supuesto —murmuró.

Se volvieron a sentar, esta vez en el sofá.

—Mira, Clelia... —empezó a decir Aurelio con tono serio—. Hoy he venido con la intención de poder hablar a solas con tu padre porque quiero pedirle permiso para verte con asiduidad.

—¿Qué? —preguntó Clelia con los ojos muy abiertos

por la sorpresa. Las mejillas se le ruborizaron y tuvo que esforzarse para conservar la calma.

—Lo sé, es demasiado pronto, tienes que esperar la anulación del matrimonio, estás ocupada con Ida y con el trabajo en la boutique de Adele Fendi... Una vida demasiado ajetreada como para tener que pensar también en mí, pero no puedo seguir ocultándote lo que siento. —Clelia contuvo la respiración—. Sí, has entendido bien. Hace meses que me esfuerzo en permanecer al margen para no convertirme en otro problema para ti, en respetar tu pleno derecho a rehacer tu vida con quien quieras y como quieras, pero no puedo seguir fingiendo. Te quiero, no voy a ocultarlo. —Los labios de Clelia temblaron de sorpresa, la emoción le entrecortaba la respiración. No consiguió articular palabra—. Perdóname, Clelia, pero debía decírtelo. He hecho mal en hablar antes contigo que con tu padre, pero encontrarte sola y llorando ha quebrado mi resistencia.

—¿Me estás diciendo que sientes algo por mí? —le preguntó mirándolo a la cara.

—No, te estoy diciendo que te quiero. —Los ojos de Clelia se llenaron de lágrimas, pero esta vez eran lágrimas de felicidad. De repente, todo le pareció más luminoso. Por una vez la realidad no era brutal, aunque la dejara sin respiración y le causara vértigo—. ¿Puedo preguntarte algo? Si no quieres responder, lo entenderé.

—Dime.

—¿Querías a tu marido?

—No —admitió Clelia bajando la mirada.

Aurelio no añadió nada más. Le levantó el mentón con los dedos para que lo mirara. Le brillaban los ojos.

—Durante meses me he preguntado si sentirías lo mismo que yo. Ahora sé que sí.

Se inclinó hacia delante y la besó en los labios.

TERCERA PARTE

Hermanas

«¿El verdadero lujo? La inteligencia».

KARL LAGERFELD

1

Montecarlo, 13 de marzo de 1983
En el piso de Karl Lagerfeld

—Me habían dicho que vendría un equipo al completo —exclamó Karl Lagerfeld. En su voz se percibía un matiz de irritación—. Sois tan jóvenes —añadió con un suspiro.

Alizée Froissart trató de no tomar en cuenta la provocación de monsieur Lagerfeld y se le acercó sonriendo. Hacía al menos tres horas que lo esperaban en el salón de su magnífico ático del Principado de Mónaco. Aquella mañana, durante la acostumbrada reunión de la redacción, Alizée había expresado sus reservas a propósito del encargo que se le había asignado. Entrevistar al famoso estilista alemán, galardonado con numerosos premios, sería un suicidio laboral. Cambiarla de la crónica política a la cultura había sido una jugarreta. Siempre era mejor que la crónica de sucesos, por descontado, pero habría necesitado más tiempo para prepararse. Su director no quiso saber nada. Según él, era perfectamente capaz de hacerlo y le iría estupendamente. Alizée estaba furiosa. Lagerfeld habría preferido obviamente que lo entrevistara el director y no una joven periodista. Menuda, de cabello oscuro, con un flequillo que cubría un poco sus grandes ojos castaños, Alizée, que había pasado los treinta, parecía recién salida del instituto. En cualquier caso, no tenía la más mínima intención de que el excéntrico estilista se saliera con la suya. No después de haberla hecho esperar tres horas.

«El pequeño equipo televisivo», como Karl Lagerfeld había definido al grupo de profesionales formado exclusivamente para la ocasión, contaba con cuatro personas: dos técnicos —uno de sonido y otro de iluminación—, un cámara y ella. Era consciente de que un genio de la moda como Lagerfeld estaba acostumbrado a otros estándares, pero vivía en el Principado de Mónaco desde hacía el tiempo suficiente como para saber que no podía pretender el equipo de France 2.

—Monsieur Lagerfeld, se trata solamente de obtener una breve declaración suya para la apertura del programa. Más adelante el director en persona lo entrevistará en el estudio. —Karl Lagerfeld la escrutó de pies a cabeza, para nada aplacado por sus palabras. Vestía una chaqueta negra entallada con llamativos botones joya. Llevaba el pelo negro recogido en una pequeña coleta detrás de la nuca, y unas gafas oscuras le cubrían el rostro casi por completo—. El capítulo estará enteramente dedicado a usted —prosiguió la periodista sin recibir ninguna señal de rendición por parte del estilista.

—¿A mí? A mí no, querida, a la moda.

Alizée se mordió la lengua y contuvo las ganas de replicar. Lagerfeld era uno de los estilistas más valorados del mundo. Alizée había estudiado su biografía durante días y había visionado sus apariciones en los largometrajes de Andy Warhol, Francis Veber y Julie Delpy, amigos personales de Lagerfeld. Sus creaciones eran innovadoras y geniales. El olor del éxito flotaba a su alrededor.

Lagerfeld había tomado la decisión de entrar en el mundo de la moda tras haber asistido a un desfile de Christian Dior. En 1952 dejó su Alemania natal para trasladarse a París, donde al poco se convirtió en asistente de Pierre Balmain. Más tarde se estableció por su cuenta con su marca Chloé, fue contratado como director creativo por la casa Fendi de Roma y finalmente por Chanel, coronando con ello su trayectoria entre los grandes de la moda de todos los tiempos. La entrevista para la emisora monegasca debía centrarse precisamente en su carrera en el mundo de los colosos de la industria mundial de la moda. Alizée sabía muy bien que pocos podían competir con Karl Otto Lagerfeld.

Vivía en Montecarlo desde hacía unos años, en un piso decorado con muebles de diseño del grupo Memphis encabezado por Ettore Sottsass. Alizée había leído la entrevista realizada por Regina Spelman, una joven redactora de moda, dentro del bonito reportaje que firmó junto a su marido, el fotógrafo Jacques Schumacher. Káiser Karl, como todos lo llamaban, era entonces un fotógrafo y estilista de cierto prestigio. Cuando la periodista lo entrevistó para *Mode und Wohnen* dijo de él que era amigable y sencillo en extremo, y que no le había dado la impresión de ser muy ambicioso, sino una persona tenaz a la que le gustaba trabajar: se levantaba cada mañana antes de la cinco, dibujaba sus modelos en un cuaderno pequeño, leía libros y le gustaba divertirse.

El salón en el que Alizée y el resto del equipo habían esperado a Lagerfeld se hallaba en el centro del piso. Era una habitación muy grande de techos altos con enormes ventanales que daban al patio interior.

El rincón que el cámara había elegido para grabar la declaración del estilista tenía como escenario una de las imponentes ventanas desde la que se entrevía una parte considerable del pórtico neoclásico del patio interior del edificio. El detalle aportaría un toque de clase al conjunto.

—¿Aquí? —preguntó Karl Lagerfeld acomodándose en una silla colocada al lado de una mesita redonda.

El cámara hizo una señal a Alizée. La posición elegida por el estilista no le gustaba. Alguien tenía que decírselo y ese alguien obviamente era ella. Por un instante acarició la idea de fingir que estaba absorta en su cuaderno, pero ya eran las siete de la tarde y necesitaba urgentemente ducharse y acostarse. Al día siguiente debía cubrir el turno de las seis y media en la redacción.

—¿No cree que en pie, enmarcado por la ventana, la toma sería más nítida? —le preguntó a Lagerfeld, que por primera vez la miró con cierto interés.

El estilista no dijo nada, se incorporó y le sonrió.

—Tiene razón —exclamó—. Este es el lugar perfecto. Podemos comenzar.

Alizée asintió y empezó a hojear las páginas del cuaderno con las preguntas que tenía pensado hacerle. Eran unos veinte minutos de grabación, que podían reducirse a un cuarto de hora si Karl Lagerfeld colaboraba. El técnico de sonido procedió a colocar el micrófono, mientras que el de iluminación midió la luz con el exposímetro y dio luz verde al operador, que situó la cámara sobre el trípode colocado enfrente de Lagerfeld. El estilista los obligó a parar y se acercó a la cámara para comprobar el encuadre. Alizée fulminó con la mirada al operador antes de que este hiciera alguna objeción. En ese momento le habría concedido a Lagerfeld cualquier cosa con tal de acabar la entrevista lo antes posible. No podía más. Durante los diez minutos siguientes todo fue como la seda. Alizée estaba radiante y Lagerfeld se mostró como el profesional extraordinario del que todos hablaban. Respondía a las preguntas con claridad meridiana, en voz alta y aguda, con marcado acento alemán.

Cuando Alizée le preguntó por la prolongada relación con las hermanas Fendi, el rostro del estilista pareció iluminarse.

—Se trata de una colaboración que se remonta a 1965 y que continúa ininterrumpidamente desde entonces. En el efímero mundo actual, donde los estilistas pueden considerarse afortunados si duran cuatro temporadas, veinte años son una hazaña. Pasará a la historia como la colaboración más larga en el campo de la moda —dijo con orgullo—. Y no estoy cansado, al contrario. Creo que ahora trabajo mejor y que mi mente está cada vez más lúcida. Para mí el trabajo es siempre una prioridad.

Habían llegado a la recta final casi sin descansos cuando fueron interrumpidos por un criado con librea que se acercó al estilista y le susurró algo al oído. Alizée notó que la expresión de Karl Lagerfeld cambiaba de repente. Apretó los labios y esbozó una mueca que Alizée no supo interpretar, aunque pudo darse cuenta de que el estilista parecía más bien contrariado. Posó el cuaderno y se acercó a él para preguntarle si todo estaba en orden.

—Por supuesto —exclamó Lagerfeld—. ¿Seríais tan amables de abandonar mi casa inmediatamente? Ha llegado una visita inesperada.

Alizée le hizo una señal al operador para que apagara la cámara. Después le pidió al técnico de sonido que ayudara al estilista a quitarse el micrófono. Lagerfeld parecía ausente. Al mayordomo también se le veía alterado. Debía de haber ocurrido algo. Su instinto de periodista la empujaba a sonsacarle, se preguntaba qué había podido pasar en el breve lapso transcurrido entre la llegada de Lagerfeld al salón donde habían grabado la entrevista y la interrupción del mayordomo. Cuando se había reunido con ellos estaba tranquilo y tras escuchar las palabras del criado se había convertido en otra persona. El estilista se marchó sin despedirse. De repente tenía prisa. Alizée lo siguió con la mirada hasta la puerta y lo vio caminar por el pasillo detrás del mayordomo, que le abría paso.

—Vamos, no os durmáis —les dijo Alizée a los chicos

del equipo. Una criada los condujo a la entrada principal y se despidió de ellos. Alizée se detuvo unos instantes en la escalera que daba al camino de entrada del complejo residencial. El corazón le latía rápidamente en el pecho. Tenía una extraña sensación, como si alguien los observara a escondidas. Apretó el paso hacia la furgoneta del canal y se unió a sus compañeros.

Eran más de la once de la noche. Alizée se puso el chaquetón y trató de recordar dónde había aparcado el coche. Estaba agotada, al día siguiente tenía que montar la entrevista de Lagerfeld. El mero hecho de pensarlo le daba escalofríos. Cogió el bolso y recorrió el largo pasillo de las oficinas de la redacción. Una de las puertas se abrió y alguien chocó con ella, haciéndole casi perder el equilibrio.

—Perdona —exclamó Gabriele, el técnico de montaje con el que solía trabajar, un apuesto cuarentón italiano que siempre estaba de buen humor. Una característica que la irritaba porque ella siempre estaba de morros.

—Buenas noches, Gabriele —se despidió de él sin detenerse.

—Disculpa, Alizée, ¿podrías venir un momento a la sala de montaje? —le preguntó él haciendo como que no veía su mirada de exasperación.

—¿Qué pasa? ¿No puedes esperar a mañana? —respondió la periodista soltando un bufido.

—Como poder, podría. —Gabriele parecía haber perdido el buen humor, se le veía perplejo, preocupado quizá. Alizée recordó el extraño comportamiento de Lagerfeld, pero estaba claro que Gabriele no podía saber eso. Tuvo una intuición.

—¿Por casualidad has visionado la grabación de la entrevista? —le preguntó.

—Sí, precisamente. —Gabriele se ensombreció—. Alizée, ¿ha pasado algo mientras rodabais la entrevista de Lagerfeld?

—Sí, lo has visto, ¿no? El mayordomo le ha hablado...

—No me refiero a eso —la interrumpió—. Hablo de antes de empezar.

Alizée negó con la cabeza. Tenía bastante por ese día y quería irse a casa. Suspiró y le preguntó a Gabriele:

—¿Por qué? —Se arrepintió al instante de habérselo preguntado.

—Ven a ver.

—Gabriele, por favor —se quejó—. No puedo con mi alma y necesito irme a casa. —Pero ya se había encaminado hacia la sala de montaje.

Los monitores reproducían las imágenes de la entrevista y mostraban algunas secuencias congeladas. Una en especial llamó la atención de Alizée. Era un fotograma del hombro de Lagerfeld, más allá del cual podía apreciarse con claridad la entrada secundaria del edificio.

—¿Y entonces? —preguntó mientras sentía que la ansiedad se apoderaba de ella.

Gabriele no respondió. Le hizo una señal para que se sentara y ocupó la silla de al lado. Empezó a teclear en la consola y le señaló la imagen de la entrada porticada del edificio.

—¿Qué es esto? —le preguntó.

—La entrada secundaria del edificio de Lagerfeld, ¿por qué? —Le temblaba la voz y no sabía por qué.

—Mira con atención. —Las imágenes empezaron a pasar. Detrás de Karl Lagerfeld se apreciaba claramente un automóvil blanco recorriendo el camino de entrada. El coche había cruzado el gran arco que daba a los jardines del complejo y se dirigía al edificio.

—¿Y? —preguntó.

—Es la secuencia con zoom de la primera parte de la entrevista. ¿A quién llevaste contigo? ¿A Maurice?

—Sí. ¡No me digas que hay que repetirlo todo porque Maurice ha pifiado el encuadre! —exclamó Alizée entre bufidos. Le entraban escalofríos solo de pensar que quizá tendría que volver a aquel piso extravagante.

—No, no, Maurice es un profesional competente, ya lo conoces.

—Entonces ¿cuál es el problema, Gabriele? Estoy un poco harta —dijo la periodista. Empezaba a ponerse nerviosa.

—Bien. Observa con atención el coche que entra. Te vuelvo a pasar la secuencia con el zoom y lo pongo al ralentí. Pero fíjate, ¿vale?

—Vale. —A esas alturas Alizée se había resignado a quedarse en la redacción hasta la medianoche sin cobrar las horas extras.

Observó los movimientos del coche a cámara lenta.

Parecía un Maserati; en Mónaco se veían tantos que reconocía al vuelo su carrocería sinuosa. Lo conducía un hombre de bigote llamativo con un jersey claro, puede que blanco.

—Será un inquilino del edificio, ¿no? —exclamó. Pero Gabriele no parecía hacerle caso.

—Te he dicho que prestes atención a los detalles. Mira de nuevo —le dijo con tono perentorio. Era la primera vez que Alizée lo veía tan nervioso.

—Vale, muéstramelo otra vez —le indicó la periodista, que se dispuso a fijarse únicamente en el Maserati blanco que recorría el camino por enésima vez.

—Ahí, mira —exclamó Gabriele congelando la imagen. Señaló el cristal del asiento trasero.

Alizée contuvo la respiración. Un escalofrío le recorrió la espalda. Apenas pudo contener un grito de excitación. En el asiento de atrás se apreciaba con claridad a una de las hermanas Fendi. Gabriele dejó pasar la imagen sin quitar el ralentí y Alizée pudo ver que no estaba sola. Había otra mujer, o quizá dos, a su lado. La que Alizée reconoció como Carla Fendi se echó hacia atrás, como si tratara de ocultarse de las miradas indiscretas.

—¿Crees que todavía están allí? —preguntó la periodista con el corazón en un puño y la boca seca.

—No creo nada, pero acababan de llegar cuando lo habéis entrevistado a él. Por eso te he preguntado si había pasado algo antes de la entrevista, si el mayordomo las había nombrado. Porque llegaron cuando ya habías empezado a entrevistarlo. Se trata de las hermanas Fendi, ¿no?

—Sí, la que se ve mejor es Carla. Pero ¿qué sabes tú de moda?

—Soy de Roma y tengo dos hermanas —bromeó Gabriele.

—¿Qué quieres decir con eso?

—Que sé quiénes son las hermanas Fendi.

Alizée se levantó de repente. Pensó en la cara de contrariedad de Lagerfeld. ¿Y si el mayordomo le hubiera anunciado su inesperada visita? Imposible, a esas alturas todos los telediarios habrían dado la noticia y los periodistas habrían tomado por asalto el edificio. Alizée comprobó frenéticamente el nombre Lagerfeld en la reseña de prensa con las últimas noticias sobre la vida del estilista. Nada. Ninguna referencia a la preparación de un desfile.

—Podrían estar de vacaciones en Montecarlo —afirmó poco convencida.

—No lo sé —respondió Gabriele—. Quizá sería oportuno indagar. Huele a primicia.

—Sí, pero ¿estarías dispuesto a apostarte conmigo frente a la casa del estilista?

—Hum..., no me parece una buena idea, sinceramente. ¿Por qué no se lo preguntas directamente a él?

—¿Te has vuelto loco? —objetó Alizée.

—Pues encárgaselo a alguien.—El tono de Gabriele se había vuelto impaciente—. Mira, yo que tú iría a echar un vistazo a casa de Lagerfeld, por si acaso, y mañana volvería con un pretexto.

—Tengo una idea mejor.

Gabriele no respondió y pasó de nuevo la secuencia al

ralentí. Congeló la imagen en Carla Fendi y la acercó hasta casi pixelarla.

—¿Lo ves ahora? —dijo con impaciencia—. ¿Ves que no está sola?

—Son sus hermanas, no cabe duda.

—Sí, Alizée, pero esa no es la cuestión. La cuestión es que las hermanas Fendi están en casa de Lagerfeld y tú sigues aquí, discutiendo conmigo.

A Alizée le vino de nuevo a la cabeza la expresión alterada del estilista. No sabía qué pensar. No quería adelantar conclusiones, pero Gabriele tenía razón: ¿y si las hermanas Fendi seguían allí? Solo de pensarlo sintió un subidón de adrenalina, la noticia era una bomba. Pero todavía quedaban dos preguntas sin respuesta: ¿por qué la llegada de las hermanas Fendi al Principado de Mónaco no aparecía en ninguna parte? Y, sobre todo, ¿por qué habían llegado a escondidas? Era inexplicable, a menos que se tratara de un viaje privado.

—¿Crees que deberíamos ir? —le preguntó a Gabriele, que continuaba mirando obsesivamente la secuencia en el monitor.

—La periodista eres tú. Yo me he limitado a mostrarte los hechos.

—Esperemos a mañana. Si Lagerfeld no anuncia la visita de las hermanas Fendi, tenemos un documento que puede demostrarla. En caso contrario..., no sé, ya veremos.

Gabriele negó con la cabeza.

—¿Y vas a perder una noticia así? —exclamó sonriendo.

Alizée dudó un momento.

—De acuerdo, tienes razón… No puedo perder una primicia como esta.

—Ahora te reconozco.

2

Roma, 1965
Via Borgognona

Carla organizó el escritorio e hizo una señal a Ida, su asistente personal, para que comprobara que todo estuviera en orden.

—El agua —dijo esta última, que desapareció por una puerta para volver a la habitación al cabo de pocos minutos, seguida por un chico cargado con algunas botellas—. ¿La pongo en una jarra? —preguntó.

Mientras tanto, Carla se había sentado y leía unos documentos. Levantó la vista y tardó unos instantes en responder.

—Disculpa, ¿qué decías? —le preguntó al final.

—Que si quieres que pongamos el agua en una jarra. La botella no queda bien, ¿no te parece?

Carla asintió sonriendo.

—¿Qué haría yo sin ti? —le preguntó. Al igual que los hijos de sus hermanas, Ida se había criado prácticamente entre los abrigos de pieles y los accesorios Fendi. Era la segundogénita de una amiga de toda la vida de Adele Fendi, Clelia Belladonna. De niña, Carla adoraba a la madre de Ida. Era una mujer muy guapa que Adele había acogido en su casa y en sus establecimientos como a una hija más cuando su mejor amiga, Maddalena, la madre de Clelia, murió prematuramente.

En 1946, cuando los cónyuges Fendi tomaron la decisión de dejar la empresa en manos de sus cinco hijas, Clelia llevaba seis años trabajando para ellos. Desde que Adele se había jubilado, las amigas se reunían a menudo en una cafetería para tomar un té y recordar los años anteriores y posteriores a la guerra. Clelia era una amiga entrañable de su madre y, cuando Ida manifestó el deseo de trabajar en una de las tiendas de los Fendi, Carla la tomó bajo su protección. El matrimonio formado por Clelia y Aurelio De Sanctis, amigos íntimos de sus padres, tenía tres hijos: un varón, Marcello, abogado como su padre, y dos chicas, Ida y Giulia. Mientras que Ida se parecía mucho a su padre, la menor, que solo contaba diez años, tenía los rasgos de su abuela Maddalena, a quien no había conocido.

La belleza de aquella mujer seguía grabada en la memoria de Carla como una visión fantástica. Adele le contó que de joven su amiga había sido modelo profesional y que había sufrido por un amor desdichado. El velo de tristeza que enturbiaba la mirada de Maddalena era uno de los pocos y vagos matices que Carla recordaba de ella.

—¿A qué hora has dicho que llega? —le preguntó Alda, su hermana menor, entrando en la habitación y apartando los recuerdos de su mente.

—A las tres —se encargó Ida de responder.

Alda miró el reloj que colgaba de la pared del despacho.

—Es decir, ahora.

—Ya.

—¿Dónde están las demás?

—Ya vienen, Alda.

Carla apenas tuvo tiempo de acabar la frase, cuando Paola, Anna y Franca entraron en la habitación.

Ya estaban todas.

El timbre del teléfono hizo que Ida se levantara de la silla. Cruzó su mirada con la de Carla, que le hizo una señal.

Ida abandonó la habitación para volver al poco seguida por un joven de unos treinta años con aspecto extravagante. Karl Lagerfeld acababa de llegar a Roma. Lucía un sombrero Cerruti, una corbata ascot estampada y una chaqueta inglesa de caza. Calzaba botas de estilo francés y llevaba un bolso de tweed con estampado escocés en tonos rojos y amarillos que, según les contó, acababa de comprar en un mercadillo de Milán. Tenía el pelo largo y negro y llevaba unas gafitas oscuras.

Karl Lagerfeld les había sido recomendado a las hermanas Fendi por un amigo en común. La firma llevaba tiempo buscando un estilista para lanzar su colección de moda. Necesitaban un espíritu sensible, un innovador, alguien que lo tuviera claro e impusiera tendencias.

Alda se levantó y fue a su encuentro.

—Encantada, monsieur Lagerfeld, soy Alda Fendi.

—Alda —repitió el estilista—, la rubia, tienes un aire a Silvana Mangano.

—Y es la más joven de nosotras —intervino Paola—. Yo soy Paola Fendi, mucho gusto —le dijo estrechándole la mano.

—La más joven, ya veo... No se parece en nada a ustedes —comentó Karl mientras pasaba revista a los rostros de las mujeres que tenía delante—. ¿Es usted la mayor, Paola? —preguntó. Sin esperar su respuesta añadió—: Es la más morena de todas. Me gusta mucho su estilo.

—Gracias —murmuró Paola ruborizándose.

—Es la experta en abrigos de pieles —aclaró Carla, que también se presentó.

—Carla..., cabello corto... Franca, también rubia y la más callada —comentó mientras le estrechaba la mano a la tercera hija de Adele y Edoardo.

—Encantada, señor Lagerfeld, yo soy la responsable de los accesorios.

—Yo soy Anna. Y esta es mi hija, Silvia.

Hasta ese momento, Karl Lagerfeld no había reparado en la niña rubia que estaba al lado de su madre.

—Anna, cabello rizado y nariz respingona, y Silvia..., una niña preciosa que podría posar para nosotros...

Las hermanas intercambiaron una mirada. Ese «nosotros» las tranquilizaba.

Aquel día las hermanas Fendi ficharon al joven estilista alemán mediante un contrato de por vida como freelance, un tipo de colaboración revolucionaria en el mundo de la moda, como dijo el mismo Lagerfeld tras haberlo firmado.

—No existe nada parecido ni como concepto ni como tipología contractual —admitió después de analizar su contenido.

—Es una fórmula inventada por Carla —le explicó Anna.

Lagerfeld se giró hacia Carla y pareció estudiarla durante unos instantes.

—Eres una especie de genio de las relaciones públicas.

Carla sonrió sin decir nada.

—Nuestra hermana es la más diplomática de las cinco —señaló Alda.

—Bien..., ¿me permitís? —preguntó. Señaló una pila de papeles en blanco.

—Por favor —dijo Paola acercándoselos.

Karl empezó a dibujar bocetos en la primera hoja. Paola, Anna, Franca, Carla y Alda seguían hipnotizadas el movimiento del lápiz, que llenaba el papel de formas sinuosas. Nunca habían visto a nadie dibujar así.

—Creceremos juntos. No me gusta pensar en el pasado, sino en el futuro. Nuestra colaboración será absoluta: yo miraré adelante y vosotras seréis la sólida base que me sostendrá —dijo sin dejar de dibujar.

—Es cierto, nosotras somos cinco hermanas crecidas en Roma cuya vida gira alrededor de la casa y del trabajo en la empresa familiar, usted en cambio es un culto estilista alemán acostumbrado a viajar por el mundo... —empezó a decir Paola.

—Coleccionista compulsivo de libros y arte antiguo y contemporáneo —añadió él con una mueca de complacencia que pretendía ser una sonrisa.

—Usted está tan proyectado hacia el futuro que su visión quizá sea demasiado vanguardista como para vender sus creaciones. Nos hemos informado —exclamó Anna.

—Como debe ser —admitió Karl.

—Nuestra madre nos ha inculcado la disciplina y nos ha enseñado que las cuentas tienen que cuadrar. Siempre. No obstante, tenemos la audacia de confiar en que usted pueda marcar el cambio, ayudarnos a dar el salto que necesitamos. Estamos dispuestas a hacer todo lo que nos pida porque nos fiamos de usted —dijo Carla pronunciando con claridad las palabras para conferirles solemnidad.

Karl, que hasta entonces había mantenido la vista fija en los bocetos, levantó los ojos hacia sus interlocutoras.

—Juntos, queridas hermanas Fendi, daremos un giro radical a la peletería. De prenda aburrida, símbolo de prestigio burgués, el abrigo de pieles se convertirá en un festival de fantasía creativa. Para dar sentido a nuestra misión, he pensado en un logotipo muy especial... Por ejemplo, una doble «F», una cabeza abajo y otra cabeza arriba, entrelazadas como en un abrazo. Dos efes que evocan la inicial de vuestro apellido, pero también las palabras *Fun Fur*, abrigos de pieles divertidos. Pero me gustaría pensarlo con detenimiento.

Las hermanas se miraron con complicidad. Con Lagerfeld derribarían las barreras infranqueables del sector.

—Perfeccionaremos las técnicas usando confecciones innovadoras que el día de mañana la mayoría de los estilistas darán por descontadas, pero que ahora considerarán extravagantes. Me explicaré mejor. Pensaba, por ejemplo, en tejer las pieles como si fueran de punto, en realizar faldas, o en crear una versión veraniega, superligera, obtenida entretejiendo retales de pieles de muchos colores como si fueran un puzle artístico.

Las hermanas se quedaron sin habla. Lagerfeld sonrió.

—Yo también me he informado, señoras. Conozco vuestra historia y la calidad de vuestras confecciones. Cuando me preguntaron si me interesaba trabajar con vosotras, pasé dos días y dos noches visionando los muestrarios y los productos para comprender cómo podía aportar algo a un mundo que conocía pero que no dominaba todavía. Supe que podía atreverme a innovar, pero deberéis permitírmelo, es una *conditio sine qua non*. Quiero romper los forros, teñir las pieles con colores salvajes, raparlas, dorarlas con oro de veinticuatro quilates, trenzarlas como si fueran paja y sepultarlas con joyas, bordados y lentejuelas, literalmente.

—No somos una casa de moda que se limita a producir abrigos de visón —precisó Carla—, aunque estamos a años luz de su visión.

—Lo sé, por eso he aceptado trabajar con vosotras.

—La experimentación no nos asusta porque contamos con un equipo aventajado de maestros artesanos que trabaja para nosotros desde que nuestros padres abrieron su primer taller en 1926. Son ellos los que han transmitido su extraordinario talento, sus técnicas y sus trucos a los artesanos especializados que hemos incorporado a nuestro equipo a medida que crecíamos.

—Para mí las pieles, sobre todo las de alta costura, son algo exclusiva y exquisitamente italiano —dijo Lagerfeld—. Nunca las haré producir en Francia porque casi no hay artesanos a la altura, sus técnicas son mucho más toscas que las que Fendi está acostumbrada a utilizar.

—Aquí todo es posible —se mostró de acuerdo Anna.

—Una situación perfecta para un estilista que como yo dibuja más rápido que habla. Lo que me diferencia de cualquier otro diseñador es que yo lo hago todo solo —explicó—. No tengo colaboradores que trabajen en mi lugar. Todos los modelos que veréis serán siempre bocetos originales hechos por mí. La jefa de costura podrá ver todos los detalles y proporciones. Trabajar conmigo es fácil. No pienso en mí mismo ni en mi fama, sino en el arte y el diseño. Y solo trabajo con la gente que me gusta. Muchos estilistas tienen un ego exacerbado. Casi todos, para ser sincero. Lo cual es un problema.

—Será agradable trabajar juntos —dijo Anna Fendi.

—Con el contrato que me habéis propuesto nunca tendré la sensación de estar atado, será como una relación abierta.

Rieron su ocurrencia.

—Para mantener encendida la pasión no se debe exigir exclusividad. Yo necesito aire fresco, mirar a mi alrededor. Si me encierran en una jaula, la creatividad desaparece.

—Como sabes, Ida, la moda vive permanentemente proyectada hacia el futuro. Los estilistas preparan con mucha anticipación las colecciones de la siguiente temporada. En septiembre presentan las colecciones de primavera y verano del año próximo, mientras que en febrero desfilan las de otoño e invierno. ¿Comprendes ahora por qué he apoyado firmemente la llegada de Karl? Él mira más allá, imagina y realiza colecciones que van dos temporadas por delante —exclamó Carla cuando se quedó sola con Ida. Habían pasado unas horas desde la firma del contrato y Carla había reanudado el trabajo en compañía de su asistente.

Ida asintió. Por las primeras frases que habían intercambiado las hermanas Fendi y el estilista alemán, comprendió que había asistido al nacimiento de una historia de amor que prometía ser duradera. Karl las tuteó enseguida y pronto se comportó como un miembro más de la familia de pleno derecho, una especie de hermano entre las cinco hermanas.

Carla Fendi se sentó en el escritorio donde unas horas antes Karl había dibujado algunos bocetos. Los buscó y frunció el ceño al no verlos.

—¿Dónde están los bocetos de Karl? —le preguntó a Ida.

Ida soltó una estrepitosa carcajada.

—Hizo una pelota con ellos y los tiró.

—¿Cómo?

—Están ahí. —Ida señaló la papelera.

Carla abrió mucho los ojos.

—Pero ¿cuándo lo hizo? No me he dado cuenta, ¿será posible? —Se apresuró a hurgar en la papelera—. Tengo que encontrarlos. Cualquier dibujo suyo puede ser reutilizado —dijo ruborizándose.

Ida se acercó y se puso de rodillas para ayudarla. De la papelera salían pelotas de papel que ellas abrían con cuidado para no romperlas.

—Debemos transformar sus ideas en algo que pueda sorprenderlo y que supere sus expectativas. Solo así estaremos seguras de que se quedará con nosotras para siempre —murmuró Carla como si hablara consigo misma.

—Creo que él desea tener libertad de acción.

—Quién sabe, Ida. Los genios suelen ser una incógnita —repuso Carla sonriendo.

—Ha dicho que el genio eres tú —replicó Ida devolviéndole la sonrisa.

—Qué más quisiera... Escucha, lleva estos bocetos al taller y que los planchen con cuidado. Tendré que decirle que no tire nada.

Ida recogió los papeles y los miró furtivamente.

—Si me permites, sus bocetos me parecen «nerviosos».

—Lo sé, el trazo es esquemático y minimalista, pero son racionales y las proporciones son perfectas y reales. Tú también lo has visto, los ha dibujado delante de nosotras.

—Me he dado cuenta de que si las reacciones que suscitaba no eran las que se esperaba o no estaba convencido, hacía una pelota con ellos y los tiraba.

Carla asintió.

—Dejemos que haga lo que quiera, que los tire. Sí, ya sé que acabo de decirte que no debería hacerlo. Pero tú, antes de que llegue al despacho, ten la papelera limpia y en cuanto se vaya recoge todos los papeles que haya tirado, hasta del suelo si es necesario. Después mándalos planchar y archívalos. Siempre.

Ida levantó la vista al cielo.

—¡Qué mundo de locos!

3

Montecarlo, 14 de marzo de 1983

—Claro que sí, los tendréis dentro de poco... Ahora salgamos a divertirnos —exclamó Karl—. Os llevaré al casino.

—Karl —objetó Carla—, hace meses que ganamos la licitación para diseñar los uniformes de las guardias urbanas de Roma. Llevamos semanas esperando tus bocetos y...

—Por eso hemos venido sin avisarte —concluyó Anna.

—Podéis visitarme cuando queráis —replicó el estilista haciendo un gesto de impaciencia—. Presentaros en mi casa ha sido una buena idea que no debemos desaprovechar. Además, ayer noche me salvasteis la vida.

Anna y Carla lo miraron estupefactas. Estaban acostumbradas a las extravagancias de Karl. Vivían pendientes de él. Lo esperaban por la mañana y se presentaba por la tarde. Seguía tirando a la papelera los bocetos que dibujaba y ellas continuaban recogiéndolos, planchándolos y archivándolos. Elegía personalmente a las modelos de los desfiles, decía que algunas caras lo inspiraban y lo animaban a trabajar mejor. Y, fiel a su estilo, no había enviado los bocetos para confeccionar los uniformes de las guardias urbanas de Roma porque, como dijo a las hermanas Fendi, no estaba inspirado.

Ese era el motivo por el cual Anna, Carla y Alda se habían presentado, al borde de la desesperación, en su casa de Montecarlo. No sabían qué hacer para convencerlo de que diseñara los uniformes.

—¿En qué sentido te salvamos la vida? —le preguntó Alda.

—Una aplicada periodista de televisión me estaba entrevistando para un canal local... Una tortura. Se veía claramente que lo hacía de mala gana.

—Qué poco profesional —comentó Anna.

—Oh, no, querida —exclamó Lagerfeld mientras se dejaba caer sobre el sofá—, creo que la habían obligado a hacerlo. Estaba nerviosa, daba órdenes a sus colaboradores porque quería acabar pronto. ¿Sabes cuando te ocupas de algo que te gusta mucho y de repente te dicen que lo dejes y te dediques a otra cosa?

La alusión era demasiado explícita para obviarla. Carla se echó a reír.

—Lo pillamos, káiser Karl. Pero, ya que estamos aquí, dediquémonos a trabajar.

—No, ya que estáis aquí, divertíos. Solo se vive una vez, chicas —repuso Karl.

—Tienes razón, yo quiero ir al casino —exclamó Anna sonriendo—. Necesitamos distraernos unas horas. Aprovechemos que estamos en Montecarlo, ¿no?

Karl se incorporó y se puso al lado de Anna.

—Bien dicho, querida —le dijo cogiéndole una mano, que estrechó entre las suyas—. Pero ¿dónde has dejado a tu asistente? —le preguntó a Carla.

Sorprendida por la pregunta inesperada, ella frunció el ceño.

—¿Te refieres a Ida De Sanctis? —le preguntó.

—Sí, la mujer de mirada bondadosa —contestó él—, la que te sigue como una sombra. Me cuesta creer que no esté aquí.

—Ida está de baja por maternidad, ha dado a luz a su segundo hijo. Su hermana menor, Giulia, ocupa ahora su lugar. ¿Te acuerdas de ella? Ha desfilado varias veces para nosotros.

—Mi hermosa Giulia... No recordaba que fuera hermana de Ida, son completamente diferentes. Giulia es una maniquí perfecta, con esa cabellera negra y sedosa y esa figura estilizada de curvas suaves. Luce los abrigos de pieles como si fuera una diosa.

—Se parece mucho a su abuela, que fue la musa de un pintor cuyo nombre no me viene ahora a la cabeza —dijo Anna.

—John William Godward, que por cierto era el abuelo de Giulia —añadió Alda.

Karl sonrió.

—Tu pasión por el arte me hace sospechar que pronto te dedicarás a los artistas y abandonarás los accesorios —bromeó.

En efecto, tras un periodo de estudios en Londres, Alda

había empezado a ocuparse, siendo todavía muy joven, de la empresa familiar bajo la guía de su madre. Pero trabajar con Karl le había hecho entender que su pasión era el arte. Karl era un coleccionista refinado, un hombre fascinante que siempre la había animado a cultivar su inquietud artística.

—Llegará un momento en que te darás cuenta de que has descuidado demasiado el arte y querrás pasar página para perseguir tu sueño —le dijo Karl.

—Sí, un día quizá, pero por ahora no ha llegado el momento —respondió ella encogiéndose de hombros.

Carla y Anna permanecieron en silencio. Karl tenía la capacidad de adivinar sus pensamientos, era como si leyera en sus almas.

—En cualquier caso, queridas señoras, ahora os llevaré al casino y mañana, con calma, dibujaré los bocetos. Decidle a la bella Giulia que los uniformes de las guardias urbanas de Roma nacerán gracias a ella.

—¿En qué sentido? —preguntó Anna.

Karl sonrió y le acarició la cabeza.

—En el sentido de que su imagen, que habéis evocado, me ha inspirado de repente. Pero ahora vayamos a cambiarnos. Tengo la corazonada de que la suerte nos sonreirá esta noche.

El todoterreno celeste se detuvo en el centro de la ciudad, en la famosa plaza del casino. El edificio estaba iluminado como si fuera de día: la plaza de enfrente, los jardines y las fuentes creaban juegos de luz y contrastes cromáticos muy sugestivos, aunque algo recargados. Los coches aparcados en las inmediaciones eran igualmente fastuosos, así como los uniformes de los encargados de la seguridad. En la entrada, Karl Lagerfeld y sus acompañantes fueron recibidos con aplausos y reverencias. Era el rey de Montecarlo. Anna vestía un traje negro con un broche déco con una aguamarina prendido a la espalda. Su atuendo nunca era banal ni convencional, ese era su punto fuerte.

Mientras cruzaban la Salle Europe en dirección a la Salle Blanche, Karl les explicó que aquel salón era el lugar de encuentro de todos los clientes del casino. Una sensación de excitación asaltó a las tres hermanas, que se miraron sonriendo.

—La Salle Blanche es sin duda una de las salas más elegantes y frecuentadas —les dijo Karl—. No solo por su evidente belleza, sino porque aquí se encuentran los juegos de azar más famosos: la ruleta inglesa y francesa, el punto y banca, el bacará, el blackjack, etcétera.

La clase del lugar las electrizaba. Siguieron a Karl, que se dirigió al majestuoso bar decorado con un mosaico maravilloso.

—Brindemos a nuestra salud —propuso tras pedir champán al barman.

Con las copas en la mano, se encaminaron hacia la magnífica terraza desde la que se gozaba de unas vistas espectaculares sobre la ciudad.

Karl se unió a ellas poco después y les pidió que lo siguieran a uno de los salones superprivados, salas de juego que se alquilaban para eventos particulares. Al entrar en un salón completamente dorado, en cuyo techo brillaba la lámpara de cristal de Bohemia más imponente que habían visto, todas las miradas se dirigieron a Karl. En ese momento ellas también se sintieron como reinas. Nunca olvidarían esos días en Montecarlo.

4

Roma, 14 de octubre de 1994

El vestido de seda dorada rozaba el suelo. A pesar de que las costuras habían sido ensanchadas todo lo posible para acoger su incipiente barriga, Giulia se sentía muy hermosa con ese vestido de novia. Lucía las joyas que su madre, Clelia, había heredado de su abuela: un collar de barruecos con pendientes a juego. Se había hecho rizar los oscuros cabellos, que caían sobre sus hombros como una capa de seda. Su madre solía decirle que se parecía a la abuela Maddalena, a la que no conoció, pues había muerto unos años antes de que naciera. A sus treinta y nueve años, Giulia seguía teniendo la apariencia de una chiquilla. El embarazo, deseado durante largo tiempo, también contribuía a darle ese aspecto. Claudio, su futuro marido, que estaba en el séptimo cielo, se habría casado con ella en el instante en que la conoció, pero Giulia tenía desfiles y sesiones fotográficas comprometidos que debía cumplir.

Había sido elegida la mejor supermodelo de los ochenta, y su rostro había ocupado con frecuencia las portadas de *Vogue* y de *Harper's Bazaar*. Cuando sus amigos periodistas le anunciaron el galardón, se sorprendió tanto que los desarmó: Giulia era una modelo completamente atípica. Había empezado en la profesión casi por casualidad quince años atrás, cuando su hermana Ida le dijo que en Fendi faltaba una maniquí y que a pesar de que Lagerfeld había visto a muchas chicas no le había gustado ninguna.

—Quiero una chica salvaje y delicada, ingenua y refinada, felina y sensual —había dicho el estilista—, que se compenetre con los abrigos de pieles que luce. Una actriz de Hitchcock, para entendernos, pero morena, no quiero rubias en esta colección.

—¿Has visto a estas dos chicas? —le preguntó Paola Fendi al tiempo que le mostraba un par de fotografías.

Karl negó con la cabeza.

—No me gusta ninguna. Ninguna.

Fue Carla Fendi quien mencionó a Giulia De Sanctis.

—¿Quién es? —preguntó Karl.

—La hermana de Ida.

—¿Una principiante?

—Pues sí, no ha desfilado nunca si te refieres a eso, pero lleva el arte en la sangre. Su abuela era una famosa modelo de artistas. Es extraordinariamente bella, créeme.

—En la moda no cuenta ser extraordinariamente bella, sino única —sentenció Lagerfeld, suspirando con impaciencia.

—Dale una oportunidad —insistió Carla—. Yo creo que se lo merece. Si no se ajusta a tu idea, siempre estás a tiempo de decirle que no, obviamente.

—Está bien —admitió por fin el estilista. Después se dirigió a Ida—. Tráeme a tu hermana mañana por la mañana.

Aquella noche, cuando Ida llegó a casa y le dijo a su hermana menor que Karl Lagerfeld quería verla personalmente, Giulia fue tan tonta que no se lo creyó y llegó con retraso a la cita del día siguiente. Faltó poco para que riñeran a su hermana.

—Solo a Marilyn se le permitía llegar tarde al plató, mademoiselle —dijo Lagerfeld. Sin embargo, el estilista se le acercó con una sonrisa en los labios que le iluminaba el rostro. Carla le había hecho una señal para advertirla de que no hablara. También ella sonreía.

De ojos oscuros y rasgados, tez perlada, cabellera rizada y negra, nariz perfilada, suavemente cubierta de pecas, boca carnosa, cuerpo espigado y piernas tan largas que parecía más alta de lo que era en realidad, Giulia era perfecta. No le fue difícil elegirla.

—Lo único que lamento es no haberte conocido antes —le dijo mientras daba indicaciones al fotógrafo para que le hiciera una prueba al instante—. ¿Cuántos años tienes?

—Veinticuatro.

Estaba disgustado, se le leía en los ojos. Se encogió de hombros.

—Qué lástima..., una lástima, sí.

—¡Ni que fuera una vieja! —exclamó Giulia con tono de broma. Se hizo un silencio tenso en la habitación.

Ida hizo por acercarse a su hermana para decirle que evitara los comentarios, pero Carla la retuvo.

Karl miró un buen rato a Giulia antes de responderle:

—¿No sabes que a los veinticuatro años una maniquí ya se considera mayor? De todas formas, tienes razón, en este desfile soy yo el que decide quién es mayor y quién no. Me gusta tu manera de ser, aunque presiento que me lo vas a poner difícil.

Con el tiempo, Giulia entendería que no es fácil ser maniquí. Iba a estar rodeada de chicas de entre dieciséis y dieciocho años que desfilaban con la autorización de sus padres. Las oiría hablar de los deberes para el día siguiente, de lo complicado que les resultaba dejarlo todo para pasar tres semanas en París o dos días en Londres, o bien en Nueva York. Pronto comprendería que era una de las pocas afortunadas directamente elegidas por un estilista como musas, es decir, intocables a pesar de la edad, puesto que algunas grandes casas de moda solo aceptaban en sus desfiles a maniquís menores de dieciocho años. Muy pocas lograban estar en la cresta de la ola después de los veinte como ella. O se convertían en un icono o su carrera era realmente efímera.

—Si hubieras esperado un poco más, mi vestido no te habría cabido —le dijo Karl mientras le ajustaba un tirante.

—Parezco la reina del baile —dijo Giulia riendo, después le dio un beso en la mejilla—. No te enfades conmigo, káiser Karl, quería tener este niño. Tengo treinta y nueve años, era ahora o nunca.

—Pues nunca, en mi opinión. Además, detesto que me recuerden lo viejo que soy —contestó él apartando la mirada.

—No te emociones, sabes que te adoro.

—Siempre te sales con la tuya. No he logrado renunciar a ti en quince años y ahora tendré que hacerlo a la fuerza.

—Ahora eres tú el que me recuerda cuánto tiempo hace que nos conocemos.

Karl dudó.

—No pareces la reina del baile, en absoluto, qué tontería —dijo cambiando de tema para disimular la emoción que lo embargaba—. Eres una novia guapísima. La más guapa que he visto nunca.

—Por fuerza, llevo un vestido tuyo —respondió Giulia al instante.

—Oh, maldita sea, no hagas que me emocione y ve a casarte. Tu marido tiene mucha suerte. ¿Es consciente de que abandonas tu carrera por él? Eras el rostro de mi marca de por vida.

Una vez más, su mirada se posó sobre el vestido que ceñía las formas de Giulia, redondeadas por el embarazo.

—Por supuesto —dijo ella.

Epílogo

Roma, junio de 2016

Sumergida en la bañera del piso que compartía con otros dos inquilinos, Veronica sintió que la tensión y el dolor de cabeza remitían. Si hubiera pensado en lo que la esperaba al salir del baño, se habría quedado allí el resto de su vida. Lo tenía todo dispuesto, como siempre que se concedía el lujo de un baño relajante: una revista y música suave en el iPhone.

Acurrucado sobre el radiador, su gato rojo la miraba y a ratos dormitaba. Veronica se incorporó en la bañera y empezó a frotarse los brazos con la esponja. La invadía una miríada de sensaciones contrapuestas. *Vogue* acababa de elegirla para un reportaje fotográfico y el mero hecho de pensarlo le proporcionaba una felicidad inmensa, pero al mismo tiempo estaba aterrorizada; quería gritar y saltar de alegría, pero su instinto le decía que saliera huyendo.

Una llamada la apartó de sus pensamientos. El nombre de su madre apareció en la pantalla. Se secó una mano y respondió.

—Hola, mamá.

—Hola, cariño. ¿Qué haces? —le preguntó. Tarde o

temprano su madre debería desvelarle cuál era su secreto para estar siempre alegre y de buen humor.

—Estoy bañándome.

—¿En junio? Cariño..., debes de estar muy nerviosa para meterte en una bañera de agua caliente con este calor. De todas formas, veámonos en la via del Corso. He llamado al timbre hace una hora al pasar por tu casa, pero no ha respondido nadie.

—¿Qué haces por aquí? ¿Para qué quieres que vaya a la via del Corso? Estoy muy ocupada, mamá, y esta noche tengo el reportaje fotográfico para *Vogue*.

—Te lo explicaré más tarde, ahora date prisa. Te espero frente a la plaza Goldoni.

—Mamá... —trató de objetar Veronica.

—Ven enseguida —la cortó su madre.

Veronica salió de la bañera y tras soltar un grito de frustración le preguntó:

—¿Dónde estás exactamente?

—En el centro. ¡Date prisa!

—De acuerdo —respondió—. Enseguida estoy ahí.

—Te espero dentro de media hora.

Veronica se cubrió con el albornoz y salió del baño pensando en qué se pondría para reunirse con su madre.

Pasó revista a los vestidos veraniegos que colgaban en el armario. Su madre le reprocharía que se vistiera mal. Solía decirle, con tono de broma, que tenía mal gusto, que no había aprendido nada de su trabajo de modelo. Sabía que debía modernizar su guardarropa, pero nunca tenía tiempo: los desfiles y las sesiones fotográficas la ocupaban por completo. Se puso un vestido azul marino y se cepilló apresuradamente su cabello oscuro. No lo secó. Su madre tenía razón, hacía un calor sofocante. Si se daba prisa, en veinte minutos estaría allí.

Ya estaba lista, solo debía salir como un cohete. Por suerte su madre era mujer con muchos recursos y no se aburriría mientras la esperaba.

—¡Aquí estás por fin! —exclamó la mujer cuando Veronica llegó donde habían quedado—. Venga, vamos.

—Pero tengo hambre —protestó la joven después de dejarse abrazar.

Giulia De Sanctis besó a su hija y le sonrió; tenía sesenta y un años, pero aparentaba diez menos como mínimo; seguía siendo muy guapa, alta y atractiva.

—Yo también tengo hambre —replicó—. Vamos a un bar de San Lorenzo in Lucina a tomar un café con pastas, no tenemos tiempo de comer, nos esperan a las dos.

—Pero ¿se puede saber quién nos espera?

—No, cariño —le contestó Giulia—. Todo a su debido tiempo. —Veronica resopló—. Cuéntame, ¿cómo fue la fiesta de ayer?

—Hum..., digamos que hoy habría querido dormir más y ayer beber menos.

—Tonterías, tienes veintiún años, ya dormirás cuando tengas cuarenta. Pero en lo de la resaca tienes razón, mejor evitarla —comentó su madre mientras se disponía a escribir un mensaje en el móvil.

—Si no duermo, la piel se me pone gris, mamá —señaló Veronica.

—Nadie dice lo contrario —respondió Giulia sonriendo—. Pero existe Photoshop, que le restituye la luminosidad.

—Ay, mamá, ¿qué dices? No creo que... —trató de protestar.

—Ahora cuéntame por qué estás tan nerviosa —le pidió Giulia, que se sentó en una de las mesitas del bar de la piazza San Lorenzo in Lucina—. Se nota que no has dormido bien.

—No estoy nerviosa, es solo que ayer, después de la fiesta, estaba un poco achispada. —Se ruborizó.

—No tienes que justificarte conmigo por haber salido de juerga —le dijo su madre—. Yo también he sido una joven modelo, ¿sabes? Y en mis tiempos no existía Photoshop.

—Me conoces, mamá. Quiero darlo todo en el reportaje fotográfico de esta noche —respondió tímidamente.

—Veronica, eres guapísima y seguirás siéndolo incluso con ojeras. Un motivo habrá para que *Vogue* te haya elegido.

—No es profesional, me siento culpable.

—¿A qué hora es la sesión fotográfica?

—A las nueve y media de esta noche. Debe estar oscuro, me dijeron. Pero obviamente he de presentarme a las siete.

—En Cinecittà, ¿no?

Veronica asintió.

—Te llevo en coche. —Giulia miró el reloj—. Vamos —le dijo después mientras dejaba el dinero de los cafés sobe la mesita—. Karl nos espera.

—¿Quién?

—Karl Lagerfeld, cariño. No te lo he dicho antes porque no quería que te angustiaras. Quiere verte ahora y no hay que hacerle esperar. Camina.

«Tranquila, Veronica», se repitió por enésima vez mientras el corazón le latía con fuerza. Su madre y ella habían entrado en la histórica morada romana de la casa Fendi, un palacio del siglo XVII que daba a la via dei Condotti y que antaño había pertenecido a la familia Ludovisi Boncompagni, pero que ahora todo el mundo conocía como palacio Fendi. Desde que era pequeña acompañaba a su madre a visitar a las hermanas Fendi en aquel lugar encantado, que se había convertido en la sede de la prestigiosa boutique romana de la firma en 2005.

Estaban frente a la puerta de una de las suites del palacio. Buscó instintivamente la mano de su madre. Giulia se giró hacia ella y le guiñó un ojo. «Tranquila», le murmuró. Acto seguido llamó y entró sin esperar a que le respondieran. Dos asistentes charlaban animadamente con el estilista, al que Veronica lograba oír pero no ver.

Uno de los asistentes se dio la vuelta y fue a su encuentro.

—¿Eres tú, Giulia? ¿Y esta es tu hija? —le preguntó mirando a Veronica con curiosidad.

—Sí, es mi hija.

—Qué guapa —exclamó—. Venid, acercaos, Karl está dibujando —añadió finalmente intercambiando una mirada cómplice con Giulia. Veronica no sabía lo que significaba, pero pronto lo descubriría.

Estaba a punto de preguntárselo a su madre pero se detuvo al instante. Tenía delante a Karl Lagerfeld, sentado detrás de un amplio escritorio, con una camisa blanca de cuello alto y almidonado, chaqueta oscura y larga como un redingote dieciochesco y pantalones negros ceñidos. Calzaba botas de piel y llevaba las manos enguantadas con mitones de motociclista. Lucía gafas de sol. Tenía el cabello blanco recogido en una coleta.

—Han llegado Giulia De Sanctis y su hija, Karl —anunció el otro asistente.

El estilista no levantó los ojos del papel sobre el que estaba dibujando.

—Hum...

Giulia sonrió. La escena le recordaba la primera vez que vio a Karl Lagerfeld. Fue su hermana Ida quien se lo presentó, y desde ese momento siempre la eligió a ella para sus desfiles y sus reportajes fotográficos. Giulia fue su preferida hasta que dejó las pasarelas y decidió dedicarse a su marido y su hija. De eso hacía más de veinte años. Karl no se lo perdonó nunca. Cuando la vio en avanzado estado de gestación, embarazada de Veronica, le acarició la mejilla y le dijo que ojalá fuera una niña y que de mayor trabajara de modelo como su madre. Y allí estaban, la profecía del káiser Karl se había cumplido.

La cohibición de Veronica al encontrarse ante el mito de la moda arrancó una sonrisa a su madre. Todo el mundo permaneció en absoluto silencio. Las invitaron a tomar asiento en un sofá barroco.

Finalmente, la mirada de Lagerfeld se posó en el rostro de Giulia.

—Te has cortado el pelo —exclamó.

Se sonrieron.

—Káiser Karl... —murmuró Giulia a modo de saludo.

—Y tú debes de ser Veronica. Te llamas Veronica, ¿no? —preguntó Lagerfeld.

—Sí. Buenos días —exclamó, agitada, la joven.

—Ven —le dijo él haciéndole una señal para que se acercara al escritorio.

Veronica recorrió nerviosamente los pocos metros que separaban el sofá de la mesa de trabajo del estilista. Antes de levantarse había dirigido una mirada a su madre, que le había sonreído para darle ánimos. Uno de los asistentes de Lagerfeld colocaba una cámara sobre el trípode situado delante del escritorio mientras el otro medía la luz con el exposímetro. El primero le dio el visto bueno al segundo, que controló el encuadre en la cámara. Veronica se detuvo delante de Lagerfeld, que había empezado de nuevo a dibujar.

—No, así no. ¿Tienes polvos? —le preguntó Karl, levantando la vista.

Presa del pánico, Veronica se giró hacia su madre y abrió mucho los ojos. ¿Polvos? No se le ocurrió que los necesitaría.

—Te brilla la nariz, Veronica.

—¿A mí?

«Qué pregunta más tonta», se dijo. Se sentía tan imperdonablemente patosa que no sabía si echarse a reír o a llorar. Más le valía callar. Estaba quedando fatal y sobre todo estaba haciendo quedar mal a su madre. Llevaba seis años trabajando de modelo, había empezado a los quince, pero daba la impresión de no haber posado nunca para un fotógrafo.

Sentía que podía perder una oportunidad de oro y eso la mortificaba. Sonrió nerviosamente y cogió la polvera que su madre le ofrecía.

—Poco, solo en la nariz, sale brillante en la pantalla —le dijo el cámara.

Veronica abrió la cajita y se empolvó la nariz.

—¿Y ahora? —preguntó. El asistente de Lagerfeld volvió a mirar la pantalla y asintió.

—Bien —exclamó el estilista mirándola a la cara. Veronica no lograba verle los ojos, ocultos tras las oscuras gafas de sol—. Sabes por qué te hemos pedido que la trajeras, ¿no, Giulia? —le preguntó a su madre, después de haberse levantado y haber rodeado el escritorio para colocarse entre ella y la cámara.

—No, káiser Karl.

—Pues bien, no quiero hacerle una prueba propiamente dicha, sino comprobar si es la maniquí adecuada para un evento que se celebrará dentro de unas semanas. Tu hija es muy guapa.

—Sí, lo sé. La tuve tarde, pero hice un buen trabajo —bromeó Giulia.

—No has perdido el sentido del humor —replicó Lagerfeld. Después se dirigió a Veronica—. Ahora Manuel grabará algunas tomas para que vayas cogiendo confianza. ¿Te parece bien?

—Sí.

Veronica se esforzaba por mantener la calma, pero tenía el corazón en un puño y nada habría podido tranquilizarla. Sentía náuseas, a pesar de que estaba acostumbrada a posar delante de las cámaras y codearse con los técnicos de iluminación y los estilistas. Sonrió para tratar de transmitir seguridad. Como única respuesta, Karl se levantó, le cogió una mano y se la estrechó para animarla.

—Bien —le dijo—. ¿Estás lista?

Veronica asintió.

—Perfecto. Imagina que eres una princesa rodeada por un bosque de preciosas telas coloridas... y camina entre las sedas y los encajes —le dijo apartándose para permitir que hiciera un breve desfile por la pasarela.

Durante un cuarto de hora interminable, Veronica desfiló por la sala bajo la guía de Karl y la mirada vigilante de su madre. Apenas empezó a recorrer la habitación con pasos resueltos, adquirió seguridad. Se trataba de su trabajo y había recuperado el aplomo que antes parecía haberla abandonado. Todos se dieron cuenta, y de vez en cuando Veronica oía a los presentes hacer comentarios halagadores.

Levantó la vista y miró el reloj que colgaba de la pared: había pasado más de media hora desde que su madre la había hecho subir a la suite de Lagerfeld.

—Gracias, querida —murmuró el asistente apagando la cámara.

Fue un susurro, pero Veronica lo oyó perfectamente.

—Gracias a ti —respondió agradecida—. Espero que haya ido bien —añadió.

Su madre, contenta, le sonreía. Veronica se acercó a ella y murmuró:

—¿Qué te ha parecido? ¿Lo he hecho bien?

—Después hablamos —le susurró. Se dirigió a Karl—. ¿Qué opinas? Es más buena que yo, ¿verdad?

—No, pero podría llegar a serlo —respondió él—. Venid, vamos a hablarlo —añadió invitándolas a sentarse.

Carla Fendi se acercó a la zona de maquillaje y les pidió a Veronica y a Kendall que la siguieran a su despacho. Las chicas cogieron a la vez sus móviles y salieron tras ella.

—Otra reunión, ¡qué aburrimiento! No puedo más. Todos los días lo mismo —susurró Kendall mientras se ajustaba la correa de las sandalias. Veronica no le respondió, le parecía extraño que Carla hubiera ido a buscarlas personalmente en vez de enviar a uno de sus asistentes, a la jefa de costura o a una de las vestidoras. Cuando entraron en su despacho, las chicas titubearon por un instante. ¿Dónde habían ido a parar los vestidos y las pieles que lo atestaban hasta hacía poco? ¿Por qué se había reunido solo con ellas dos?

—Sentaos, por favor —les dijo indicando las sillas colocadas delante de la mesa de su despacho.

Las modelos se dispusieron delante de ella y esperaron a que hablara.

Carla jugueteó con el bolígrafo y recorrió con la mirada los papeles que ocupaban el escritorio: periódicos, bocetos e invitaciones mezclados con retales y rotuladores de colores. Veronica estaba tan nerviosa como en su primera sesión fotográfica. Desde que había conocido a monsieur Lagerfeld en el palacio Fendi no había tenido la ocasión de hablar con él o con una de las señoras Fendi más de cinco minutos seguidos.

—Lo que estoy a punto de comunicaros —dijo finalmente Carla— es una decisión que hemos tomado conjuntamente mi sobrina Silvia, Karl y yo. Pero dado que ellos no están en este momento, quiero ser yo la que os dé la noticia.

Las chicas se miraron con preocupación, no comprendían adónde quería ir a parar. La experiencia le había enseñado a Veronica que, en casos así, más valía callar que hacer preguntas inoportunas.

—Se trata del desfile del próximo 7 de julio —dijo tras un momento de vacilación—. Como sabéis, nuestra casa celebrará los noventa años de actividad dentro de una semana. Y yo dejaré el trabajo temporalmente dentro de poco.

Veronica frunció el ceño. ¿Qué trataba de decirles Carla Fendi?

—Os he elegido para abrir el desfile. Tú, Kendall, serás la primera. Tú, Veronica, irás después de ella —dijo al final.

—¿Seguiré llevando la prenda que me fue asignada, el

abrigo de astracán azul con aplicaciones de visón? —le preguntó Kendall. Pero ¿qué estaba diciendo? ¿De qué hablaba? Veronica estaba confundida.

—Por supuesto. Y Veronica llevará una de las prendas más valiosas, un abrigo de lince valorado en un millón de euros.

Solo entonces Veronica comprendió la importancia de lo que la señora Fendi le decía. Kendall y ella abrirían el desfile más importante de los últimos diez años de la historia de la moda.

«La semana de la alta costura de París acaba de concluir, pero en la casa Fendi la fiesta continúa con motivo de la celebración del nonagésimo aniversario de la firma, que tendrá lugar en uno de los escenarios históricos de Roma, la Fontana di Trevi, donde está a punto de comenzar el desfile *Legends and Fairy Tales*. Las modelos del momento, entre las que se cuentan Kendall Jenner, Veronica Filangieri y Bella Hadid, desfilarán sobre una pasarela de plexiglás colocada sobre la fuente para dar la impresión de que caminan sobre el agua. El director creativo de la casa, el genial Karl Lagerfeld, ha diseñado para el evento vestidos transparentes cubiertos de motivos florales, abrigos de pieles bordados, esclavinas y botines inspirados en el mundo de las hadas. El espectáculo hará revivir algunos momentos de la rica historia cinematográfica de Roma y de la Fontana di Trevi. En efecto, se rememorará la escena más célebre de la historia del cine italiano, la de Anita Ekberg entrando en la Fontana di Trevi durante el rodaje de *La dolce vita*, de Federico Fellini. Lagerfeld nos tiene acostumbrados a sus desfiles exagerados y excéntricos. Recordemos el de 2007, también de la casa Fendi, en la Gran Muralla china. Según hemos sabido, la icónica marca ha donado más de dos millones de euros para restaurar la Fontana, abierta de nuevo al público el pasado mes de noviembre. Es la primera vez que se organiza un evento de moda en este escenario. Tras el espectáculo tendrá lugar una suntuosa cena en la Terrazza del Pincio de la villa Borghese, que goza de uno de los panoramas más bellos de la ciudad. Nosotros, por supuesto, no nos perderemos detalle para contároslo todo. Seguidnos».

—Vale, corta mi primer plano y graba la fuente y a los invitados.

Cuando pasó por delante, Giulia le sonrió a la periodista que acababa de cerrar el servicio.

—Giulia De Sanctis, ¿eres tú? ¡No puedo creérmelo! —exclamó la mujer abrazándola—. ¿Cómo estás? Hace siglos que no te veo.

—Hola, Alizée —la saludó Giulia, besándola en las mejillas—. Es verdad, ha pasado mucho tiempo.

La periodista se echó a reír.

—Finjamos que han pasado pocos días, Giulia, que más me vale. Estoy a punto de cumplir los sesenta, pero no pienso retirarme.

—Haces muy bien, todavía pareces una chiquilla.

—Mira quién habla... Parece que fue ayer cuando desfilaste para Lagerfeld en París.

—La periodista de moda más desmitificadora del mundo. Cariño —Giulia se dirigió a su marido, que había permanecido a su lado sin entrometerse para no estropear aquel encuentro nostálgico—, te presento a Alizée Froissart, la periodista de moda por definición.

—Claudio Filangieri, encantado —dijo él sonriendo.

—Encantada, monsieur —dijo Alizée ofreciéndole la mano.

—¿Sabes, cariño, que Alizée empezó su carrera con una primicia sobre las hermanas Fendi? Habían ido a Montecarlo para que el káiser Karl les dibujara unos bocetos y ella las siguió y las entrevistó.

—El mismo día en que entrevisté, con poco interés para ser sincera, a Karl Lagerfeld en su apartamento monegasco, tuve la suerte de descubrir la llegada de algunas de las hermanas Fendi a Montecarlo. Fue una bomba. Y todo gracias a la vista de lince de mi técnico de montaje, que era italiano, para más señas. Desde entonces, Karl y yo nos hicimos amigos y la moda entró a formar parte de mi vida... ¡Y pensar que antes la odiaba! La consideraba un lujo para unos pocos, un mundo frívolo y carente de sentido, hasta que vi que daba de comer a mucha gente y la dedicación que había detrás de una prenda o de un accesorio. Estaba llena de prejuicios.

—Alizée es una mujer extraordinaria —le dijo Giulia a su marido.

—Qué va, no soy más que una mujer que reconoce sus

errores. Pero cuéntame, ¿qué haces aquí? ¿Has vuelto a las pasarelas? —le preguntó.

—No, por supuesto, ¡a mi edad! —se apresuró a decir Giulia.

—Para ya, estás espléndida.

—Estoy de acuerdo —comentó Claudio.

—¿Lo ves? Tu marido me da la razón. Pero ¿vas a decirme qué haces aquí o no?

—Somos invitados de Karl, pero sobre todo hemos venido a ver a nuestra hija.

Alizée arqueó las cejas.

—¿También trabaja para Fendi?

—Sí, desfila esta noche —puntualizó Claudio.

—Un momento. ¿Filangieri has dicho? No me digas que eres el padre de Veronica Filangieri.

—Sí, es nuestra hija.

—No puedo creérmelo. Estoy enfadada contigo, Giulia, no me dijiste que habías tenido una hija. ¿Cuándo nació? No sabía nada. ¡Y menuda hija! ¡Una de las modelos más guapas que existen!

Giulia sonrió.

—La tuve cuando ya era mayor. Al principio no quería que trabajara en el mundo de la moda, pero es muy tozuda y ahora que tiene veintiún años ya no puedo con ella.

—Yo no he tenido hijos, pero tengo una sobrina y sé qué significa enfrentarse a las chicas de hoy, son muy decididas —repuso Alizée riendo.

Las luces se difuminaron. Era la señal de que el desfile estaba a punto de empezar.

Alizée le dio un beso en la mejilla a Giulia y se sentó en una de las butacas reservadas a la prensa. Giulia y su marido se encaminaron hacia sus asientos. El murmullo cesó al instante. Se oyeron las notas de un carillón, que vibraron en el agua y se rompieron contra las poderosas estatuas que cuidaban de la fuente desde hacía siglos.

Fuentes históricas

Cuenta la leyenda de la familia Fendi que Adele salía de casa todas las mañanas con sus cinco hijas para ir a trabajar a la tienda de la via del Plebiscito, en Roma, donde les daba de mamar y las ponía a dormir en los cajones destinados a los bolsos. Estamos en los años veinte y el nombre Fendi todavía no es muy conocido. Edoardo y Adele son una pareja joven y emprendedora con talento y ambición.

En 1964, las hermanas Fendi, que se habían incorporado a la empresa en edad temprana por decisión de sus padres, abren su primera tienda histórica en Roma, en la via Borgognona, y al año siguiente contratan al estilista Karl Lagerfeld. Es una idea genial. Al poco, la marca Fendi conquista también el mercado de Estados Unidos y sus accesorios se convierten en un símbolo codiciado. Luchino Visconti, Federico Fellini, Franco Zeffirelli y Mauro Bolognini empiezan a requerir la colaboración de la casa romana en sus películas, y más adelante, en los años setenta, actrices del nivel de Silvana Mangano, Sophia Loren, Liza Minelli y Monica Vitti, y mujeres importantes como Jackie Kennedy Onassis y la princesa Soraya lucen los abrigos de pieles de la marca.

En la actualidad, la directora creativa es Silvia Venturini Fendi, hija de Anna y creadora de bolsos icónicos como el Baguette y el Peekaboo.

Para escribir el presente libro he consultado muchas fuentes, pero entre todas tengo el deber de citar las que considero oficiales por proceder de la familia Fendi y del archivo Lagerfeld:

Franca Fendi, *Sei con me*, Milán, Rizzoli, 2018.

Jean-Christophe Napias, Sandrine Gulbenkian, Patrick Mauriès, *El mundo según Karl*, Barcelona, Lunwerg, 2013.

Silvia Venturini Fendi, *Baguette*, Milán, Rizzoli, 2011.

Artículos publicados a partir de 1983 en *Harper's Bazaar*, *Vogue*, *Marie Claire*, *Glamour*, *Art Tribune*, *Esquire*, *Cosmopolitan*, *Allure*, *L'Officiel Italia*, *Panorama*, *La Repubblica*, *Corriere della Sera* e *Il Messaggero*.

Otras fuentes: webs oficiales de Fendi, Karl Lagerfeld y Fondazione Alda Fendi.

Para la historia del pintor John William Godward, ya había investigado personalmente en el archivo de la familia hacía años por encargo de Donatella Trombadori, hija del pintor Francesco Trombadori y depositaria de su estudio en la villa Strohl Fern, Roma. También en un libro de Vern G. Swanson, *John William Godward: The Eclipse of Classicism*, publicado por el ACC Pub Group en 1998, que contiene la historia casi completa del artista inglés.

Cronología de la familia Fendi

1925 Adele Casagrande conoce a Edoardo Fendi, siete años menor que ella, se casan y abren un taller de marroquinería —y más tarde una tienda— en la via del Plebiscito, Roma. Confeccionan manguitos, sombreros y bufandas.

1932 La pareja inaugura otra boutique en la via Piave, que será la sede del taller de peletería. Lanzan la colección de bolsos *Selleria*.

1933 La marca Fendi, ya famosa, lanza la colección *Pergamena*, caracterizada por su inconfundible color amarillo.

1945 Las cinco hijas de Edoardo y Adele —Paola, Anna, Franca, Carla y Alda— empiezan a trabajar en la empresa familiar.

1950 Fendi presenta su primera Capsule Collection de peletería, *Amore*, una edición limitada confeccionada a mano, en el Grand Hotel de Roma. Crea el bolso X-Ray.

1964 Las hermanas Fendi abren una nueva boutique y un taller de peletería en la via Borgognona, una de las calles más exclusivas de Roma.

1965 Inicia la colaboración de Karl Lagerfeld con las hermanas Fendi. Su llegada marca una auténtica revolución, empezando por la creación del logotipo con las dos efes enlazadas, que evoca las iniciales de la familia y es al mismo tiempo el acrónimo de *Fun Fur*. El logo Fendi se convertirá en uno de los primeros del mundo del Made in Italy. Lagerfeld trabajará con las hermanas Fendi hasta su muerte, en la localidad parisina de Neuilly-sur-Seine, el 18 de febrero de 2019.

1966 El primer desfile fruto de la colaboración entre la marca Fendi y Karl Lagerfeld, la presentación de la temporada otoño/invierno 1966-67, recibe el apoyo incondicional de la prensa.

1967 Silvia, la hija de Anna, posa como modelo infantil para el reportaje fotográfico *Capsule Collection Unisex*.

1968 Los abrigos de pieles ligeros, multicolores, suaves y con aplicaciones conquistan Estados Unidos cuando Bloomingdale de Nueva York adquiere toda la colección de bolsos Fendi y le dedica el escaparate de su almacén de la Quinta Avenida.

1970 Se abre la década de la colaboración de la marca Fendi con el gran cine italiano. Luchino Visconti, Federico Fellini, Franco Zeffirelli y Mauro Bolognini eligen los abrigos de pieles de la casa de moda para los protagonistas de sus películas.

1974 Los abrigos de pieles Fendi entran en la historia del cine gracias a *Confidencias*, una de las obras maestras de Visconti, de la mano de Silvana Mangano. Sophia Loren, Diana Ross, Jacqueline Kennedy Onassis, la princesa Soraya, Liza Minnelli y Monica Vitti se convierten en clientas y amigas de las hermanas Fendi. Otras muchas estrellas serán la imagen de la marca en sus campañas publicitarias.

1977 Fendi presenta su primera colección de prendas de vestir y una colección de peletería titulada *I muri e le strade di Roma.*

1985 Se inaugura la exposición que celebra los veinte años de colaboración entre Fendi y Karl Lagerfeld en la Galleria Nazionale di Arte Moderna de Roma.

1992 La hija de Anna Fendi, Silvia Venturini Fendi, entra en la empresa familiar y se convierte en la responsable de los accesorios. Pocos años después crea el bolso Baguette, modelo icónico que bate récords de ventas y popularidad.

1999 La casa de moda romana se une a socios comerciales como Prada y el grupo LVMH. La multinacional adquirirá más tarde su cuota.

2007 Fendi logra una hazaña increíble para el mundo de la moda: transforma la Gran Muralla china en una pasarela de ochenta metros de longitud por la cual desfilan, a lo largo de tres cuartos de hora, ochenta y ocho modelos, número de la suerte según la tradición china.

2009 Silvia Venturini diseña el bolso Peekaboo.

2013 Desde julio de 2013 hasta finales de 2028, el grupo Fendi alquila el Palazzo della Civiltà Italiana en el barrio EUR de Roma. El edificio se convierte en el cuartel general de la casa de moda.

2014 Empiezan las obras de restauración de la Fontana di Trevi financiadas por Fendi. Serán necesarios quinientos dieciséis días y veintiséis restauradores para devolver su antiguo esplendor a la fuente monumental proyectada por Nicola Salvi.

2016 El jueves 7 de julio, la firma organiza un desfile sobre una pasarela de plexiglás transparente para celebrar sus noventa años de actividad. Cuarenta modelos desfilan luciendo la colección de alta costura *Legends and Fairy Tales* de la temporada otoño/invierno 2016-17.

2017 El 19 de junio fallece Carla Fendi, pilar de la casa de moda.

Glosario

***Aumônière* o limosnera:** bolsito de tela que se cuelga de la cintura. Ya se utilizaba en el siglo XIX para llevar monedas. En la actualidad, indica un bolso de tela con forma de saquito que se cierra con un cordón y, de manera genérica, un bolso de noche.

Baguette: bolso pequeño y compacto diseñado por Silvia Venturini Fendi en 1997. Su forma es la de una *baguette*, una barra de pan larga y fina. Se hizo popular a finales de los noventa gracias a la serie televisiva *Sexo en Nueva York*. A menudo se le considera el primer *it-bag* (ver entrada correspondiente). Con el Baguette Bag, del que se produjeron rápidamente varios modelos, Fendi acuñó el lema «compra un bolso al día». A lo largo de veinte años se han vendido más de un millón.

Bandolera: bolso rectangular con solapa delantera que se cierra con una o dos hebillas. Originariamente las bandoleras eran un bolso para hombre, pero las mujeres se apropiaron de ellas y las convirtieron en un accesorio típicamente femenino. Suelen tener una estructura rígida, que las hace ideales para contener libros y otros objetos, y la forma triangular de la solapa les otorga un encanto un poco trasnochado. Se llevan colgadas en diagonal gracias a la correa larga, que les confiere un aspecto resistente. Son frecuentes las bandoleras de pequeño tamaño para transportar lo estrictamente necesario. Se caracterizan por contar con correas regulables, a veces desmontables. Son muy apreciados los modelos de diseño para usar como elegantes bolsos de noche.

Bolso estilo cartero: bolso de tamaño mediano con solapa delantera. Suelen tener una correa larga y se llevan en bandolera.

Canotier: es un sombrero de verano, rígido, de casquete plano rodeado por una cinta de color que se cierra con un lazo también plano cuyas puntas cuelgan por detrás. Su origen se remonta al siglo XIX y fue de uso exclusivo masculino hasta los años veinte, cuando se convirtió en el sombrero oficial de verano de las colegialas inglesas. Hasta los años cuarenta formó parte del uniforme de los remeros, *canotiers* en francés, de ahí su nombre: sombrero canotier.

***Clutch*:** bolso plano de mano, sin mangos ni correa, pensado para ocasiones especiales. En la mayoría de los casos, solo puede contener lo esencial, como el dinero o las llaves. Hay muchas clases de *clutch*, en función del tamaño, el diseño, el color y el material.

***Fashion Week* o semana de la moda:** es un evento, de aproximadamente una semana de duración, durante el cual estilistas y casas de moda presentan las últimas colecciones ante un público seleccionado y establecen las últimas tendencias de la industria. Las *Fashion Weeks* se celebran dos veces al año: entre enero y febrero desfilan las colecciones otoño/invierno, y entre septiembre y octubre las de primavera/verano del año siguiente. Las *Fashion Weeks* más importantes son las que se organizan en las capitales de la moda mundial, es decir, Milán, París, Londres y Nueva York.

***Fashionista*:** el que sigue las tendencias de la moda.

***Hobo bag*:** bolso de gran tamaño realizado con materiales dúctiles. Está caracterizado por adoptar la forma de media luna por debajo del mango y se arruga cuando se apoya. Su forma lo convierte en un bolso práctico e informal; un equilibrio perfecto entre glamour y utilidad. Los bolsos *hobo* están pensados para contener todo lo esencial, y gracias a su correa regulable pueden llevarse cómodamente tanto colgados del hombro como en la mano.

***It-Bag*:** bolsos de grandes marcas en los que vale la pena invertir. Los *it-bags* son los únicos accesorios que resisten a los cambios de la moda y a menudo son auténticas inversiones, pues algunos aumentan de valor cuando se convierten en piezas raras imposibles de encontrar (muchos llegan a venderse en subasta).

***Jersey*:** es un tipo de tejido de punto elástico y suave. Toma el nombre de la isla de Jersey, en el canal de la Mancha, donde se producía. Se puso de moda en los años veinte cuando Coco Chanel, que fue la primera en utilizarlo, lo usó para crear prendas cómodas de líneas suaves.

Lamé: tejido realizado con hilos de plata u oro y otros materiales metálicos usado para realizar prendas de vestir y accesorios.

Línea Selleria: prestigiosa colección de bolsos diseñada por Adele Fendi en 1932. Los bolsos, hechos a mano, están numerados.

Macramé: encaje tupido hecho con hilos, nudos y cordoncillos entretejidos que forman dibujos. Originario de Liguria, se remonta a la antigüedad.

***Mary Jane* o merceditas:** calzado femenino de escote redondeado, tacón medio y correa en el empeine.

***Matelassé*:** quiere decir literalmente «acolchado» y es una clase de confección que se obtiene rellenando de guata el tejido y cosiéndolo en diagonal. Pueden hacerse con él toda clase de bolsos, de la cartera de mano al bolso estilo cartero. Los bolsos acolchados se producen en muchos materiales, de la piel al tejido de algodón. El motivo acolchado también puede ser solo un relieve sin coser sobre la piel. Fue Coco Chanel la que inventó esta clase de elaboración y añadió las cadenas a la cartera de mano para que las mujeres disfrutaran de más libertad de movimiento. En la actualidad, su 2.55 se considera un clásico de la moda.

***Mélange* o jaspeado:** hilado realizado con varios colores que pueden pertenecer a la misma gama de tonos o crear un efecto de contraste. Es un tejido de aspecto moteado y desigual.

***Minaudière*:** no es exactamente un bolso, sino un estuche joya que hace de bolso. El *minaudière* tiene un armazón rígido cuya parte superior se cierra con una bisagra. Suelen decorarse con cuentas y estrás, y a veces tienen correa. El *minaudière* es una clase de *clutch* (o cartera de mano) que se caracteriza por ser casi un objeto decorativo y se usa en ocasiones especiales como una cena de gala o una fiesta exclusiva.

Napa: es una clase de piel suave y poco espesa que se curte con métodos naturales. Se utiliza para realizar accesorios y prendas de vestir.

***Négligé*:** es la versión original de la bata actual, cuyo origen se remonta al siglo XVIII, cuando en casa las mujeres lucían sobre el camisón una larga y elegante.

Nude Look: conjunto de prendas de vestir realizadas en tejidos transparentes que fueron lanzadas por Yves Saint Laurent, *enfant terrible* de la moda francesa, en 1966, año en que presentó en París la colección de verano de alta moda que haría historia. Las modelos mostraban el pecho desnudo bajo la camisa de muselina transparente, lo cual contrastaba con la sobriedad de las faldas, rígidas y castas. El Nude Look provocó escándalo, pero fue muy imitado.

Organza: es un tejido realizado con hilos finos de algodón, ligero, rígido y con transparencia opaca. El nombre deriva del francés *organdi*, que a su vez tiene origen en la ciudad de Organzi, en Turquestán, antaño importante centro textil. En el siglo XIX se utilizaba para la encuadernación de libros: hoy en día se usa para confeccionar vestidos de novia, sobre todo para las aplicaciones y los acabados, como volantes, puños y mangas.

Percal: tela de algodón, muy fina, usada para la confección de delantales, sábanas y camisas de hombre.

Peekaboo: bolso de mano, ligero y de diseño esencial, compuesto por dos compartimientos separados por un tabique, con mango de cartera y correa regulable y desmontable. Fue diseñado por Silvia Venturini Fendi en 2009.

Pergamino: piel del característico color amarillo típico de la marca Fendi ideado por Adele Fendi en 1933.

Pata de gallo: dibujo de las telas, en dos colores, que imita la huella de la pata de un gallo y se realiza en diferentes tamaños. Es un motivo típico de las prendas clásicas.

***Pompadour*:** bolso de tela con forma de saquito que recibe su nombre de la marquesa de Pompadour.

***Prêt-à-porter*:** es el segmento de la confección femenina realizado por un estilista y producido en serie. Procede de la expresión americana *ready to wear*, listo para llevar. Fue el fabricante J. C. Weill quien importó a Francia, en 1949, esta expresión y el concepto, ya asentado en Estados Unidos, de realizar prendas de vestir de calidad que pudieran venderse confeccionadas.

***Pumps*:** son zapatos de salón o vestir que suelen llevar plataforma en la suela y que permiten caminar con comodidad incluso con tacones.

***Redingote*:** es una levita ceñida de hombre, que llega a las rodillas, con el cuello acabado en dos solapas. Deriva del francés y se utilizaba para describir el *frock coat*, es decir, el *riding-coat* o *raining-coat*, prenda que se refería a un sobretodo impermeable.

***Robe-manteau*:** vestido de mujer abotonado por delante parecido a un abrigo. Se confecciona con tejido de grosor medio y fue muy usado en la moda francesa durante las dos guerras mundiales.

***Skinny*:** del inglés «delgado», se refiere a una prenda ceñida que se adapta perfectamente al cuerpo y realza su forma.

***Stander*:** perchas con una barra horizontal y ruedas para colgar las prendas.

Tafetán: tela de seda, natural o artificial, rígida y de aspecto brillante. Se utiliza para confeccionar vestidos de noche. El nombre deriva de la palabra persa *tafta*, que significa «hilos cruzados».

Traje de chaqueta o *tailleur*: es el clásico traje femenino compuesto por una chaqueta de corte masculino y una falda de la misma tela. Nace a finales del siglo XIX. *Tailleur* significa «sastre» en francés.

***Tweed*:** tejido de lana áspera típico de producción textil inglesa. Se tejía a mano en algunas de las islas Hébridas, como Harris y Lewis, y su uso inicial era la confección de prendas masculinas para el campo y la caza.

***Vintage*:** prenda o accesorio usado, normalmente de marca. En francés significa «vendimia» e indica el año de cosecha de un vino. Por extensión, se refiere a una prenda con pasado. Suele pronunciarse a la inglesa.

Agradecimientos

La historia de la familia Fendi es una historia italiana, símbolo de dedicación al trabajo y de audacia. Nunca olvidaré las horas que pasé hojeando catálogos de moda, visionando desfiles, leyendo libros, periódicos y revistas de moda y arte, y navegando en webs especializadas, entre otras cosas porque la moda siempre ha formado parte de mi historia personal gracias a mi abuela Cenzina, en cuyo taller me divertía dibujando bocetos con ella.

Escribir un libro sobre dos familias de destinos opuestos pero complementarios ha conllevado trabajo, satisfacción y, a veces, frustración. En un periodo en el que los archivos estaban cerrados y las visitas se habían restringido, fue una empresa ardua pero fascinante que me hizo madurar como autora e investigadora. Por eso quisiera agradecer su apoyo a quienes estuvieron a mi lado y me echaron una mano para que pudiera acabar esta novela. En primer lugar a mi editor, Raffaello Avanzini, que siempre deposita en mí toda su confianza; también quiero dar las gracias al extraordinario equipo de la editorial Newton Compton al completo, y en especial a mi editora, Alessandra Penna, que me ha seguido desde que la idea de la novela tomó forma hasta su conclusión, en un momento muy especial de su vida. Sin su apoyo, no solo técnico, no habría podido contaros la historia de las hermanas Fendi y de Maddalena. Un gracias de todo corazón al jefe de redacción, Roberto Galofaro; a Antonella Sarandrea del gabinete de prensa; a Gianluca Magnani Avanzini y a Gabriele Anniballi, del departamento de derechos, y a Massimo Prudenzi y a Vladimiro Caioli.

Un agradecimiento especial al abogado Nino Del Piero, del bufete Del Piero, por su asesoramiento y por haberme ayudado a revisar la novela proporcionándome la asistencia legal que necesitaba para llevar a cabo este trabajo. Y gracias también a Alberta Del Piero por haberme aconsejado en lo relativo al Tribunal de la Rota.

También deseo dar las gracias a Alessandra Paoloni, Silvia Del Corto y Sabrina Deligia, las maravillosas chicas de mi The Pink Factory.

Gracias a Barbara Giachini, asistente personal de Anna Fendi, por la ayuda que me brindó para consultar el archivo Fendi y por su mediación con la familia Fendi; y a Christopher Warde-Jones por habernos puesto en contacto.

Un sincero agradecimiento a Giovanni por haberme ayudado con las pruebas y la búsqueda de bibliografía; a Paolo Penza, por sus valiosos consejos; a Luigileone Avallone por la búsqueda de imágenes; a Francesco Piazzola por el asesoramiento histórico; a Angela Arcuri, Rita Bellina, Rosa Teora, Lili Déchinitsa, Carla Cucchiarelli, Maria Vittoria De Franchi, Anna Solinunte, Sara Piccinini, Claudia Bacci, Marina Maselli y Attilio Turri Bruzzese por el apoyo; y, naturalmente, como siempre, a todos mis queridos lectores.

Por último, gracias a mi grande y maravillosa familia, en la que siempre encuentro refugio, amor y protección.

«Para viajar lejos no hay mejor nave que un libro».

EMILY DICKINSON

Gracias por tu lectura de este libro.

En **penguinlibros.club** encontrarás las mejores recomendaciones de lectura.

Únete a nuestra comunidad y viaja con nosotros.

penguinlibros.club

penguinlibros